조커가
사는 집

조커가 사는집

ⓒ SF & 판타지도서관, 2015

초판 1쇄 인쇄일 2015년 9월 22일
초판 1쇄 발행일 2015년 10월 1일

기획 SF & 판타지도서관(김명철, 배윤호, 전홍식)
펴낸이 김지영 **펴낸곳** 작은책방
편집 김현주
마케팅 김동준 · 조명구 **제작** 김동영

출판등록 2001년 7월 3일 제2005 - 000022호
주소 (04047) 서울시 마포구 어울마당로 5길 25 - 10 유카리스티아빌딩 3층
(구. 서교동 400-16 3층)
전화 (02)2648-7224 **팩스** (02)2654-7696

ISBN 978 - 89 - 5979 - 427 - 0 (03810)

※ 본 도서는 국립과천과학관의 지원으로 제작되었습니다.

조커가
사는 집

김상현 · 김창규 · 듀나 · 백상준
이재인 · 정도경 · 정세호
코바야시 야스미 · 황태환

작은책방

차례

내비가 꿈꾸는 세상

-가상현실의 지평-

/ 전홍식

가상현실이란 컴퓨터 같은 기술을 사용하여 만들어낸, 현실과 비슷하지만, 현실이 아닌 환경이나 기술을 말한다.

영화에서 시작되어 입체화면, 진동 장치, 홀로그램이나 뇌파 조종 시스템 같은 다양한 기술로 만들어진 가상현실은 날이 갈수록 더욱 완벽하게 발전하고 우리 삶에 더욱 깊숙이 파고들고 있다.

한류 가수가 입체영상으로 가상현실 콘서트를 여는가 하면, 가상현실 체험용의 헤드 마운드 디스플레이^{HMD} 오큘러스 리프트를 사용한 프로그램이 수없이 등장하고, 키노트나 Wii를 사용하여 가상 화면 속에서 직접 운동하고 춤을 추는 게임이 인기를 누린다. 한편으로 〈공각기동대〉와 〈매트릭스〉이래 가상현실을 소재로 한 영화와 애니메이션, 게임도 호평받는다.

의자의 진동과 두드림, 물기와 바람을 느끼는 영화, 자유롭게 옷을 갈아입는 피팅 시스템에 이어, 만질 수 있는 입체영상마저 등장한 시대. 가상현실은 더 이상 놀라운 체험이 아니라 우리 삶의 일부가 되었다. 영화 〈매트릭스〉처럼 우리 뇌에 회로를 연결하여 진짜처럼 체험하는 가상현실을 실현하는 것도 꿈은 아니게 되어간다.

모든 것이 네트워크를 통해 이루어지는 현대에는 가상현실이 꿈과 현실처럼 명확하게 구분되지 않는다.

애니메이션 〈전뇌코일〉은 바로 그 같은 이야기이다. 증강현실 안경을 통하여 또 다른 세계를 볼 수 있는 내용의 이 작품에서, 아이들이 바라보는 증강현실 속에만 존재하는 가상의 애완동물은 곧 현실의 그것과 다를 바가 없다. 안경을 끼지 않은 이들에겐 아무것도 없는 곳을 향해 팔을 내미는 모습이 보일지 모르지만, 아이들에겐 일찍부터 함께 해온 친구이자 동료와 함께 노는 행위이다.

가상현실 공간에서 자신이 설계한 거대 로봇을 타고 대결을 벌이는 만화 〈브레이크 에이지〉에서도 주인공은 가상의 네트워크에서 연인을, 친구를, 라이벌을 만나고 성장해나간다. 비록 그것은 게임 속의 세계에 지나지 않지만, 가상현실이 우리 삶의 일부가 되어버린 현실 속에서 네트워크 속의 우정과 신뢰는 현실의 그것으로 이어지며 더욱 강해진다. 〈브레이크 에이지〉 속 소년 소녀들은 가상현실이라는 이름의 전국 시대에서 서로 협력하고 경쟁하며 자신의 꿈을 키운다.

한때는 꿈처럼 허무하거나 단지 사람을 놀라고 두렵게만 만들던 가상현실 세계.

하지만 그것은 어느새 놀라움을 넘어 현실의 그것으로 연결되며, 우리에게 다채로운 즐거움을 전해주고 있다. 안경 너머의 애완동물처럼 조금만 손을 뻗으면, 그리고 조금만 마음을 돌리면 우리 주변엔 가상현실의 재미있는 이야기들이 얼마든지 있음을 알게 된다.

자, 이제 마음을 열고 가상현실의 세상으로 뛰어들어보자.

조커가 사는 집

/ 김상현

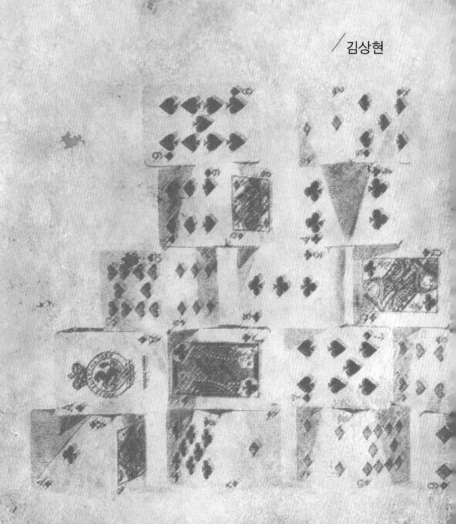

　나에게 카드카운팅 card counting을 가르쳐준 건 태식이다.

　카드카운팅은 일반적으로 블랙잭을 할 때 카드 한 벌을 외워서 승리할 확률을 높이는 방법을 말한다. 물론 세부적으로 들어가면 단순히 외우는 방법만을 카드카운팅이라고 하는 건 아니고, 남아 있는 카드를 계산하는 방법이나 요령 등에 있어서 여러 종류의 기법이 존재하긴 하지만 지금 여기서 중요한 건 태식이의 카드카운팅은 카드 한 벌을 통째로 외우는 방법이라는 점이다.

　누구나 조금만 관심을 가지고 인터넷을 찾아본다면 카드카운팅 기법들을 가르치는 사이트를 발견할 수 있다. 그리고 약간의 암기력과 끈기만 있다면 블랙잭에서 사용하는 기초적인 카드카운팅 정도는 누구나 배울 수 있다.

　하지만 지금 내가 말하고자 하는 태식이의 카드카운팅은 그런 카드카운팅이 아니다.

　고등학교 1학년 때, 우리 학교에서는 블랙잭이 유행이었다.

쉬는 시간과 점심시간이 되면 교실에서, 옥상에서, 소각장 구석에서 블랙잭 판이 열렸다. 숫자 21 앞에서 친구들은 울고 웃었다. 당연히 현금이 오갔고 그 돈을 따라서 기쁨과 슬픔이, 환희와 분노가 소용돌이쳤다.

블랙잭 유행은 열풍이라고 할 정도여서 하루에도 십 수 군데에서 십 수 번씩 열렸으니 아마 유행이 끝날 때까지 펼쳐진 게임 수가 수만 번이 넘을 것이다.

도박판에서는 흔히 싸움이 벌어지기 마련이다. 그러나 우리 학교에서는 그런 일이 거의 일어나지 않았다. 왜냐하면 시간이 모두에게 공정했기 때문이다. 쉬는 시간 10분과 점심시간 60분은 누구에게나 똑같이 적용되었고, 수업시작 종이 울리면 판은 그걸로 끝이었다. 잃었다고 해서 한 판 더 하자고 우길 수 있는 시스템이 아니었다. 이것만으로도 분쟁의 소지는 극적으로 줄어들었다.

내가 기억하고 있는 한 블랙잭 유행의 열풍 속에서도 실제 싸움이 일어난 건 딱 두 번뿐이었고, 그중 하나는 블랙잭과 관계된 것이 아니라 여자 문제 때문이었다.

아무튼 내가 다니던 고등학교를 도박의 열기로 불태운 블랙잭 열풍이 불었을 때 그 중심에 서 있던 친구가 바로 태식이었다.

태식이와는 중학교 동창이었다.

중학교 때만 해도 나는 태식이와 별로 친하지 않았다. 아무래도 나는 공부를 좀 하는 편이었고, 태식이는 좀 노는 편이었기 때문이다. 말하자면 우리는 한 나무에서 사는 사슴벌레와 호랑나비 같은, 그런 사이였다.

태식이와 친해진 건 나도 그 블랙잭 열풍에 동참하기 시작하면서부터였다. 나는 특별히 도박을 좋아했던 것은 아니다. 돈을 벌고 싶어서도 아니었다. 의지를 가지고 뛰어들었다기보다는 유행에 휩쓸렸다고 볼 수 있겠다.

블랙잭은 규칙이 간단하다. 그래서 누구나 쉽게 판에 끼어들 수 있다. 하지만 규칙이 간단한 게임일수록 그 운영은 복잡해지기 마련이다. 규칙이 단순한 축구가 얼마나 변화무쌍한 게임인지를 생각해보면 알 수 있을 것이다. 블랙잭도 마찬가지였다.

나는 잃기도 하고 따기도 했다. 물론 잃은 액수가 훨씬 많았다. '초심자의 운'이라는 것도 내게는 적용되지 않았다. 전략을 세워야 했다. 그래서 나는 블랙잭 판에 끼는 걸 멈추고, 일단 필승법을 공부하기로 마음먹었다.

그러자 자연스럽게 태식이가 눈에 들어왔다.

태식이는 정말이지 깜짝 놀랄 정도로 높은 승률을 기록했다. 처음에는 뭔가 속임수를 쓰는 게 아닌가 싶었다. 하지만 그건 아니었다. 태식이는 딜러를 하는 일이 별로 없었고, 따라서 카드에 거의 손을 대지 않았다. 어쩌다가 친구들이 딜러 넘기지 말고 직접 셔플을 하라고 강요하면 카드를 섞기는 했는데, 그 동작이 아주 어설퍼서 '동작 그만, 밑장빼기냐?' 같은 대사가 들어갈 여지조차 없었다.

그럼에도 태식이는 이겼다. 그것도 거의 다 이겼다. 그래서 나도 태식이의 비법을 배워야겠다는 생각이 자연스럽게 들었다.

물론 나만 그런 생각을 한 건 아니었다. 다들 태식이 주변에 모여들었다. 태식이의 필승법을 배우기 위함이었다. 하지만 태식이는 누가 물어도 '그냥 운이 좋았을 뿐'이라고 대답했다.

나는 태식이의 게임을 잘 살펴보았다.

특별한 건 없었다. 태식이는 어떤 특별한 행동도 하지 않았다. 그저 카드를 집중해서 바라보다가 히트와 홀드를 조용하게 말하기만 했다. 결국 태식이에게 비법을 알려달라고 조르던 친구들은 하나 둘 포기했다. 꼭 여우가 신포도 앞에서 중얼거리듯이 '저 새끼는 그냥 블랙잭을 위해서 태어난 놈이야' 같은 말을 중얼거리면서.

나는 그렇게 하지 않았다.

수학을 공부하다 보면 확률이라는 것을 배우게 된다. 그리고 확률은 누구에게나 공정하다. 태식이가 계속해서 이긴다면 그건 분명 확률, 즉 운으로 설명할 수 없는 비법이 반드시 있을 수밖에 없다는 게 나의 생각이었다.

결국 나는 비장의 방법을 쓰기로 마음먹었다. 그것은 대한민국에서 오랫동안 이어져 내려온 전통과 역사를 자랑하는 방법으로, 바로 학연을 이용하는 것이었다.

흔히들 '대한민국은 학연과 지연이 문제'라고들 한다. 이 말은 바꿔 말하면 대한민국에서는 학연과 지연이 문제를 일으킬 만큼 중요한 요소라는 말이기도 하다. 그래서 나는 학연을 이용하는 걸 꺼리지 않았다.

나는 하굣길에 태식이를 찾아가 중학교 동창이라고 자신을 소개하면서 말을 걸었다.

"너, 나 알아?"

태식이가 나에게 처음 한 말이었다. 시작치고는 초라한 시작이었다. 그래도 그 끝은 창대하다고 할 수 있을 것 같다.

우리는 중학교 시절 이야기를 했다. 우리가 함께 다녔던 학교와, 좁디좁아서 100m 코스를 곡선으로 뛰어야 했던 운동장과, 학교 앞 떡볶이 집과, 대머리독수리라는 별명으로 불렸던 교장 선생님 이야기를 했다. 우리의 대화가 어느 정도 이어졌을 즈음 태식이가 물었다.

"너도 블랙잭 때문이냐?"

나는 망설이다가 결국 본심을 실토했다. 그리고 블랙잭 비법을 알기 위해서 학연을 끌어들였다는 말도 솔직하게 했다. 태식이는 그런 내 태도가 마음에 든 모양이었다.

"짜식. 그러고 보니까 기억난다. 너, 공부 좀 했었지?"

"했던 게 아니라 좀 하지."

이때까지만 해도 나는 상위권을 유지하고 있었다.

"흠. 그래, 그럼 이렇게 하자."

태식이는 자신이 블랙잭에서 계속 이기는 건 나름 방법이 있고, 또한 그 방법을 배울 수도 있다고 했다. 다만 알려줘봐야 자신의 필승법을 따라할 수 있는 사람이 없다고 생각해서 아무에게도 말하지 않았던 것뿐이라는 거였다.

"그냥 외우는 거야. 판 시작하기 전에 카드 펼쳐서 보여주잖아? 그때 카드 순서를 다 외우는 거야. 그리고 판 진행되면서는 판에 나온 카드 보고 남은 카드를 맞추는 거지."

어처구니없는 소리였다. '참 쉽죠?'라고 말하는 밥 로스 아저씨의 얼굴이 겹쳐 보일 정도였다. 카드 한 벌을 다 외운다? 나는 그런 게 가능하다는 발상조차 하기가 힘들었다.

"카드카운팅이라고 해. 그런 방법을."

그랬다. 이때가 바로 내가 처음으로 태식이로부터 카드카운팅을 들은 순간이었다.

"TV 보면 카드 한 벌을 외우는 천재들이 나오지. 카드 52장을 몇 분 동안 보면서 순서를 외우는 거 말이야. 하지만 블랙잭에서 카드카운팅은 그렇게 많은 시간이 주어지지 않아. 처음 딜러가 카드 한 벌을 펼쳐서 보여주는 시간은 10초도 안 된다고. 그 사이에 52장을 다 외우는 거야."

만약 태식이가 아닌 다른 누군가가 이런 말을 했다면 나는 절대로 그 말을 믿지 않았을 것이다.

인간의 단기기억은 평균적으로 4~5개의 정보를 담아둘 수 있다. 만약

입으로 말을 하는 식으로 소리를 써서 정보를 강화한다면 7개 정도까지 외우는 것이 가능하다. 과거 전화번호를 7자리 수로 한 것도 그런 이유다.

만약 지능이 높아서 단기기억력이 평균보다 훨씬 뛰어난 사람이 있다고 해도 그 정보의 수가 10개를 넘는 경우가 있을까? 그런데 몇 초 만에 52개의 다른 정보를 정확하게 암기한다는 건 분명 인간의 한계를 뛰어넘는 일이다.

하지만 태식이는 블랙잭을 통해서 자신의 능력을 증명하고 있었다. 태식이의 승률은 내가 직접 눈으로 확인했다. 때문에 나는 태식이의 말을 믿지 않을 수 없었다.

"그거, 분명히 요령이 있는 거겠지?"

말이 그렇지 아무려면 인간의 기본적인 능력을 뛰어넘는 비법 같은 게 있을까 싶긴 했지만 그래도 묻지 않을 수 없었다. 그런 요령이 존재하지 않는다면 지금 내가 태식이와 이렇게 나누고 있는 대화는 무의미할 것이다.

"말했잖아. 요령 있어. 다만 알려줘봐야 그걸 할 수 있는 사람이 없을 뿐이라니까? 그럼 한 번 도전해볼래?"

나는 물론 그렇게 하겠다고 했다.

태식이는 아주 단순하게 카드카운팅의 비법을 설명해주었다.

"비법은 말야, 먼저 카드 52장을 구체화하는 걸로 시작해."

태식이는 처음 단계를 '구체화'라는 단어를 써서 표현했다.

카드는 스페이드, 다이아몬드, 하트, 클로버, 이렇게 4개의 그림이 있다. 그리고 각 그림은 1에서 13으로 표현할 수 있는 13장의 카드로 이루어져 있다. 그래서 카드의 수는 4×13, 즉 52장이 된다.

태식이는 이 52장의 카드에 각각 이름을 붙여야 한다고 말했다.

"그냥 52장에 랜덤하게 52명의 이름을 붙이면 외우기 어려울 거야. 요령을 한 번 써 봐. 예를 들어서 스페이드와 클로버는 검은색이니까 흑인 영화배우 이름을 붙여. 다이아몬드와 하트에는 인디언 이름을 붙이고. 물론 아주 인종차별적이긴 하지만 어차피 너 혼자만 알고 있는 건데 뭐 어때. 외우기 쉽기만 하면 되지."

하지만 나에게 흑인과 인디언은 그다지 친숙하지 않았다. 그래서 스페이드와 클로버에는 남자 이름을, 다이아몬드와 하트에는 여자 이름을 붙이기로 했다. 이건 좀 성차별적이라고 할 수도 있겠지만 어차피 나 혼자만 알고 있을 것이니 비난받을 일은 없으리라.

"일주일 줄게. 일주일 안에 카드 52장을 구체화할 수 있으면 다음 단계로 넘어갈 수 있어. 하지만 못 한다면 그 다음 단계는 이야기해줘도 소용없어. 그럼 다음 주에 다시 이야기 하자."

나는 태식이를 따르기로 마음먹었다.

52장의 카드에 52개의 이름을 붙였다.

먼저 스페이드는 미국 영화배우다. 에이스는 1973년 영화 북극의 제왕 Emperor of the North에서 'A 넘버원' 역할을 했던 리 마빈. 워낙 재미있게 본 영화라 에이스로 정했다(고전영화에 대해서 알고 싶다면 매주 주말에 교육방송을 꾸준히 보면 된다). 2는 같은 영화에서 악역인 역무원 역할을 했던 어네스트 보그나인. 3은 1973년에 제작된 헐리우드 판 삼총사에서 달타냥 역할을 했던 마이클 요크, 4는 4명의 감독이 4개의 에피소드를 연출한 1995년 영화 포룸Four rooms에서 벨보이 역할을 했던 팀 로스. 이런 식이었다. 고전 헐리우드 영화를 많이 봐 둔 게 이럴 때 도움이 될 줄은 몰랐다.

다이아몬드는 걸그룹 멤버다. 에이스는 현아. 2는 다비치 이해리. 3은 SES 바다. 4는 베스티 다혜, 이런 식으로 정했다(나름의 기준이 있긴 하지만 구체적인 이유까지 밝히고 싶진 않다).

하트는 여배우들로 정했다. 에이스는 박신혜. 당연히 이견이 있겠지만 이건 내가 정하는 거다. 2는 이정현(사람들은 가수로 기억하겠지만 나는 영화 〈꽃잎〉의 이정현으로 기억한다), 3은 신세경, 4는 사현진, 이런 식이었다.

클로버는 남자배우. 에이스는 송강호. 스페이드 에이스가 열차가 나오는 영화 주인공인 리 마빈이었으니, 설국열차의 주인공을 클로버 에이스로 꼽았다. 2는 최민식, 3은 넘버 쓰리에 나왔던 한석규, 이렇게 했다.

이름을 붙이고 나니 외우는 건 금방이었다. 내가 일부러 숫자와 비슷한 이미지의 이름을 고르기도 했고, 내 암기력은 원래 좋은 편이었다.

일주일 뒤에 여유 넘치는 얼굴로 태식이를 찾아갔다. 태식이는 먼저 연습장을 내밀면서 내가 외운 이름을 적어보라고 했다. 단숨에 52명의 이름을 적었다. 그러자 태식이는 연습장을 보면서 질문을 몇 번 던졌다. 스페이드 8은? 다이아몬드 에이스는? 물론 막힘없이 답했다.

"외우긴 했네."

태식이는 대수롭지 않다는 투로 말했다.

"태식이 너, 내 암기력이 별로 인상적이지 않은가 봐?"

심드렁한 태도를 보이는 태식이에게 나는 좀 서운하다는 투로 물었다.

"여기까지는 대부분 다 할 수 있어. 문제는 다음이거든."

태식이는 진지해 보였다. 지금까지가 '어디 한 번 해봐라' 싶은 태도였다면 여기서부터는 진짜라는 느낌이었다.

"카드가 사는 집."

"카드가 사는 집이라고?"

태식이는 카드카운팅의 핵심이 바로 '카드가 사는 집'이라고 했다. 그리고 그 카드가 사는 집은 내 삶을 완전히 바꾸어버렸다.

"이제부터 너는 네 머릿속에 52명이 사는 집을 지어야 해. 각 층에 13개의 방이 있는 4층짜리 건물로 말이지. 52명을 외우는 건 누구나 할 수 있어. 하지만 카드가 사는 집을 짓는 건 100명 중에 한 명 성공할까 말까 해. 그래서 내가 카드카운팅의 비법을 이야기하지 않는 것이기도 하고. 어때. 한 번 도전해보겠어?"

이때까지만 해도 나는 머릿속에 집을 짓는다는 게 무슨 의미인지 전혀 짐작조차 못하면서도 할 수 있다는 자신감을 가지고 있었다. 흔히들 말하는 '근거 없는 자신감'이었지만 말이다.

태식이의 조언에 따르면 4개의 층은 완전히 다른 테마로 지어야 한다고 했다. 물과 불, 바람과 얼음, 이런 식의 완전히 다른 이미지로 지어야 구분하기 쉽다는 것이다.

조언만 들었을 때는 쉬울 것 같았다. 나는 어렵지 않게 테마를 잡았다. 1층은 바다, 2층은 사막, 3층은 정글, 4층은 우주.

계속해서 태식이는 각 층에 있는 13개의 방 또한 완전히 다른 개성을 가지고 있어야 한다고 했다.

이것도 어려울 것이 없었다. 예를 들어, 각 층의 에이스 방은 가장 고급스러운 느낌이 들게 상상을 해 보았다. 1층 에이스 방은 산호가 가득한 방, 2층은 오아시스 느낌의 인테리어, 3층은 추장이 사는 나무집, 4층은 거대한 보석행성이 벽지에 그려진 방. 이런 식이었다.

그런데 막상 시작해보니, 머릿속에 집을 짓는 일은 정말이지 예상했던 것보다도 몇 배는 어려운 일이었다.

일단 어떤 물체를 떠올린다는 사실 자체가 어려웠다. 무슨 말인지 모르겠다면 한 번 도전해보라. 머릿속에 어떤 물체를 상상하더라도 그 물체를 처음 상상한 그 상태 그대로 유지하는 건 너무나도 어려운 일이다.

상상 속의 집은 처음 내가 상상한 형태로 유지되길 거부했다. 그것은 내 주변 환경의 변화, 혹은 원인을 알 수 없는 이유로 마구 변형되었다.

배가 고플 때면 거대한 햄버거, 혹은 비빔냉면으로 변해버렸고, 원인을 알 수 없는 이유로 벌거벗은 여성이 가득 찬 클럽으로 변하기도 했다(굳이 설명을 덧붙일 필요가 있을지 모르겠지만 그때 나는 10대였고, 10대 때는 원인을 알 수 없는 이유로 아무런 의미 없이 이런 상상을 하는 일이 극히 잦다).

몇 번의 시도 끝에, 결국 집짓기를 중단했다. 이건 요령 없이 마구잡이로 할 수 있는 일이 아니라고 판단했다. 그래서 다시 태식이를 찾아갔다. 도대체 어떻게 하면 상상한 물체를 유지시킬 수 있는지, 그 요령을 배우기 위해서였다.

"그러니까 집 짓는 요령을 가르쳐달라는 거지?"

"응. 집 짓는 요령."

태식이는 찾아와서 이렇게 물은 것 자체가 의외라고 했다. 대부분 이 단계에서 포기한다는 것이다.

"처음부터 집을 짓는 건 무리야. 태어나면서부터 머릿속에 집을 지을 수 있는 능력을 타고난 사람이 있을지도 모르지만 난 안 그랬고, 그런 사람을 본 적도 없어. 혹시 태산을 옮기는 방법 들어본 적 있어?"

"중국 고사에 그런 이야기가 있었던 것 같긴 한데. 어떻게 하는 거야?"

"매일, 조금씩, 한 삽씩."

농담이겠지?

"요령이라고 해봐야 별 것 없어. 덩크슛을 해본 적은 없지만 아마 덩크슛을 하는 법도 비슷할 거야. 사법고시 준비나 박사논문 작성이나…… 아마 다른 것도 그럴 테고. 아무튼 그런 거 다 떠나서, 일단 네가 머릿속에다 뭔가를 진짜로 만드는 게 가능한지부터 알아보자."

태식이는 우선 칠판을 하나 상상해보라고 했다. 교실에 걸려 있는 커다란 칠판으로. 그리고 거기에 뭔가 써 보라고 했다.

"그 칠판에 일단 뭐라도 쓰면 칠판에 쓴 내용이 그 자리에 고스란히 남아 있어야 해. 네가 지울 때까지 말이야. 자고 일어나도 적혀 있어야 하고, 집에 가다가 불쑥 떠올려도 존재해야 해. 이걸 할 수 없다면, 당연한 말이지만, 집도 지을 수 없어. 어때? 다시 도전해볼래?"

물론 나는 그러겠다고 했다.

머릿속에 칠판을 상상하고, 거기에 내용을 적는다. 태식이는 전화번호를 추천했다. 의미가 없어서 다른 생각과 섞일 염려가 없고, 기왕 머릿속에 남겨둘 거라면 유용한 정보가 더 낫지 않겠느냐는 이유였다.

"아무 무늬도 없고, 특색도 없는 칠판이 좋아. 무늬 같은 건 다른 생각하고 뒤섞이기 딱 좋거든. 생각이 뒤섞이면 통제할 수 없게 돼. 그럼 안 되지. 네가 상상한 그 칠판은 아주 개인적인 물건이어야만 해. 네 스마트폰이나 특별한 날 입는 속옷 같은 그런 거 말야. 그러니까 너만이 통제할 수 있는 것이어야 하고, 완벽하게 통제할 수 있어야 한다는 거지."

태식이는 통제, 라는 단어에 힘을 주어 말하고는 한 마디를 덧붙였다.

"쉽지 않을 거야. 지금까지 이거 성공한 사람, 딱 한 사람밖에 못 봤어."

물론 그 한 사람은 바로 태식이 본인이었다.

태식이의 말은 과장이 아니었다. 그 후 일주일 동안 나는 '인간이 칠판을 상상하는 건 원래 불가능하다'고 느낄 지경에 이를 때까지 실패에 실패를 거듭했다.

답답했다.

내 머리이고, 내 상상인데, 어쩜 이렇게 내 맘대로 통제가 되질 않는지. 마치 몸을 맘대로 가누지 못하는 악몽을 꾸는 기분이었다.

꿈. 나는 장자를 떠올렸다.

'내가 나비의 꿈을 꾸는 것인지, 나비가 내 꿈을 꾸는 것인지.'

아마 장자가 꿈에서 본 나비가 내가 그리는 데 실패하고 있는 칠판과 흡사할 것이다.

꿈은 통제할 수 있는 상상과 다르다. 꿈은 모호하게 이미지가 뒤엉켜 있으며 무엇하나 마음대로 할 수 없다. 아마도 그렇기 때문에 장자는 자신과 나비를 구분하지 못했을 것이다.

상상으로 칠판을 만들어내는 건 이 나비의 꿈과는 다른 이야기이다. 칠판은 통제할 수 있고, 동시에 이것이 칠판인지 아닌지, 아니 실제로 존재하는 칠판인지 상상 속의 칠판인지를 분명하고도 명백하게 구분할 수 있다.

자각몽自覺夢 혹은 루시드 드림Lucid Dream. 어떤 사람들은 훈련을 통해 꿈을 완전하게 통제하는 법을 알고 있다고 한다. 나는 자각몽을 꾼 적은 없고, 그런 꿈을 꾸고 싶다고 생각해본 적도 없지만, 아마도 내가 하는 이 칠판을 만드는 작업이 자각몽과 비슷할 거라고 생각했다.

시간이 지나며 나는 어떤 이론을 확립해갔다. 시간이 흐른 뒤, 내가 얻은 결론을 정리하자면 이렇게 적을 수 있을 것이다.

'존재하게 하려면 통제해야 한다. 통제하지 못하면 존재하지 않는다. 존재하지 않는 것은 꿈과 같다.'

이론과 실천이 다르다는 건 누구나 안다. 그리고 내가 세운 이론은 결국 원점이나 마찬가지였다. 즉, 내가 통제하지 않으면 칠판을 만들 수 없다. 처음 단계로 돌아간 셈이었다.

그렇다면 도대체 어떻게 해야 칠판을 통제할 수 있는 걸까? 무슨 수를 써야 통제가 가능한 걸까?

나는 1학기가 끝날 때까지 칠판과 씨름하면서 시간을 보냈다.

그리고 여름방학이 시작되었다. 당연한 이야기지만, 기말고사 성적은 추락하는 악몽처럼 수직으로 하강했다. 하지만 아찔하거나 하지는 않았다. 그 당시 나에게는 성적보다 칠판을 통제하는 일이 훨씬 더 중요했다.

성적표가 집에 도착하자 부모님은 걱정했다. 내가 무슨 탈선을 한 것이 아닐까 의심하기도 했다. 하지만 내 컴퓨터에는 야동이 없었고(당연한 말이지만 부모님에게 들킬 우려가 있는 건 결코 하드디스크에 남겨두는 게 아니다), 담배나 술, 혹은 여자 친구의 흔적 또한 없었다(존재하지 않는 건 흔적을 남길 수 없다).

내가 탈선을 하고 있었던 건 사실이다. 그러나 그 탈선은 온전히 내 머릿속에서만 이루어지고 있었고, 그래서 부모님은 짐작조차 할 수 없었다. 내 탈선은 오직 상상 속에서만 존재하는 것이었고, 상상은 법적으로도 처벌의 대상이 되지 않는다.

부모님의 걱정과 친구들과의 단절 사이에서 나는 방학 내내 칠판과 씨름했다. 어떤 날은 꽤 탄탄하게 칠판이 그려졌지만 다른 날에는 아주 조금만 딴 생각을 해도 무너지곤 했다. 무너진다는 건 물리적(상상 속 사물에 이런 표현을 쓸 수 있을지 모르겠지만)인 의미는 아니었다. 칠판이 내가 가지고 있는 다른 생각과 뒤섞이거나 사라져버리는 걸 말한다.

그리고 방학이 끝나기 전 어느 날, 나는 칠판을 존재하게 하는 데 성공했다. 즉 완벽하게 칠판을 통제하는 데 성공했다는 말이다.

태식이는 생각을 통제하는 방법을 '그냥 하는 수밖에 없어. 설명할 길이 없거든.' 이런 식으로 표현했다.

하지만 나는 내가 성공한 방식을 한 번 설명해보려고 한다.

이건 구구단을 외우는 것과 비슷하다.

구구단을 외우는 데는 요령이 있다. 이를테면 9단의 답 십자리 수는 0, 1, 2, 3, 4, 5, 6, 7, 8이고, 한자리 수는 9, 8, 7, 6, 5, 4, 3, 2, 1이라는 식의. 하지만 이런 요령을 가지고는 결코 구구단을 외울 수 없다. 구구단은 리듬을 가지고 무작정 외우는 것이다.

예를 들어 '팔칠에 오십육' 이라는 문장을 생각해보자. 이 문장에 리듬을 붙여 외운 다음, 필요할 때 리듬을 통해 떠올린 단어를 머릿속에서 숫자로 바꾸는 것이다. 이게 구구단을 외우는 진짜 방법이다.

칠판을 만드는 것도 마찬가지다.

오른쪽 위에서부터 그리건 왼쪽 아래에서부터 그려나가건, 그런 건 전혀 중요하지 않다. 칠판 그 자체를 통째로 외우는 것이다. 단순하고, 무식하게. 우아하지 않게.

지금도 내 머릿속에는 그날 완성한 칠판이 존재하고 있다. 나는 이 칠판을 유지하기 위해 매일 아침 집중해서 칠판을 '다시' 외운다. 이건 매우 중요한 과정이다. 지금도 이 과정을 건너뛰면 칠판은 내가 통제할 수 없는 영역으로 날아가버린다.

이제 칠판은 완성되었다. 하지만 이건 내가 당면한 문제, 즉 카드카운팅을 하기 위한 집을 짓는 첫 걸음에 불과했다. 이제 나에게는 통째로 외워야 할 각 층에 13개의 방을 가진 4층짜리 건물이 남았다.

그해 방학은 길고도 길었다. 나는 매일 집을 지어나가기 시작했다. 즉 칠판을 만들면서 터득한 방법을 통해서 집을 천천히 외우기 시작했다는 말이다.

결과적으로 태식이가 옳았다. 집을 짓는 방법은 태산을 옮기는 방법과 같았다. 조금씩. 천천히. 한 걸음씩.

집을 짓는 건 칠판을 만드는 것과는 비교도 할 수 없을 정도로 힘든 작업이었다. 단순하게 칠판과 4층짜리 집의 크기만 생각해봐도 알 수 있을 것이다. 하루에 방 하나를 상상하기도 버거웠다.

옛날 선비들은 사서삼경을 만 번씩 읽었다고 한다. 계산해보면 책 한 권을 하루에 1번 읽는다고 했을 때 1만 번을 읽는 데에는 대략 28년이 걸린다. 그렇다면 선비들이 사서삼경 7권을 만 번씩 읽기 위해 200년이 필요하다고 생각할 수 있다.

하지만 선비가 사서삼경을 만 번씩 읽는 건 불가능하지 않다. 이 계산이 틀렸기 때문이다.

왜냐하면 처음 책 한 권을 읽는데 1개월이 걸린다고 해보자. 두 번째 읽을 때에는? 보름, 아니, 열흘이면 될 것이다. 세 번째 읽을 때는 더 줄어들고 네 번째는 또 줄어든다.

이런 식으로 반복하다 보면 나중에는 1시간에 1권을 읽는 경지에 이를 수 있다.

물론 이렇게 되기까지 엄청난 집중력이 필요할 것이고, 인내심 또한 어마어마하게 필요할 것이다. 하지만 그것을 극복한다면 책 한 권을 만 번 읽는 건 결코 불가능한 일이 아니다.

내가 칠판을 완전히 외우기까지는 1개월 정도가 걸렸다.

방 하나를 외우는 데에도 그 정도의 시간이 필요했다. 방이 두 개가 되고, 세 개가 되었지만 시간은 2개월 3개월로 늘어나지 않았다. 필요한 시간은 줄어들었다. 내 집중력은 그만큼 더 향상되고 있었고, 반복하면 반복할수록 집의 형태는 점점 구체화되고 또렷해졌다. 처음에 방 하나뿐이었던 집은 점점 커져서 곧 2층, 3층 건물이 되었다.

그리고 2학기가 시작되었다.

건물이 올라가면 갈수록 내 성적은 점점 더 추락해갔다. 2학기 첫 모의고사에서 나는 또 한 번 기록을 갱신했다. 내 인생 최하 점수였다. 성적표가 나온 날은 내가 막 3층 두 번째 방을 지은 날이기도 했다. 라플레시아

꽃이 가득한 방을 상상하는 동안, 부모님은 노발대발했지만 나는 별 반응을 보이지 않았다. 내게는 3층 정글 테마를 완성하는 게 훨씬 더 중요했다. 그리고 사실 고등학생쯤 되면 잔소리를 한 귀로 듣고 다른 귀로 흘리는 기술쯤은 특별히 노력하지 않아도 터득하는 법이다.

그리고 내가 막 4층을 짓고 있을 때, 그 사건이 터졌다. 앞서 잠시 이야기 한 적이 있었던 것 같은데, 블랙잭 판에서 싸움이 벌어진 것이다.

대부분의 고등학교 싸움이 그렇지만 이 싸움의 원인에 대해서는 아이들마다 다르게 말했다. 판돈이나 속임수 같은 것 때문에 일어난 싸움은 아니었다.

누군가는 욕설을 하면서 가족을 건드렸기 때문이라고도 했고, 또 다른 누군가는 여자 때문이라고도 했다. 어찌되었건 돈과 관계없는 일인 것만큼은 분명했고, 나중에 확인한 바로는 그 싸움의 원인은 여자였다.

싸움의 당사자는 태식이었다.

"통제가 안 됐어. 그뿐이야."

길게 이야기하기 싫은 눈치였다. 하지만 나는 도대체 어떤 문제가 있어서 태식이가 통제를 못 할 정도였을까 궁금했다.

"여자 때문이지, 뭐."

태식이는 더 이상 그 일을 언급하지 않았다. 나도 얼굴에 반창고 붙이고 있는 친구에게 어떻게 된 일인지 더 이상 묻고 싶지는 않았다.

싸움의 과정도 아이들마다 다르게 말했다. 누군가는 태식이가 더 많이 때렸다고 했고, 누군가는 상대방이 더 많이 때렸다고도 했다.

객관적으로 알 수 있는 사실은 둘 다 상처가 비슷하게 났다는 것, 그리고 싸움은 승부가 나기 전에 학생주임에 의해 강제로 종결되었다는 것 정도였다.

남자 고등학교에서 학생들 사이에 벌어지는 주먹다짐은 그리 드물지 않게 일어나는지라 간단하게 학생주임에게 몇 대 쥐어터지는 선에서 넘어갈 수도 있었겠지만 안타깝게도 이 경우에는 도박이라는 요소가 더해져 있었다. 두 사람은 결국 높은 벌점을 받거나 전학을 가거나 둘 중 하나를 선택해야만 했다.

태식이는 내신을 포기할 수는 없다고 했다.

"성공해라."

태식이는 마지막으로 이렇게 덕담을 남기고 떠나버렸다. 하지만 그 성공은 내가 처음에 원했던 블랙잭의 승률을 높이는 일이 아니게 되었다. 그 싸움 이후 학교에서 블랙잭은 완전 금지되었기 때문이다.

처음 며칠은 몰래 판이 열리기도 했던 모양이다. 하지만 학교 구석구석을 잘 알고 있는 학생주임교사가 정말로 멈추게 할 생각이 있다면 그 무엇도 멈출 수 있다. 다만 보통은 그럴 의지가 없을 뿐이다.

학생주임이 도박을 왜 그렇게까지 막으려고 했는지는 잘 모르겠다. 분명한 건 도박이 멈추었다는 것이고, 학생들의 유행이 곧 바뀌었다는 것뿐이다. 내 기억에 블랙잭의 자리를 차지한 건 도박이 아니라 모바일 대전격투게임이었다.

나는 그 게임에는 흥미가 없었다.

태식이가 떠나도 시간은 흘러갔다. 떠나지 않았어도 똑같이 흘러갔을 시간이었다.

내가 4층 집을 완성한 건 1학년 기말고사가 끝나고 겨울 방학이 시작될 무렵이다. 그 즈음 내 성적은 이미 최하점 기록을 몇 차례나 갱신했다.

돌이켜보면 그때 나는 왜 그렇게 카드가 사는 집에 집착했던 걸까 싶기도 하다. 중학교 때까지 작은 탈선 한 번 경험해보지 않은 아주 모범적인 학생이었던 나에게 카드가 사는 집을 짓는 건 내 인생 첫 번째 일탈이었다. 때마침 나는 사춘기였고, 그래서 그렇게나 탈선에 몰두했던 건지도 모른다.

카드가 사는 집은 완성되었다. 그리고 나는 52개의 방에 52명의 배우와 가수들이 있는 광경을 아주 또렷하고 생생하게 그릴 수 있었다.

집 앞에 서면 대문과 그 앞에 걸려 있는 칠판을 볼 수 있다. 칠판에는 태식이의 전화번호를 적어두었다.

안으로 들어서면 바다를 테마로 꾸민 1층이 나온다. 각 방은 완전히 다른 벽지와 내부 구조를 가지고 있다. 산호로 가득 찬 첫 번째 방, 새우가 가득한 두 번째 방, 상어 아가리 뼈가 걸려 있는 세 번째 방…….

2층으로 가면 사막이 나온다. 거기에는 오아시스가 있는 방과 모래언덕의 방, 전갈의 방, 낙타의 방이 있다.

3층은 정글이다. 추장이 사는 거대한 나무집이 있는 방, 라플레시아가 가득 찬 방도 있고, 호랑이의 방, 원숭이의 방, 마추픽추 유적지가 있는 방도 있다.

마지막 4층은 우주다. 거대한 보석행성과 아름다운 가스행성, 초신성과 혜성, 은하수, 달, 태양…… 나는 이렇게 52개의 방을 머릿속에 짓는 데 성공한 것이다.

그리고 이미 만들어 둔 52장의 카드가 있다. 이 카드들은 내가 원하는 방에 내가 원하는 순간 들어갈 수 있다. 이제 카드 한 벌을 외우는 건 순식간에 할 수 있는 일이 되었다.

그런데 문제가 하나 있었다. 블랙잭은 이제 금지였다. 고로 카드가 사는 집은 아무 용도도 없이 버려질 운명이 된 셈이다.

그러나 이 집에는 미처 생각하지 못한 기능이 있었다. 그것은 바로 내 머릿속에 무엇이든 기억할 수 있는 52개의 저장장소가 생겼다는 점이었다.

나는 시험 삼아 집에 살고 있는 카드들에게 전화번호를 외우게 해 보았다. 52개의 전화번호를 외우는 데 걸린 시간은 내가 전화번호 52개를 읽는 시간과 같았다.

새로 발견한 이 집의 기능을 활용할 생각을 처음 한 건 겨울방학 보충수업 때였다. 그날 나는 교과서를 통째로 외우는 게 실제로 가능하다는 걸 알게 되었다.

가장 먼저 시도해본 건 역사과목이었다. 나는 52명의 배우와 가수들에게 각 단원을 외우게 했다. 교과서 내용을 외우는 건 방의 테마와 구조를 외우는 것에 비하면 훨씬 쉬운 일이었다. 왜냐하면 방의 테마와 구조에는 그 자체로 이야기가 없다. 하지만 역사에는 이야기가 존재했다. 이야기가 존재하는 건 외우기가 훨씬 쉽다.

이를테면 이런 식이다.

2층 일곱 번째 방에서 레인보우 지숙이 십자군 원정을 기억한다.

"3차 십자군은 1189년~1192년이야. 2차 십자군 원정의 대실패 이후, 예루살렘의 탈환을 위해 3차 십자군 원정이 시작된 거지. 잉글랜드 왕 헨리 2세와 프랑스 왕 필리프 2세는 교황의 요청을 받아들여서 싸움을 멈췄어. 사라덴 세금을 거둬들여서 자금을 모았고. 하지만 헨리 2세의 아들 리차드는 반란을 일으켜."

바로 4층으로 올라가면 월면에 서 있는 김갑수를 볼 수 있다.

"남송시대야. 3차 십자군 원정 때, 1189년이면 효종이 퇴위하고 광종이 즉위했지. 그 시기에 고려는 '망이, 망소이 난' 이후 계속 민란이 이어지고 있었어. 1193년에는 '김사미, 효심의 난'이 일어나."

매일 아침 1시간만 집중해서 점검하면, 외운 것은 결코 사라지지 않았다. 통제할 수 있었다는 말이다.

겨울방학이 끝나고 2학년 1학기 첫 중간고사 때, 나는 암기과목의 신이 되어 있었다. 내가 외울 수 없는 건 없었다. 외우는 방법도 다양했다. 리 마빈에게 교과서를 찢어서 들고 있게 한 적도 있었고, AOA 민아에게 주기율표를 준 적도 있었다(다만 혼자서 주기율표를 다 외울 수 없어서 세라와 태연의 힘을 빌어야 하긴 했지만).

국어를 외우는 건 조금 다르긴 했지만 그렇게 어려운 일은 아니었다.

조선시대 어떤 선비는 '이해가 가지 않는 책 한 권을 1만 3천 번 읽었더니 이해할 수 있게 되었다'는 말을 남겼다.

나도 마찬가지였다.

1만 번까지도 필요 없었다. 교과서에 적혀 있는 내용을 리 마빈에게 읽으라고 시키다 보면 결국에는 나도 내용을 이해할 수 있었으니까. 다만 유창하게 한국말을 하는 리 마빈과 비고 모텐슨을 누군가 본다면 좀 우스꽝스럽긴 할 것이다.

영어 과목도 마찬가지였다.

많은 학생들이 영어가 문법을 이해하는 학문이라고 착각하는데, 영어야말로 암기과목이다.

이런 착각을 하는 건 우리가 처음 한국어를 배울 때 어떻게 배웠는지를 잊기 때문이다. 누구도 한국어를 배울 때 문법을 이해하지 않는다. 엄마, 아빠, 좋아, 싫어, 배고파, 이런 단어를 외우고 단어의 리듬을 외운다. 이건 앞서 말한 구구단을 외우는 것과 마찬가지다. 나는 영어 문장을 외웠고, 문장의 해석도 외웠다.

성적이 다시 오르기 시작하자 부모님이 가장 먼저 기뻐했다. 그리고 담임이 기뻐했고, 마지막으로는 내가 기뻤다. 나는 집을 지었고, 그 집의 활용법을 깨달았다. 내가 깨달은 방법을 통해서 성적을 올릴 수 있었다. 뿌듯했다.

다만 수학만큼은 외우기만으로 점수 올리기가 힘들었다. 수학 공식 외우기야 쉬운 일이었다. 하지만 수능에 출제되는 문제는 늘 응용이었고, 나는 내가 알고 있는 공식만으로 풀 수 있는 문제는 한정되어 있다는 사실을 깨달았다.

결국 문과로 진로를 정했다.

고3 한해는 어떻게 갔는지 모르게 지나갔다.

52장의 카드, 52명의 인물들은 시간이 지날수록 점점 더 구체화되었다. 내가 모르고 있었던 사실을 알게 되기도 했다. 리 마빈의 콧잔등에 얇은 흉터가 있다거나, 혹은 박신혜의 발등에 큰 점이 있다거나 하는 것들이 그랬다. 물론 실제 리 마빈의 얼굴에는 흉터가 없고, 박신혜 발등에도 점이 없다. 하지만 이들은 내가 상상한 내 카드였고, 다시 말해 이들이 알고 있는 건 내가 알고 있는 것이었다. 비록 내가 이전에 깨닫지 못했다고 하더라도 나중에 알게 된 사실들은 실은 내가 무의식 중에 그려낸 것일 터였다.

나는 이 부분이 신비롭게 느껴졌다. 여전히 꿈과 상상은 분명히 구분할 수 있었다.

'존재하게 하려면 통제해야 한다. 통제하지 못하면 존재하지 않는다. 존재하지 않는 것은 꿈과 같다.'

이 이론은 여전히 확고했다.

1년이 지나고, 꽤 괜찮은 대학 사학과에 입학할 수 있었다. 외우는 것이 내가 가장 잘 하는 일이니 역사를 공부하면 대학에서도 공부를 잘 할 수 있을 거라고 판단했기 때문이었다. 물론 이 생각은 입학한 뒤에 완전히 틀렸다는 게 밝혀졌지만, 그래도 암기력이 완전히 쓸모없는 건 아니었다. 내가 동기들 중 누구보다 암기를 잘 한다는 사실은 금방 드러났다.

학생의 본분은 학업이라지만 내 대학생활의 첫 번째 위기는 내가 아무 생각 없이 사학과에 입학했다는 사실이 알려졌을 때가 아니었다. 동기 중에는 나와 같은 생각으로 입학원서를 쓴 친구가 한둘이 아니었다(그리고 그들도 역사가 암기와는 별 상관이 없다는 걸 알고 나와 비슷하게 좌절했다).

진짜 위기는 신입생 환영회 때였다. 흔히 오티라고 줄여서 말하는 바로 그 행사 때, 나는 태어나서 처음 술을 마셨다.

그리고 다음날 악몽을 경험했다.

지난 2년 간 완전히 통제할 수 있었던, 내 공들여 지은 4층 집이 글자 그대로 무너지는 경험을 한 것이다. 그건 실제 집이 무너지는 것과는 다른 느낌이었다. 집의 일부는 나비가 되어 흐느적거렸고, 다른 일부에는 얼마 전에 본 성인영화의 여주인공이 벌거벗고 춤을 추고 있었다(10대를 벗어나긴 했지만 건강한 남성이라면 이런 종류의 상상이 20대에도 높은 빈도로 나타나기 마련이다). 복잡한 무늬의 오물로 뒤덮인 바다, 쓰레기장과 구분하기 힘들 정도로 복잡한 패턴을 한 정글, 이런 것들도 악몽의 일부였다.

신입생 환영회 이후, 나는 술을 입에도 대지 않았다. 최악의 악몽이 실현되는 경험은 일생에 한 번이면 족하다고 판단했기 때문이다.

담배도 입에 대지 않았다. 니코틴은 각성제이기 때문에 어쩌면 암기력이나 집중력을 키우는 데 도움이 될지도 모른다는 생각을 해본 적은 있다. 하지만 자라보고 놀란 가슴이 굳이 솥뚜껑에 모험을 걸게 되지는 않았다. 그만큼 나에게 있어서 카드가 사는 집은 소중했다.

술을 마시지 않고 담배도 피우지 않는 학생이 아예 없는 건 아니었지만, 동기들은 내 비상한 기억력과 연관지어서 나를 별종 취급했다. 왕따를 시키는 수준까지는 아니었지만 비정상인을 보는 시선과 흡사한 수준이었다. 그런 시선이야 아무래도 좋았다. 어차피 그들의 존재는 내 머릿속 카드 보다 흥미롭지 않았으니까.

1년이면 365일, 일주일이면 7일, 아침이 되면 제일 먼저 칠판부터 확인한다. 거기에 다음날 해야 할 일을 적어놓기 때문이다. 그리고 1층부터 시작해서 4층까지 천천히 올라가면서 방을 확인하고, 방에 들어가 있는 카드들을 확인한다. 처음에는 몇 시간씩 걸리는 작업이었지만 나중에는 1시간이면 점검을 마칠 수 있었다.

그런데 내가 상상한 카드들은 시간이 지날수록 점점 더 진짜 같아지는 기분이었다. 인격이 생기거나 하는 건 아니지만 구체적인 사실들이 점점 더 늘어갔다. 음성이나 말투, 동작의 버릇 같은 것들이 그랬다. 아마도 내가 TV에서 보고 기억하고 있었던 세부사항이 무의식 저편에 저장되어 있다가 어느 날 튀어나와 살을 덧붙이는 모양이었다. 매일 아침 1시간을 카드가 사는 집과 카드에 투자하는 것이 나에게는 더 없이 즐거운 작업이었다. 그러니 동기나 선배들에게 관심이 별로 가지 않는 것도 그리 이상할 건 없었다.

다만 한 가지 마음에 걸리는 건 있었다. 그건 바로 태식이었다. 칠판 아래쪽에는 여전히 태식이의 전화번호가 적혀 있었다. 하지만 태식이가 전학을 간 이후로 그 번호로 전화한 적은 단 한 번도 없었다.

왜 그랬을까?

어쩌면 이 세상에서 카드가 사는 집에 대해서 대화를 나눌 수 있는 유일한 대상이 태식이뿐일지도 모르는데, 나는 왜 태식이를 찾지 않았던 걸까?

카드가 사는 집을 짓는 법을 알려준 건 태식이었다. 태식이가 없었다면 나는 결코 카드가 사는 집을 짓지 못 했을 것이다.

하지만 이제 카드가 사는 집은 나만의 은밀한 비밀이 되었다. 태식이를 만난다는 건 어쩐지 내 은밀한 치부를 세상에 드러내는 것 같은 기분이 들었다.

물론 그건 스무 살의 내가 가졌던 어리석은 생각이었다. 그건 사실 특별히 비밀이랄 것도 없었고, 은밀한 것도 아니었다.

만약 내가 그때 태식이를 찾아갔다면 조금은 달라졌을지도 모른다. 어쩌면 어렸을 때 부모님이 이혼했다는 사실을 숨기고 살다가 어느 날 친구에게 털어놓았더니 친구 부모님도 이혼했다는 걸 알게 되는, 아마 그 정도의 사건이 되었을 것이다. 그랬다면 나에게는 상담할 수도 있고, 터놓고 말할 수도 있는 소중한 친구가 생겼을지도 모른다. 하지만 나는 그렇게 하지 않았다.

게다가 카드가 사는 집 이야기를 철저하게 비밀로 한 것도 아니었다. 과동기 중 하나가 이렇게 물은 적이 있다.

"너, 기억력이 좋은 거냐, 아니면 요령이 좋은 거냐?"

이 말은 태식이를 찾아갔을 때의 나를 떠오르게 했다.

"기억력을 강화시키는 방법이 있어."

나는 친절하게 답해주었다.

"로먼룸? 마인드맵? 마인드트리? 어떤 걸 써?"

처음 들어보는 단어였다. 알고 보니 그 친구는 기억법 이론을 잘 알고 있었다. 나는 내 기억법을 설명해주었다.

"마인드팰리스 비슷한 방법이구나. 그런데 세부적으로는 다른 점도 있네. 좀 물어봐도 될까?"

물론이었다. 그날 수업을 빠진 채 그 동기와 하루 종일 내 기억법을 점검했다. 그 친구는 그림을 그려가며 내 머릿속의 4층 건물을 이해하려고 했고, 그 성능도 테스트해보았다.

책 한 권을 주고 어느 정도 외울 수 있는지 시험도 해보았고, 카드 두 벌을 섞은 다음, 그것을 차례로 내려놓으며 내가 혼동 없이 몇 장까지 외울 수 있는지를 테스트하기도 했다. 대학에 입학한 이후 가장 활발하게 사교 활동을 한 날이었다.

다음날, 그 동기는 진지한 얼굴로 나를 찾았다.

"한국기억법 연구소라고 들어봤어?"

"기업법 연구소?"

"아니, 기업 말고 기억. 기억법 연구소."

그 동기는 자기 형이 그 연구소 소장이라고 했다. 어쩐지 사학과 치고는 기억법에 대해서 너무 잘 알고 있다 싶었다.

"거기서 요즘 알바 뽑거든? 너라면 거기 딱일 거 같은데. 한 번 가보면 어때?"

가보기로 했다. 내 기억법을 진짜 연구소에서는 어떻게 받아들일지 궁금하기도 했지만, 시급이 아주 세다는 말에 혹한 게 더 컸다.

"편의점 몇 배는 될걸?"

이 말이 없었다면 경의선을 타고 파주까지 가는 먼 길을 택하진 않았을 것이다.

"동생한테 이야기 들었어요. 편하게 있어요. 나 여기 소장이에요. 소장님이라고 불러요."

소장님이라고 부르면서 편하게 있으려면 어떻게 해야 하는 걸까 궁금했지만 별로 불만은 없었다. 소장은 바로 디지털 초시계를 가지고 오더니 작동을 시작하면서 시급을 이야기했기 때문이었다. 시급은 내가 상상했던 것보다도 훨씬 셌다. 만약 방학 때 하루에 4시간씩 주 5일 일을 한다면 한 달이면 한 학기 등록금을 벌고도 남을 액수였다.

소장은 일단 정확한 검사를 위해서 장비를 설치해야 한다며 옆방으로 안내했다. 병실이 떠오르는 침대가 놓인 작은 방이었다. 난생 처음 보는 장비가 놓여 있었고, 장비에 연결된 컴퓨터와 커다란 모니터도 눈에 들어왔다.

"자, 누워요. 편하게."

침대에 눕고 나자 소장은 내 몸에 전극을 부착하기 시작했다. 가슴과 손가락에 전극이 이어졌고, 머리에는 SF 영화에서 본 것 같은 기괴한 장비를 씌웠다.

"뇌파를 측정하는 장비에요. 절대로 몸에 영향이 가는 일은 없으니까 안심해요."

별로 안심은 되지 않는 말이었지만 시급을 생각해서 알겠다고 답했다.

이어진 실험은 좀 재미있었다. 동기 녀석과 했던 테스트와 비슷했는데, 뭐랄까 더 전문적이고 구체적이라는 생각이 드는 실험이었다.

특히 기억에 남는 건 소설책을 주고 줄거리를 외워보라고 한 거였다. 실제로 존재하는 소설은 아닌 것 같고, 아마도 테스트만을 위해 만들어진 스토리인 모양이었다. 인물이 너무 많이 등장하고 관계도 복잡했다. 나는 인물들을 층별로 나눈 뒤, 층별 카드들에게 인물을 나누어 맡기는 방식으로 줄거리를 외웠다. 소장은 그 과정을 꼼꼼하게 물어보았고, 나는 최대한 성심성의껏 대답했다.

또 기억에 남는 건 기묘한 형태의 도형들을 임의로 보여주고, 그것을 순서대로 그리는 테스트였다. 나는 베스티 다혜와 김갑수가 기묘한 형태의 도형을 계속해서 그리는 광경을 상상했고, 그 광경은 참 인상적이었다. 그리고 이번에도 내가 기억하는 과정과 그 결과를 아주 상세하게 대답했다.

만약 이 일이 최저임금을 받는 일이었다면 대충 대답했을 것이다. 역시 최저임금은 최저질의 노동을 낳는다는 걸 그날 배웠다.

3시간 정도 지났을 때, 소장의 얼굴은 쉽게 눈치챌 수 있을 정도로 환해졌다.

"이제 곧 방학이지? 혹시 휴학할 생각 있어요?"

"휴, 휴학요?"

시급이 아무리 좋아도 휴학을 생각할 정도로 좋지는 않았기 때문에 되물었다.

"어차피 군대 가야 하잖아. 여기서 일해요. 우리 회사, 방위산업체야. 여기 연구원으로 취직시켜줄게. 아, 방위산업체 월급 말고, 여기서 진짜로 연봉도 주고. 세금문제가 있으니까 일부는 현금으로 줘야겠지만. 가만있자. 김 비서! 여기 계약서 좀 가지고 와봐!"

소장은 잔뜩 들뜬 목소리로 말했다. 얼마나 흥분했는지 나에게 반말하는 게 자연스럽게 느껴질 정도였다. 계약할 사람을 앞에 두고 허둥대는 게 아무래도 사업가 타입이라기보다는 순수한 학자 타입인 모양이었다. 나는 그런 점이 맘에 들었다.

어쩌면 노련한 사기꾼들은 이런 방법으로 사람을 속일지 모른다. 어수룩해 보이는 인상을 잔뜩 풍긴 다음 뒤돌아서면 뒤통수를 치는 식으로 말이다. 하지만 소장은 그런 사람이 아니었고, 나에게 성심성의를 다 해주었다.

1학기를 마칠 때까지 수업이 끝나면 매일같이 파주로 향했다. 매일 다른 테스트가 이어졌고, 소장의 흥분도도 더해졌다.

"그러니까 우리 연구소에서 하는 일이 이 마인드맵을 표준화시키는 작업이야. 네가 사용한 방법은 아마 마인드펠리스를 응용한 거 같은데, 대부분의 기억법은 머릿속에 사물을 그리고, 그 사물을 이용해서 기억한다는 점이 비슷하지. 그런데 문제가 이 방법은 사람마다 편차가 커서 도저히 표준화를 할 수 없다는 거야."

소장은 이렇게 설명했다.

"그런데 말이지, 너는 정말로 뇌파가 안정적이야. 뇌파만 가지고도 네가 어떤 사물을 조작하는지를 명확하게 구분할 수 있는 수준이라고."

소장의 말은 내 뇌파를 측정해 표준화시키는 작업을 성공시키기만 한다면 내가 지은 '카드가 사는 집'을 기억법 표준 모델로 보급할 수 있을 거라는 이야기였다.

"전 세계에서 아직까지 누구도 하지 못한 일이야. 노벨상은 어렵겠지만 적어도 세상 그 무엇과도 바꿀 수 없는 소중한 걸 손에 넣을 수는 있을 거고."

"노벨상 말고 소중한 거라면…… 경험이요?"

"돈이지. 돈."

"흐음. 돈은 세상 그 무엇과도 바꿀 수 있는 소중한 것 아닌가요?"

"그러니까 세상 그 무엇과도 바꿀 수 없지. 세상 그 무엇과도 바꿀 수 있으니까."

쉽게 이해하기 어려운 정신세계인 것 같긴 했지만 아무튼 큰돈을 벌 수 있다는 희망에 부푼 얼굴을 보는 기분도 그리 나쁘지는 않았다.

내 머릿속 4층 집을 표준화하는 작업은 아주 천천히, 정밀하게 진행되었다. 표준화 작업을 위한 테스트도 여러 버전으로 진행되었다. 그리고 방학이 끝날 무렵 병역특례도 진행이 되었다.

"생각보다 병특 T.O가 빨리 나왔어. 우리 사업이 창조경제모범사업으로 선정됐거든. 훈련소 가서 4주 훈련 받고 와. 그 사이에 여기서는 테스트를 제대로 업그레이드 해놓을 테니까."

"예, 형."

병특을 위한 훈련을 앞둔 시점이 되자 나와 소장은 어느새 형 동생 하는 사이가 되어 있었다. 그건 나쁘지 않았다. 소장이 회식 때 자꾸 술을 권하는 점만 뺀다면 말이다.

나는 내가 술을 마시지 않는 이유를 여러 차례 강조해서 이야기했지만 술에 취한 소장은 늘 그 이야기를 잊어버렸다. 그래서 소장이 술에 취하면 몰래 술자리를 빠져나오곤 했다.

그리고 두 번째 시련이 닥쳤다. 그것은 바로 병역특례를 위한 훈련소 입소였다.

훈련소는 경기도 북단에 위치한 육군 10사단 총검부대 훈련소였다. 논산이나 의정부로 빠지면 훨씬 편하다고들 하는데 하필이면 군기 세고 고되기로 유명한 10사단 훈련소로 가게 된 것이다. 그럼에도 그래 봤자 4주만 버티면 된다는 게 내 생각이었고, 그 정도는 얼마든지 감당할 수 있다는 자신감도 있었다.

하지만 그 자신감은 곧 무너졌다.

군대에 대해서 피상적으로만 알고 있었던 나는 아침에 1시간을 낼 수가 없다는 걸 훈련소 첫 날 깨닫게 되었다. 그리고 일과 시간에도 1시간을 온전히 집중해서 카드가 사는 집을 점검하는 게 불가능하다는 것도 알았다.

기상나팔 소리와 함께 일과가 시작되면 조교가 고래고래 고함을 쳤다. 훈련병들은 그 소리에 맞춰 침구류를 정리정돈하고 훈련복을 착용해야 했다. 간단한 정비가 끝나면 아침체조와 구보가 이어졌고, 이후에는 바로 아침 식사, 그 다음은 오전 일과였다.

육체의 한계를 경험하게 되는 오전 훈련이 끝나면 점심을 먹고 오후 일과가 이어졌고, 오후 일과가 끝나면 저녁식사였다. 중간 중간 10분 휴식

시간이 있었지만 그 시간에 집중해 카드가 사는 집을 정비하는 건 불가능했다.

집중할 수 있는 시간이라고는 일과가 끝난 후, 저녁을 먹고 난 뒤에 주어지는 개인정비 시간뿐이었는데, 그때쯤이면 도무지 집중이 되질 않았다.

이건 오리엔테이션 기간에 술을 마시고 겪었던 악몽과는 또 다른 차원의 악몽이었다. 술을 마시고 집이 무너질 때가 도둑을 맞는 심정과 비슷하다면 군대 훈련소는 상대가 달랐다. 이건 쓰나미를 만난 것과 비슷했다.

내가 나 자신을 통제할 수 없다는 게 너무나도 분했다. 분명히 시간이 없는 게 아닌데, 시간이 나면 쉬어야만 했다. 내가 아무리 소중하게 여기는 카드가 사는 집이라고 해도 도저히 챙길 수 있는 여력이 없었다.

비록 4주밖에 되지 않는 기간이었지만 훈련소 안에서는 시간이 전혀 흐르지 않는 것만 같았다. 그리고 내 눈 앞에서 내가 지은 집은 점점 더 무너져가고 있었다. 그것은 희미해져가는 기억과도 비슷했고, 사라져가는 추억처럼 느껴지기도 했다. 붙잡아 보려고 손을 내밀었지만 손으로 잡을 수 있는 건 아무것도 없었다. 통제할 수 없는 건 무너져버린다.

4주 훈련을 마치고 나자 육체적으로나 정신적으로나 휴식이 절실한 상태가 되었다. 소장은 충분히 이해한다고 말하면서 일주일간 휴가를 주었다. 나는 그 일주일 동안 집을 복구하기 위해서 전념을 다했다.

하지만 집은 쉽게 돌아오지 않았다. 집의 벽면은 추상적이면서도 기하학적인 형태로 변형이 되다가 벌거벗은 여자의 형상으로 변하기 일쑤였다 (보편적으로 남성은, 군대를 다녀와서도 이런 상상을 하는 일이 매우 잦다).

그래도 고등학교 3년을 투자한 집이었다. 일주일이 지나자 예전같이 구체적인 부분까지는 아니더라도 어느 정도 복구할 수는 있었다. 하지만 그 일주일로는 부족했다. 나는 제대로 준비가 되지 않은 상태로 출근을 해야 했다.

"그야 당연하지. 예전의 안정적인 뇌파로 돌아가려면 훈련소에서 있었던 시간만큼이 필요할 걸? 전혀 걱정하지 마. 멀쩡하게 복구될 테니까."

소장은 사람 좋은 미소를 지으면서 이렇게 말했다. 어쩐지 안심이 되는 말이었다. 그리고 정확한 말이기도 했다. 예전처럼 돌아가려면 훈련소에서 있었던 시간만큼이 필요할 거라는 부분이 그랬다.

정확하게 4주 뒤, 나는 예전과 같은 뇌파를 되찾았다.

"어라? 그런데 이건 뭐냐?"

소장이 나에게 물었다. 하지만 그건 소장이 묻기 전에 내가 먼저 물어야 할 말이었다.

각 층에 13개의 방이 있는 4층짜리 건물, 그리고 52명의 카드. 칠판 하나. 이것이 내가 통제할 수 있는 내 세계였다. 하지만 나는 건물 앞에 선 낯선 얼굴을 보고 있었다.

태식이였다.

태식이는 칠판 앞에 서서 나를 물끄러미 응시하고 있었다. 무슨 계기가 있었던 것도 아니고, 떠오를 만한 이유도 없는 태식이였다.

"전에 안 잡히던 뇌파가 잡히는데? 뭐 다른 생각이라도 하고 있는 거야?"

나는 소장에게 태식이가 보인다는 말을 했다. 그리고 그것이 전혀 의도한 게 아니라는 말도 했다.

"곤란한데."

소장은 모니터를 손으로 가리키며 말했다. 모니터에는 내 머릿속 집을 형상화한 CG와 카드 한 벌 그림, 그리고 그 카드에 내가 이름을 붙인 남녀 연예인의 이미지가 떠 있었다.

"여기에 조커가 등장했네. 이건 조커야. 거 참."

소장은 52명의 남녀 연예인 끝부분을 손가락으로 가리켰다. 지금까지 본 중에 가장 어두운 얼굴을 하고서.

소장이 날 원한 건 내가 안정적인 뇌파를 내기 때문이었고, 그리고 그 뇌파를 이용해 표준을 잡을 수 있으리라 믿었기 때문이었다. 하지만 조커가 등장한다면 이야기는 달라진다.

"조커 말이야, 조커. 이거 전혀 통제가 안 되잖아. 나 참. 이게 4주 훈련 때문인지, 아니면 다른 이유가 있는 건지 모르겠네."

그리고 그것을 확인할 수 있는 건 나밖에 없었다. 태식이 뒤편, 카드가 사는 집 앞에 걸려 있는 칠판에는 태식이의 전화번호가 여전히 선명하게 적혀 있었다.

나는 곧바로 태식이에게 전화를 걸어보았다. 번호의 주인은 이미 2년 전에 바뀌어 있었다. 하지만 태식이를 찾는 건 어려운 일이 아니었다. 바야흐로 SNS의 시대다. 클릭 몇 번으로 태식이의 SNS를 찾아냈고, 태식이의 근황도 알 수 있었다.

태식이는 군대에 있었다. 대학은 가지 않은 모양이었다. 그런데 재수를 하다가 중간에 군대를 가다니. 아마 집안 사정이 있는 게 아닐까 싶었다.

"면회 다녀와라."

소장이 말했다.

"출장 처리 해줄게. 만나야 하지 않겠어? 그래야 어떻게든 결론이 나지."

소장은 출장비를 챙겨주며 내 어깨를 두드렸다. 봉투 안에는 왕복 기차 비의 열 배는 되는 금액이 들어 있었다.

태식이가 복무하고 있는 부대는 공교롭게도 내가 훈련을 받은 곳인 육군 10사단 총검부대였다. 입대도 나와 비슷한 시기에 한 모양이었다.

태식이를 만나러 가는 길은 마음이 무거웠다. 불과 한 달 전에 떠나온 길이었다. 훈련소 부근으로 향하자니 어쩐지 다시 입대를 하는 것 같은 느낌이었다.

게다가 훈련소에서 갓 나와 아직 머리가 짧은 상태라 그런지 헌병들의 검문도 심했다. 만나는 헌병마다 나를 붙잡고 검문을 했다.

"잠시 불심검문이 있겠습니다. 혹시 기간병이나 간부가 아니십니까? 혹시 위수지역을 이탈하고 계신 것은 아닙니까?"

묻는 말도 정해진 것처럼 똑같았다. 그때마다 나는 똑같이 대답을 했고, 헌병은 스마트폰으로 내 주민등록번호를 조회한 다음에야 갈 길을 가게 해주었다.

태식이의 부대 앞에 도착했을 때에도 헌병들이 나를 맞았다. 똑같은 질문을 하고, 똑같은 대답을 들은 다음에야 간신히 면회 접수를 할 수 있었다.

나는 면회객 대기소에 앉아서 멍하니 시계를 바라보았다. 시계는 늘 같은 속도로 움직인다. 하지만 훈련소 안에 있을 때와 지금은 전혀 다르게 시간이 간다.

눈을 감고 카드가 사는 집을 떠올려 보았다.

대문을 지키고 있는 태식이를 지나쳐 1층을 지나 2층으로 올라간다. 이제 거의 복구가 된 것 같긴 하다. 방 안에 있는 카드들도 반갑게 날 맞아준다. 하지만 아무리 봐도 예전에 내가 알고 있던 자세한 부분까지 재현되진 않았다.

내 상상은 여기서 멈췄다. 어디선가 날카로운 총성이 들려왔기 때문이다. 사격훈련인가 싶었다. 하지만 총성은 곧이어 연발로 이어졌다. 비록 4주 훈련을 받았을 뿐이지만 군부대에서 연발로 사격음이 나는 일이 없다는 정도는 알고 있었다. 그리고 헌병들의 낯빛이 변하는 것만 봐도 뭔가 사건이 터진 게 틀림없었다.

헌병들이 뛰었다. 전화벨이 울렸고, 부대 전체에 사이렌이 울려 퍼졌다.

"면회객들! 면회객들은 모두 돌아가 주시기 바랍니다!"

헌병 하나가 소리쳤다. 나는 반사적으로 자리에서 일어섰다.

"부대 밖으로 나가주세요. 민간인이 있으면 저희가 통제를 할 수가 없습니다!"

나는 어떻게 해야 하나 잠시 망설였다. 그러자 헌병이 내 앞으로 다가왔다.

"나가주십시오. 통제할 수가 없습니다."

"하지만……."

"나가주십시오."

무표정한 헌병의 얼굴 앞에서 반박을 펼칠 수 있는 사람은 아무도 없을 것이다. 나는 그대로 면회를 포기할 수밖에 없었다.

대기소 문을 막 열고 나가려는데 헌병 둘이 다급하게 문을 박차고 안으로 뛰어 들어왔다. 때문에 나는 잠시 주춤거렸다.

"도대체 무슨 일이랍니까?"

"여자 때문이지 뭐. 통제를 못 했다나 봐."

헌병 둘이 주고받는 대화가 들렸다. 나는 잠시 멍하니 서서 두 헌병을 지켜보았다. 눈앞이 어질했다.

"나가시라고요!"

헌병이 나에게 소리쳤다. 나는 결국 대기소를 나와 부대 앞에 섰다.

하늘 저편에 나비 떼가 날고 있는 게 보였다. 저렇게 많은 나비들이 한꺼번에 나는 걸 본 적이 있었던가? 나비 떼는 기하학적인 무늬를 허공에 수

놓으며 뭉쳤다가 흩어지기를 반복하고 있었다.

문득 내가 했던 말이 다시금 떠올랐다.

'존재하게 하려면 통제해야 한다. 통제하지 못하면 존재하지 않는다. 존재하지 않는 것은 꿈과 같다.'

나는 부대 쪽을 돌아보았다. 부대 벽면에는 벌거벗은 여자들이 단체로 모여 춤을 추고 있었다. 거기에는 얼마 전에 본 에로영화 주인공도 있었다.

"통제가 안 되는 걸까?"

나는 이렇게 중얼거리며 무표정한 얼굴로 부대를 바라보았다. 총성은 더 이상 들리지 않았다.

눈을 감았다. 내 머릿속 카드가 사는 집 역시 무너지고 있었다. 태식이는 보이지 않았고, 칠판에 적어둔 태식이의 전화번호는 벌거벗은 여자가 되어 춤을 추었다. 조금 전 부대 벽면에서 본 바로 그 춤이었다.

김상현

1973년 서울 생, 중앙대학교 문예창작학과 졸업.

98년 판타지 《탐그루》로 데뷔, 이후 SF 《하이어드》, 팩션 《정약용 살인사건》 《이완용을 쏴라》, 역사소설 《대무신왕기》, 스릴러 《킬러에게 키스를》 등을 썼다.

2012년부터 중앙대학교 문예창작학과에서 〈장르문학의 이론과 실제〉 과목을 맡아 출강 중이다.

본문에 소개된 카드카운팅 기법은 실제 블랙잭에서는 사용할 수 없는 방법이다. 혹시라도 시도하여 가산을 탕진하는 독자가 없길 바란다. 하지만 로먼룸이나 마인드팰리스 기억법은 실제로 존재한다.

참고로 주인공이 사용한 카드 목록을 덧붙인다.

	스페이드 ♠	다이아몬드 ♦	하트 ♥	클로버 ♣
A	리 마빈	포미닛 현아	박신혜	송강호
2	어네스트 보그나인	다비치 이해리	이정현	최민식
3	마이클 요크	SES 바다	신세경	한석규
4	팀 로스	베스티 다혜	사현진	김갑수
5	아놀드 슈왈츠제네거	지나	오연서	오만석
6	부르스 윌리스	화영	임상효	육성재
7	브레드 피트	레인보우 지숙	최정원	박중훈
8	샤뮤엘 젝슨	AOA 민아	이아이	박노식
9	크리스토퍼 리	세라	구지성	이진욱
10	더들리 무어	소녀시대 태연	한채영	주상욱
J	로버트 본	EXID 하니	고소영	김수현
Q	데스몬드 레웰인	효리	최지우	홍석천
K	미고 모텐슨	아이유	이영애	안선기

● 제1회 SF어워드 소설 부분 수상작

옥상으로 가는 길

황태환

밤이었다.

도시 상공으로 헬기가 날아갔다. 그 소리에 거리를 배회하던 시체들의 울음이 연달아 터져 나왔다. 낡은 철제 셔터는 소음에 취약했다. 나는 팔뚝에 돋은 소름을 손으로 문질렀다. 아무리 들어도 저 소리는 익숙해지질 않는다. 덕분에 새벽녘까지 잠을 이루지 못하고 뒤척였다. 판자로 덧댄 창문 틈으로 어슴푸레하게 동이 트자 힘겹게 상체를 일으켜 세웠다. 나는 또래의 성인 남자보다 절반이나 작은 체구 탓에 위기 대처 능력이 현저히 떨어졌다. 그래서 아침마다 조용히 실내를 돌아다니며 간밤에 보수할 곳이 생기진 않았는지 신중히 살폈다.

지은 지 삼십여 년이 지난 4층짜리 건물은 세월의 흔적을 고스란히 간직하고 있었다. 콘크리트가 드러난 외벽 곳곳에는 실금이 갔고, 천장은 무너질 듯 움푹 꺼져 있었다. 인간의 냄새를 맡은 놈들은 끊임없이 이곳으로 침입을 시도했다. 다행히 건물은 놈들이 들어오지 못할 만큼 단단했다. 밖으로 이어진 곳을 모조리 판자로 막아버리고 이곳에서 버틴 지 벌써 육 개월째였다.

과거 부동산 사무실이었던 1층에는 현재 나를 비롯해 다섯 명이 생활하고 있었다. 널찍한 중앙 로비는 내과 의사였던 박 선생과 건달 출신의 조문복 그리고 나의 보금자리였다. 우리는 사무용으로 쓰던 책걸상을 모두 철제 셔터를 내린 출입문 쪽에 방벽처럼 쌓아두었다. 로비의 왼쪽 끝에 화장실이 있었고, 그 옆의 작은 방은 상담실이었다. 그곳은 대학생 커플인 안종수와 최희원이 사용했다. 그들은 밥 먹을 때를 제외하곤 방에서 좀처럼 나오지 않았다.

천천히 내부를 둘러봤지만 딱히 이상은 없었다. 내친김에 옥상에 가보기로 했다. 간밤에 헬기 소리가 들린 것으로 보아 어쩌면 보급품이 도착했을지도 몰랐다. 창턱 아래에 놓인 등산용 배낭을 메고 쓰레기 배출구로 걸음을 옮겼다.

이 오래된 건물의 유일한 장점이 있다면 바로 각 층마다 존재하는 쓰레기 배출구였다. 놈들이 계단을 장악한 후로 옥상에 갈 수 있는 유일한 길은 여기뿐이었다. 하지만 이 통로의 입구는 환풍구보다 조금 더 넓은 정도여서 성인은 드나들 수가 없었다. 왜소증 장애를 가지고 태어난 나는 예외적으로 이동이 자유로웠다. 그 사실을 알았을 때 처음으로 이 저주받은 몸이 고마웠다.

덮개를 열고 머리를 막 집어넣는데 어깨 너머로 숨죽인 목소리가 들렸다.

"옥상에 가요?"

엎드린 채로 뒤를 돌아보았다. 문복이 화장실에서 문을 반쯤 열고 고개를 내밀어 이쪽을 보고 있었다. 잠자리에서 보이지 않아 어디 갔나 했더니 화장실에 있었던 모양이다. 열린 문틈으로 쏟아져 나온 불빛이 그의 얼굴에 짙은 음영을 만들었다. 그는 나날이 살이 빠졌다. 광대뼈가 툭 불거진 그의 인상은 처음 봤을 때보다 한층 날카로워졌다. 근육질 어깨에 새겨진 용 문신도 예전의 위용이 아니었다.

나는 손바닥으로 콧잔등을 쓸어내며 대답했다.

"보급품을 좀 찾아보려고요."

"날이 밝거든 가지. 위험하게."

문복이 안쓰럽다는 듯 미간을 좁혔다.

"어차피 여긴 빛이 안 들어와서 낮에도 다를 게 없어요."

"하여간 조심해요."

그의 배웅을 받으며 쓰레기 배출구로 들어섰다. 코를 찌르는 시궁창 냄새에 이를 꽉 깨물었다. 늘 하던 대로 벽을 등지고 다리로 맞은편 벽을 힘껏 밀었다. 그렇게 몸을 지탱한 뒤 등과 어깨를 조금씩 움직여 위로 올라갔다. 2층부터는 배수관이 있어 그것을 잡고 오르면 한결 수월하다. 수직으로 길게 뻗은 통로는 옥상으로 곧장 이어졌다.

일주일에 한번 꼴로 찾아오는 헬기는 놈들의 손길이 미치지 않는 건물 옥상에 보급품을 실어 날랐다. 우리는 그것으로 힘겹게 삶을 연명했다. 문제는 헬기의 방문이 불규칙하다는 점이었다. 또 헬기가 떴다고 해도 군사 훈련의 일환이거나 정찰을 목적으로 하는 경우가 많아서 기대감을 가지고 옥상에 갔다가 허탕 치는 일도 부지기수였다. 이번에는 열흘이 지나도록 식량을 공급받지 못했다. 남은 음식을 최대한 아끼고 있지만 그것도 이젠 거의 한계였다. 라디오에서는 앞으로 삼 년만 버티면 놈들이 제풀에 죽어나갈 거라고 했다. 그러나 보급이 없다면 삼 년은커녕 삼 일도 장담할 수가 없다.

2층에 도착해서 배수관을 잡고 잠시 숨을 골랐다. 이젠 눈 감고도 다닐 만큼 익숙해진 길이지만 그래도 신중해야 했다. 행여 실수로 떨어지기라도 하는 날엔 꼼짝없이 지하 쓰레기 집하장에서 득실거리는 놈들의 밥이 될 터였다. 손바닥에 베인 땀을 셔츠에 문지르고 다시 통로를 오르기 시작했다.

4층에 도착하니 이마에서 비지땀이 뚝뚝 떨어졌다. 통로 끝으로 기어 올라가 후들거리는 손으로 덮개를 들어올렸다. 바깥으로 고개를 빼고 신선한 공기를 들이마셨다. 그제야 좀 살 듯했다. 그때 어디선가 고양이 울음이 들렸다. 흠칫해서 돌아보니 옥상 난간 위에 올라선 검정색 줄무늬 고양이가 나를 노려보고 있었다. 녀석의 눈동자는 검은색이었다. 감염자들의 특징 중 하나는 붉은 눈이었으므로 나는 안심했다. 녀석이 경계하는 듯 털을 세우며 '하악' 하고 쉿소리를 냈다.

"걱정 마. 안 잡아먹을 테니까."

중얼거리며 주변을 두리번거렸다. 옥상 물탱크 아래쪽에서 낯익은 상자가 보였다. 심장이 세차게 뛰었다. 간밤에 들었던 헬기 소리는 역시 보급용이었다. 나는 반색을 하며 양팔을 옥상 입구에 걸치고 몸을 끌어올렸다. 그것을 신호로 느닷없이 고양이가 나에게 달려들었다. 날카로운 발톱이 얼굴을 할퀴자 불에 덴 것처럼 화끈거렸다.

나도 모르게 새된 비명이 터져 나왔다. 힘껏 팔을 휘저어 고양이를 쫓았다. 그 바람에 하마터면 손을 놓쳐 추락할 뻔했다. 간신히 한 손으로 난간을 붙잡고 매달렸다. 고양이는 재차 달려들어 내 손을 마구 할퀴었다. 굶주림이나 시체들이 아니라 고양이에게 먼저 죽을지도 모른다는 생각이 들었다.

주머니에서 접이식 칼을 꺼내 필사적으로 고양이에게 휘둘렀다. 떨어지기 직전 간신히 칼을 녀석의 목에 깊숙이 찔러 넣었다. 얼굴에 튄 피를 닦지도 못하고 힘겹게 옥상으로 기어 올라왔다. 소매로 얼굴을 훔치며 바닥을 살폈다. 고양이는 내 발아래 쓰러져 숨을 헐떡이는 중이었다. 놈의 숨통을 완전히 끊어놓으려고 발을 치켜들었다. 그때 도망도 못 가고 옆에서 우는 새끼고양이가 보였다. 다리를 다친 듯했다. 그제야 녀석의 이상한 행동이 이해됐다.

"새끼를 지키려고 그랬냐?"

발을 내리고 한숨을 내쉬었다. 녀석을 내버려두고 짧은 다리로 뒤뚱거리며 걸어가 보급상자 앞에 주저앉았다. 뚜껑을 열자 안에 가득한 식량이 보였다. 인스턴트 밥과 건빵, 비스킷, 통조림, 육포, 그리고 구급상자까지. 이 정도면 앞으로 일주일은 거뜬할 듯했다.

배낭을 벗어두고 옥상 난간에 서서 아래를 내려다봤다. 거리에는 시체들의 행렬이 파도처럼 출렁였다. 지난주에 봤을 때보다 더 수가 불어난 듯했다. 놈들은 절대로 죽지 않을 것처럼 끊임없이 몸을 움직였다. 만약 정말로 놈들이 죽지 않으면 그땐 어떡하지?

'쓸데없는 생각.'

고개를 저으며 옆 건물로 시선을 옮겼다. 나와 마찬가지로 옥상에서 음식을 챙기는 한 남자가 보였다. 창백한 얼굴에서 고단한 삶의 흔적이 묻어났다. 손을 흔들며 알은체를 하자 그가 마주 손을 흔들어주었다.

적당히 휴식을 취한 다음 식량을 배낭에 옮겨 담았다. 쓰레기 배출구 앞으로 돌아오니 새끼 고양이는 그새 어디로 내뺐다. 통조림을 하나 뜯어서 바닥에 내려놓고, 배출구로 들어갔다.

1층에 도착하자 숨이 가쁘고 눈앞이 핑핑 돌았다. 먹고 사는 일이 이렇게 힘들다. 하지만 사람들이 음식을 보고 기뻐할 생각을 하니 기운이 났다. 마른 침을 삼키며 안으로 들어가려는데 통로 저편에서 걸걸한 남자 목소리가 들렸다. 목소리의 주인은 상담실에 머물던 대학생 종수였다. 벽에 가로막혀 내용을 알아들을 수는 없지만 그는 화가 난 것 같았다. 나는 무슨 일인가 싶어 들어가지 않고 잠시 제자리에 머물렀다. 대신 덮개를 슬쩍 열고 몰래 안을 들여다봤다.

종수가 눈까지 내려오는 머리카락을 연신 쓸어 넘기며 열변을 토했다.

"음식을 빼돌리고 있는 거라고요."

박 선생이 두꺼운 뿔테 안경을 추켜올리다 말고 손사래를 쳤다.

"조용히 좀 말해요. 들을라."

"들을 테면 들으라죠. 솔직히 안 그렇습니까? 일주일마다 오던 배급이 왜 열흘이 다 되도록 안 오냐고요. 그 난쟁이 자식이 저 혼자 살겠다고 빼돌린 게 아니면…….."

"그래도 확실한 증거 없이 그렇게 말하는 게 아니지. 고생하는 사람한테."

박 선생의 설득에도 종수는 물러서지 않았다.

"지금 우리가 굶고 있다는 사실보다 더 확실한 증거가 있습니까? 이번에도 빈손이면 내가 가만있지 않을 겁니다."

그러자 묵묵히 듣고 있던 문복이 코웃음을 쳤다.

"가만 안 있으면? 어이 형씨. 뭔가 착각하는 것 같은데 우리 목숨은 전부 그 난쟁이한테 달려 있어. 그놈이 음식을 빼돌리든 다 먹어버리든 우리가 할 수 있는 일은 아무것도 없다고. 여태까지 지내고도 그걸 몰라? 꼬우면 당신이 직접 옥상에서 식량을 가져오든가."

종수는 분한 듯 숨을 씨근덕거렸지만 별다른 항변은 하지 못했다. 그의 옆에는 희원이 긴 생머리를 늘어트리고 앉아 있었다. 얌전히 사람들의 대화를 경청하던 그녀가 종수의 어깨를 다독였다.

"오빠가 참아. 어쩔 수 없잖아."

희원의 말에 나는 입술을 깨물었다. 심장이 욱신거렸다. 다른 사람은 몰라도 그녀만은 날 믿어주길 바랐는데. 종수는 사람들과 한동안 옥신각신하다가 희원을 데리고 자기 방으로 들어갔다. 나는 멍하니 통로에 머물러 있다가 이내 2층으로 올라갔다. 어떻게 해도 의심받을 거라면 나도 다 생각이 있다. 배낭에서 참치 통조림과 육포 한 팩을 꺼냈다. 쓰레기 투입구를 열고 꺼낸 음식을 안으로 밀어 넣었다. 건물에서 사람이 있는 곳은 1층뿐이었으므로 2층은 오늘부터 나만의 비밀 식량 창고가 되었다.

다시 1층으로 내려와 투입구 안으로 들어갔다. 뒤이어 배낭을 손으로 잡아당겼다. 묵직한 소리를 내며 거실 바닥에 배낭이 떨어지자 박 선생과 문복의 얼굴에 화색이 돌았다.

"배급이 왔구나."

"고생했어요, 성국 씨."

나는 숨을 몰아쉬며 머리에 묻은 먼지를 털었다. 뒤늦게 상담실 문이 열리며 종수와 희원이 나왔다. 그들은 아무 일도 없었다는 듯 음식을 보고 환하게 웃었다. 그런데 나와 눈이 마주친 종수가 가까이 다가와 인상을 찌푸렸다.

"얼굴에 상처가 있잖아."

그의 말에 놀란 듯 문복과 박 선생도 몸을 경직시키며 내 얼굴을 쳐다봤다. 나는 대수롭지 않게 말했다.

"고양이가 할퀴었어요. 하지만 감염되지 않았으니 걱정 마세요."

"확실해?"

종수가 경계심 가득한 목소리로 물었다. 시종 그의 비딱한 태도에 화가났다. 없는 데서 내 뒷말을 한 것도 마음에 앙금으로 남았다. 그렇지만 종수의 옆에서 두려워하는 희원을 괴롭히고 싶지 않았다. 나는 한숨을 내쉬고 입을 열었다.

"네, 눈이 정상이었어요. 새끼를 지키려고 달려든 모양이더라고요."

박 선생도 내 얼굴을 살펴보곤 감염의 징후가 보이지 않는다고 했다. 그것으로 다들 납득한 모양이었다. 그렇지 않다고 해도 그들이 뭘 할 수 있겠는가.

음식을 꺼내 사람 수대로 나눴다. 종수는 지난 번보다 양이 적어진 것 같다며 투덜거렸다. 희원이 인상을 찡그리며 그의 옆구리를 손으로 찔렀다. 종수는 몇 마디 더 구시렁거리다 입을 다물었다.

가스는 끊겼지만 전기는 아직 사용할 수 있었다. 우리는 낡은 전자레인지에 밥을 데우고 각자의 반찬을 모아 상을 차렸다. 둥그렇게 둘러앉아 다들 허겁지겁 음식을 먹어치웠다. 너무나 오랜만에 제대로 된 식사를 했다. 배가 부르자 날카롭게 곤두섰던 분위기가 다소 가라앉았다. 가장 먼저 식사를 마친 종수는 자기 방으로 들어가 문을 닫았다. 문복과 박 선생도 곧 숨겨둔 담배를 들고 화장실로 향했다.

나는 손거울로 얼굴의 상처를 비췄다. 왼쪽 눈썹에서 관자놀이까지 세 줄의 빗금이 그어졌다. 구급상자에서 소독약을 꺼냈다. 손거울을 창틀에 고정시키고 상처를 소독하는데 등 뒤에서 희원의 목소리가 들렸다.

"제가 해드릴게요."

"아, 괜찮은데."

희원은 내 손에서 소독약을 뺏어들고 내 앞에 앉았다. 그녀의 얼굴이 가까이 다가오자 어쩐지 숨이 막혔다. 그린 것처럼 예쁜 눈이 내 얼굴을 유심히 살폈다. 면봉에 소독약을 묻혀 세심하게 상처를 소독하고, 연고를 바른 뒤 거즈로 상처를 싸맸다. 그녀의 따뜻한 손길이 닿자 아까 가졌던 섭

섭한 마음이 눈 녹듯 풀어졌다. 2층에 음식을 숨긴 것도 미안했다. 희원은 반창고를 잘라 거즈를 고정시키며 말했다.

"아까 종수 오빠가 했던 말 담아두지 마세요. 자기도 그렇게 말하고 후회했을 거예요. 우린 성국 씨 하나만 보면서 사는 사람들이잖아요."

나는 홀린 것처럼 그녀의 얼굴을 바라봤다.

"별로 신경 안 씁니다."

내 대답에 희원이 환하게 웃었다. 잠시 머뭇거리던 그녀는 조심스럽게 내 어깨를 끌어안았다. 그리고 내 귀에 속삭였다.

"고마워요. 성국 씨."

희원이 방에 들어간 뒤 나는 지그시 눈을 감고 그녀가 남긴 체취를 음미했다. 한동안 그 기분에 취해 멍하니 있다가 퍼뜩 정신을 차렸다. 이게 무슨 뜻이지?

그날 이후로 희원은 적극적으로 자신의 마음을 표현하기 시작했다. 어쩌다 눈이 마주치면 날 향해 웃어주었고, 옥상에 갔다가 돌아올 때면 수건을 들고 기다렸다가 내 얼굴을 닦아주었다. 그럴 때마다 종수는 거실 구석에 앉아 말없이 날 쳐다봤다.

고립되기 전에는 종수처럼 키 크고, 잘 생기고, 돈 많은 타입의 남자가 여자들에게 인기 있었을지 몰라도 지금은 아니었다. 의사인 박 선생이나 건달 출신의 문복도 마찬가지였다. 이 건물에서 유일하게 식량을 조달할 수 있는 남자는 오로지 나 하나였다. 여자들은 능력 있는 남자에게 끌린다는 속설에 비춰보면 달라진 희원의 태도도 이해할 수 있었다. 그 이면에 계산적인 태도가 숨어 있다고 해도 예전 같으면 언감생심 꿈도 못 꿀 여자에게 받는 관심이 나 역시 싫지 않았다. 가끔씩 빼돌린 주전부리를 희원의 손에 몰래 쥐어줄 때마다 그녀는 아이처럼 기뻐했다. 그녀의 웃는 얼굴은 날 행복하게 만들었다.

문제는 종수였다. 그는 희원을 자기 소유의 장난감처럼 대했고, 절대로 놓아주지 않을 것 같았다. 그날 밤도 희원은 절망적인 표정으로 종수의 손에 이끌려 방으로 걸어갔다. 그녀는 도움을 청하듯 나를 쳐다봤다. 그 모습을 무기력하게 지켜보는 일은 괴로웠다. 차라리 거리에서 울부짖는 시체가 되는 편이 나을지도 몰랐다.

나는 더 이상 참지 못하고 입을 열었다.

"희원 씨를 놔줘."

방문을 열던 종수가 내 쪽으로 고개를 돌렸다.

"뭐라고?"

"그 손 놓으라고."

순간 그의 표정이 싸늘하게 식었다. 심장이 쿵쿵거렸다. 옆에서 라디오 주파수를 맞추던 박 선생이 이쪽을 돌아봤다. 바닥에 누워 주머니칼로 나무 인형을 만들던 문복 역시 어리둥절한 표정으로 우리를 쳐다봤다. 대충 상황을 짐작한 듯 문복이 한숨을 내쉬었다.

"또 왜들 그래요?"

나는 속으로 셈을 헤아렸다. 내가 위험해지면 문복과 박 선생이 가만있지 않을 터였다. 제 아무리 종수가 체격이 좋다고 해도 우리를 전부 상대할 수는 없다. 마음을 단단히 먹고 종수를 노려봤다. 그때 그의 어깨 너머로 희원의 얼굴이 보였다. 슬픈 눈빛으로 나를 쳐다보던 그녀가 고개를 저었다. 그리고 나는 그녀가 원하지 않는 일을 할 이유가 없었다.

희원이 방으로 들어가자 나는 복장이 터질 것 같았다. 승산은 이쪽에 있었다. 그럼에도 희원은 내 도움을 거절했다. 내가 싸우다 다치는 게 싫은 걸까? 아니면 남자친구에 대한 정이 남아서? 이유가 뭐든 그녀의 진심을 알고 싶었다. 나는 자리에서 일어나 쓰레기 투입구로 기어들어갔다.

"어디가요? 이 시간에."

박 선생의 말에 돌아보지 않고 대답했다.

"옥상에 바람 좀 쐬러요."

거짓말이었다. 2층으로 올라가 그곳 쓰레기 투입구로 기어 나왔다. 벽을 더듬어 불을 켜고 주변을 둘러보았다. 왼쪽이 접수대였고, 그 옆으로 진료실, 방사선실, 내과, 외과, 원장실이 마주보며 늘어서 있었다. 놈들이 나타나기 전까지만 해도 이곳은 병원이었다. 희원은 여기 간호사였고, 나는 이 건물의 청소부였다. 그땐 감히 바라볼 수 없을 만큼 빛나 보였던 여자가 이젠 내 가슴에 깊이 자리를 잡았다.

바닥에 잔뜩 쌓인 식량을 성큼 타넘어 원장실로 들어갔다. 방 한쪽의 바닥재가 뜯겨 나갔고, 그곳을 메우고 있던 콘크리트가 아치형으로 파내져 있었다. 이 아래가 상담실이었다. 희원이 종수의 손에 이끌려 방에 들어갈 때마다 나는 2층으로 올라와서 작업을 진행했다. 그 안에서 무슨 일이 벌어지는지 알고 싶었다. 만약 희원이 고통을 당하고 있다면 종수를 용서할 수 없을 것 같았다.

아래에서 눈치채지 못하도록 신중하게 움직였다. 니퍼로 잘게 파낸 콘크리트의 잔해를 손으로 쉼 없이 긁어낸 끝에 바닥에 동전만 한 구멍이 뚫렸다. 심장이 세차게 뛰었다. 심호흡으로 마음을 안정시키고 구멍에 눈을 바싹 가져다 댔다. 희원과 종수가 한 침대에 누워 끌어안고 있었다. 뭐가 그리 즐거운지 둘 다 표정이 밝았다. 순간 뒷목이 뻐근해졌다. 눈을 떼고 이번에는 귀를 가져다 댔다. 작지만 그들의 말소리가 들려왔다.

"너한테 완전히 빠진 것 같던데. 그 새끼 표정 봤어?"

"어휴, 그런 소리 하지 마. 그 난쟁이가 은근한 눈빛으로 쳐다볼 때마다 얼마나 소름이 끼친다고."

희원의 목소리가 비현실적인 단어들을 내뱉었다. 세 치 혀에 돋아난 칼날이 내 심장을 난도질했다. 종수의 목소리가 이어졌다.

"그래도 조금만 참아줘. 놈을 살살 구슬려서 음식을 내놓게 만들란 말야. 여기서 나갈 때까진 그놈이 우리 생명줄이니까."

"그건 걱정하지 마. 근데 오빠, 여기서 나가면 결혼하자는 말 진심이지? 아버님이 반대해도?"

"희원아, 내가 도대체 너 아니면 누구랑 같이 살겠냐."

그녀는 꿈을 꾸는 듯한 목소리로 말했다.

"얼른 그날이 왔으면 좋겠다."

1층으로 돌아온 후에도 뇌리에 남은 충격은 쉽게 가시지 않았다. 나는 그저 농락당하고 있을 뿐이었다. 분노로 펄떡거리던 심장은 곧 싸늘하게 식었고, 나는 본능이 시키는 대로 움직였다. 일찌감치 잠자리에 든 박 선생과 문복을 지나 상담실로 걸어갔다. 노크를 하자 희원이 문을 열었다.

"성국 씨 무슨 일이에요?"

의아한 표정을 짓는 희원에게 나는 입술을 달싹였다.

'얼른 고개를 숙여 이 쌍년아.'

"뭐라고요?"

희원은 고개를 숙이며 나와 시선을 맞췄다. 나는 주저 없이 그녀의 얼굴을 잡고 입을 맞췄다. 희원이 어깨를 들썩이며 나를 밀었지만 나는 온 힘을 다해 그녀를 붙잡고 늘어졌다. 뒤늦게 종수가 달려와 발로 내 얼굴을 걷어찼다. 나는 외마디 비명을 지르며 바닥에 나동그라졌다.

그 소란에 코를 골던 문복과 박 선생이 깨어났다. 그들은 어리둥절한 표정으로 우리를 쳐다봤다. 입술에 피를 흘리며 쓰러진 나와 바닥에 주저앉은 희원, 그리고 인상을 잔뜩 찡그리고 나를 짓밟으러 다가오는 종수까지. 그들이 재빨리 달려들어 종수를 붙잡았다. 그는 성난 짐승처럼 날뛰며 나에게 욕설을 퍼부었다. 건물 밖을 배회하던 시체들이 덩달아 광기어린 비명을 질러댔다.

"이거 놔요. 저 자식 죽여버릴 거야."

종수는 도저히 진정할 기미를 보이지 않았다. 그의 몸을 붙잡고 말리던 문복의 얼굴이 일그러지는가 싶더니 번개같이 손이 올라갔다. 뺨을 얻어맞고 허리가 휘청 꺾인 종수는 그제야 몸부림을 멈췄다. 대신 숨을 씩씩 몰아쉬며 나를 노려봤다.

"어떻게 된 거예요?"

그가 진정되자 박 선생이 물었다. 희원이 떨리는 목소리로 자초지종을 설명했다. 사람들은 묵묵히 그녀의 말을 들었다. 얘기가 끝나자 박 선생이 나를 쳐다봤다.

"사실이에요?"

나는 힘겹게 몸을 일으키며 고개를 저었다.

"당연히 거짓말이죠. 저 녀석들 나에게 식량을 요구했어요. 내가 감추고 있는 걸 다 안다면서. 그런 건 없다고 하니까 느닷없이 주먹질을 하더라고요."

종수와 희원은 어이없다는 표정으로 나를 쳐다봤다. 거짓말하지 말라고 고함을 치며 또 다시 나에게 달려드는 놈을 문복이 막았다. 문복과 박 선생은 누구의 말을 믿어야 할지 헷갈리는 기색이었다. 나는 그들이 좀 더 쉽게 선택할 수 있도록 말을 덧붙였다.

"이거 어디 무서워서 식량 가져오겠습니까?"

순간 사람들의 눈빛이 달라졌다. 더 이상 잘잘못을 가리는 일은 중요하지 않았다. 이 지옥에서는 생존이 곧 진실이자 법이었다. 화살은 결국 종수에게로 향했다.

"형씨 그렇게 안 봤는데 사람이 아주 못 쓰겠네."

"우릴 위해 고생하는 사람한테 그러면 안 되죠. 하는 것도 없는 사람이."

상황이 이렇게 되자 궁지에 몰린 건 종수였다. 그는 얼굴이 시뻘게져서 말을 잇지 못했다. 나는 내친김에 끝까지 가기로 했다.

"난 저 사람이랑은 도저히 같이 못 지내겠네요. 겁나기도 하고."

그러자 박 선생이 이번에는 나를 달랬다.

"이 사람아. 그렇다고 밖으로 내보낼 순 없지 않은가."

"그러면 박 선생님은 또 이런 일이 생겨도 괜찮다는 말씀이신가요? 제가 자다가 저 사람한테 봉변당해서 옥상에 못 가면 책임지실 거냐구요."

박 선생은 씁쓸한 표정으로 입을 다물었다. 눈치를 살피던 문복이 내편을 들고 나섰다.

"암요. 그럼 안 되죠. 미꾸라지 한 마리가 물을 흐린다고 위험요소는 미리 제거해야죠."

그러자 박 선생도 하는 수 없다는 듯 고개를 끄덕였다. 분위기가 심상치 않게 돌아가자 종수가 떨리는 목소리로 말했다.

"왜들 이러세요? 설마 저 난쟁이 말만 듣고 날 내보내겠다는 겁니까?"

나는 그의 말을 귓등으로 흘리고 셔터 앞으로 걸어가서 자물쇠를 풀었다.

"이렇게 된 거 빨리 끝내죠."

문복과 박 선생이 시선을 주고받았다. 망설임은 그리 오래가지 않았다. 그들은 얼른 안정을 되찾고 싶은 기색이었다.

"종수 씨, 미안하게 됐어요."

문복과 박 선생이 종수의 양어깨를 부여잡고 출입문으로 끌고 왔다. 종수가 반항했지만 혼자서는 역부족이었다. 넋을 놓고 있던 희원이 달려와 문복의 어깨를 잡고 매달렸다. 하지만 그가 거칠게 팔을 휘두르자 힘없이 나동그라졌다. 그녀는 눈물을 흘리며 내 앞에 무릎을 꿇었다.

"성국 씨, 대체 왜 이래요. 제발 종수 오빠 내보내지 말아주세요. 당신이 시키는 건 뭐든 할게요. 제발……."

희원의 행동에 다시금 심장이 저려왔다. 애당초 헛된 기대를 품었던 내 잘못이었다. 상황이 이렇게 됐어도 누가 나 같은 난쟁이를 좋아하겠는가. 분노와 허탈이 머릿속을 어지럽게 떠다녔다. 종수를 내보낸다고 해도 내 마음이 편해질 것 같지 않았다. 그래서 생각을 바꿨다. 이들에게 내가 받은 상처를 돌려주기로.

"뭐든 한다고?"

내 말에 희원이 울먹이며 고개를 끄덕였다.

"좋아. 이 녀석을 내보내는 건 당분간 미루지. 앞으로 네가 하는 걸 봐서 결정하겠다는 뜻이야."

나는 문복과 박 선생을 돌아봤다.

"일단 이 녀석 묶어두죠."

그날부터 종수와 희원이 사용하던 상담실은 내 차지가 되었다. 나는 밤이 되자 희원의 손을 잡고 방으로 들어갔다. 아무도 나를 제지하지 않았다. 박 선생과 문복은 자기들끼리 얘기하며 딴청을 피웠고, 종수는 라디에이터에 묶인 채 힘없는 눈으로 우리를 바라봤다.

희원은 시키는 건 뭐든 하겠다고 했지만 실제로 나는 그녀에게 손을 대지 않았다. 대신 딱 한 마디만 했다. '앞으로 절대 종수와 접촉하지 마'라고. 희원은 겁에 질린 표정으로 고개를 끄덕였다.

동이 트길 기다렸다가 상담실에서 나왔다. 종수는 밤을 꼬박 새웠는지 초췌한 얼굴로 나를 노려봤다. 그에게 다가가 지난밤에 무슨 일이 있었는지 들려주었다.

"희원이가 생각보다 말을 잘 듣더라고. 저런 여자를 혼자만 독차지 하고 있었다니 너무 욕심이 많은 것 아냐?"

종수는 몸을 부들부들 떨다가 이내 고개를 숙였다. 나는 입맛을 다시고 이어 말했다.

"그래서 다른 아저씨들한테도 한 번씩 빌려줄까 생각 중이야."

말이 끝나기 무섭게 종수가 내 얼굴에 침을 뱉었다. 나는 피식 웃으며 소매로 얼굴을 닦았다. 그런 다음 방에 있는 사람들을 돌아봤다.

"앞으로 이 자식 밥 주지 마세요. 음식 남은 거 딱 봐놨으니까 저 없는 사이에 몰래 줄 생각도 마시구요."

나는 종수를 보며 말을 이었다.

"네가 언제까지 그렇게 뻣뻣하게 나오나 보자."

종수는 정확히 삼 일 만에 굴복했다. 비굴한 표정으로 잘못을 빌었다. 앞으로 절대 반항하지 않겠다며 눈물을 흘렸다. 나는 그를 풀어주고 바닥에 식은 밥 한 덩이를 던져주었다. 무릎을 꿇은 채로 흙 묻은 밥을 허겁지겁 먹는 종수를 보자 가슴 속의 응어리가 풀리는 기분이었다.

'이젠 누가 위인지 확실히 알았겠지.'

회심의 미소를 짓고 있는데 멀리서 헬기 소리가 들렸다. 안 그래도 보급이 올 때라 기다리는 중이었다.

"전 그럼 옥상에 다녀오겠습니다."

사람들의 배웅을 받으며 쓰레기 배출구로 들어갔다. 옥상에 올라가니 예상대로 물탱크 아래에 보급 상자가 놓여 있었다. 상자로 다가가 식량을 배낭에 옮겨 담았다. 그때 뒤에서 어떤 기척이 났다. 어깨를 움찔하며 돌아서자 옥상 굴뚝 주변을 어슬렁대는 검정색 줄무늬 고양이가 보였다. 다리에 난 흉터가 낯익었다.

"살아 있었구나."

새끼였던 것이 지금은 훌쩍 커서 제 어미만 해졌다. 반가운 마음에 손을 내밀었지만 고양이는 아무런 반응도 보이지 않았다. 참치 캔을 따서 바닥에 내려놓았다. 경계를 하는 듯 눈치만 살피던 녀석은 배가 많이 고팠는지 이내 조심스레 다가왔다. 녀석은 작은 입을 오물거리며 참치를 맛있게 먹었다.

비명이 들린 건 그때였다. 그 소리에 고양이는 털을 세우고 옥상 구석으로 도망갔다. 나는 난간으로 다가가 소리가 들린 곳을 내려다봤다. 시체들이 배회하는 황폐한 거리를 뛰어다니는 두 사람이 보였다. 중년의 여자와 어린 남자아이였다. 그들은 편의점 철문을 두드리며 열어달라고 애원했지만 문은 꿈쩍도 하지 않았다. 그들의 뒤로 시체들이 들짐승처럼 으르렁대며 몰려들었다. 나는 거의 반사적으로 외쳤다.

"이쪽으로 와요."

그들이 고개를 들어 옥상에 있는 날 쳐다봤다. 최대한 크게 손짓하며 내 위치를 알렸다. 머뭇거리던 그들이 이쪽으로 달리기 시작했다. 나는 재빨리 쓰레기 배출구로 뛰어들었다. 배수관을 잡고 미끄러지듯 내려왔다. 1층에 도착하자마자 정신없이 출구로 달려가 철제 셔터의 자물쇠를 풀었다. 멍하니 내 행동을 지켜보던 사람들이 다가와 나를 말렸다.

"뭐하는 거예요?"

"밖에 사람이 있어요. 들여보내야 돼요."

내 말에 박 선생이 고개를 저었다.

"위험해요. 그러다 놈들까지 들어오면 어쩌려고."

"그렇다고 저 사람들을 모른 척할 수는 없어요."

문복이 말을 이어받았다.

"들어오면 음식은? 우리 먹을 것도 부족한데 여기서 입을 더 늘린다고요?"

나는 발을 구르며 소리쳤다.

"그건 내가 어떻게든 할 테니 제발 내 말 좀 들어요."

"절대 안 돼요."

문복과 박 선생은 물러서지 않았다. 종수와 희원은 아무 말도 못하고 불안한 표정으로 서 있었다. 이렇게 실랑이를 하는 동안에도 시간은 매몰차게 흘렀다. 나는 사람들을 밀치며 격앙된 목소리를 토했다.

"씨발, 열라면 그냥 좀 열어! 나한테 빌붙어들 사는 주제에."

잠시 침묵이 감돌았다. 문 앞에 도착했는지 여자가 철문을 마구 두드리며 살려달라고 외쳤다.

나는 셔터를 올렸고, 이번에는 아무도 막지 않았다. 시체들에게 잡히기 직전 여자와 아이가 안으로 뛰어들었다. 그들을 따라 입에 긴 머리카락을 잔뜩 문 시체 하나가 다리를 질질 끌며 진입을 시도했다. 모두가 악을 쓰며 달려들어 시체를 넘어뜨리고 머리를 짓밟았다. 걸쭉하게 터져나간 사체의 일부가 바닥을 검게 물들였다. 또 다른 놈이 들어오기 전에 간신히 셔터를 내리고 자물쇠를 채웠다.

나는 다리에 힘이 풀려 바닥에 주저앉았다. 다른 사람들도 하얗게 질린 얼굴로 숨을 몰아쉬었다. 아이와 함께 들어온 여자는 눈물범벅이 된 얼굴로 우리에게 연신 감사하다고 말하며 고개를 숙였다.

상황이 어느 정도 진정되자 내가 나서서 여자에게 물었다.

"무슨 일이 있었던 거죠?"

그녀는 훌쩍이며 대답했다. 원래는 편의점에서 지냈는데 음식이 점점 바닥을 드러내자 사람들이 투표로 나갈 사람을 뽑았다고 했다. 결국 그녀가 가장 많은 표를 받아 아들과 함께 방출되었다는 것이다. 사람들은 그녀의 말을 듣고 한숨을 내쉬었다. 음식이 부족하긴 우리도 마찬가지였기 때문이다.

순간 나는 2층을 떠올렸다. 그곳에는 지금까지 내가 모은 식량이 꽤 많았다. 사람들에게 말할 순 없지만, 배급이 올 때마다 그것을 조금씩 더해서 가지고 내려오면 당분간은 어떻게든 버틸 수 있으리라고 생각했다. 여자의 아들은 비 맞은 강아지처럼 몸을 덜덜 떨었다. 나는 아이의 등을 손으로 쓸어주며 이제 걱정하지 말라고 했다. 아이가 핏기 없는 얼굴로 '고맙습니다'라고 하며 고개를 꾸벅 숙였다.

새로 온 모자는 낯선 환경에 쉽게 적응했다. 부족하리라 예상했던 보급품의 양이 평소보다 늘어난 덕분에 사람들 간에 갈등은 거의 없었다.

여자의 이름은 오경자였고, 아이는 윤세호라고 했다. 비쩍 마른 체구의 세호는 규칙적으로 음식을 섭취한 덕분인지 하루가 다르게 활기가 살아났다. 나를 작은 아저씨라 부르며 유독 잘 따랐다. 평소 사람들과 알게 모르게 위화감이 있었던 나는 아이의 순수함이 마음에 들었다. 이곳에 고립된 후로 잊고 있던 대화의 즐거움을 세호가 일깨워주었다.

종수와 희원은 내 눈을 피해 다시 만나는 듯했지만 그냥 내버려뒀다. 이제는 별로 신경 쓰고 싶지 않았다.

그날 나는 세호에게 과자를 한 봉지 쥐어주고 먹는 모습을 흐뭇하게 바라봤다. 아이의 옆에서 벽에 기대어 앉아 있던 경자가 나에게 넌지시 말을 걸었다.

"사람들이 다 반대하는데 성국 씨가 우겨서 우리를 받아준 거라면서요?"

나는 그녀를 돌아봤다.

"누가 그러던가요?"

"박 선생님이요. 정말 고마워요. 성국 씨 아니었으면 세호와 전 죽었을 거예요."

경자가 내게 고개를 숙였다. 나는 머쓱해서 뒷머리를 긁적였다.

"뭘요. 저도 두 분이 와서 얼마나 좋은데요."

"이 은혜는 반드시 갚을게요."

왠지 쑥스러운 분위기라 나는 헛기침을 하며 말을 돌렸다.

"전 잠깐 옥상에 좀 다녀와야겠네요."

내가 일어나자 옆에서 과자를 먹던 세호가 눈동자를 반짝였다.

"작은 아저씨, 저도 같이 가면 안 돼요?"

아이의 말에 일순간 방안에 있던 모든 사람들의 시선이 한 점으로 모였다. 나는 그들의 눈에 떠오른 묘한 기운에 어떤 불길한 예감을 느꼈다. 확실히 세호의 체구라면 쓰레기 배출구로 들어갈 수 있을 터였다. 그게 무엇을 의미하는지 깨닫자 관자놀이에 피가 몰리는 기분이었다.

"넌 안 돼!"

내 목소리는 호통에 가까웠다. 순간 사위가 고요해졌다. 세호는 갑자기 달라진 내 태도에 겁을 먹은 듯 과자 봉지에 손을 넣은 채로 굳었다. 나는 필요 이상으로 흥분했음을 자각하고 목소리를 낮췄다.

"올라가다 떨어지면 큰일 나."

그래도 안심이 되지 않아 말을 덧붙였다.

"저 아래엔 시체들이 우글거리거든."

그러자 놀란 표정의 경자가 세호를 보며 신신당부했다.

"아저씨 말 들었지? 세호 너 절대로 저기 들어가면 안 된다."

세호는 실망한 표정으로 고개를 끄덕였다. 그러나 아이들과의 약속은 쉽게 지켜지고, 또 쉽게 깨지기도 하는 법이다.

다음날 잠에서 깨어났을 때 실내가 떠들썩했다. 나는 눈을 부비며 상체를 일으켜 세웠다. 사람들이 상기된 표정으로 쓰레기 투입구 앞에 모여 있었다. 먼지투성이가 된 세호의 옆으로 길게 쌓인 식량이 보였다.

세호가 의기양양한 목소리로 말했다.

"2층에 이것들이 있었어요."

순간 심장에서 쿵 하는 소리가 났다. 아이의 말이 끝나기 무섭게 사람들의 시선이 내게 쏠렸다. 그 눈들이 내게 무언의 질문을 던지고 있었다.

'그렇게 발뺌하더니 역시 음식을 숨기고 있었던 거야?'

박 선생이 세호에게 물었다.

"너 옥상에도 갈 수 있니?"

"그럼요. 아까도 올라갔는데 정말 좋았어요. 공기도 시원하고 고양이도 있고."

아이의 말을 듣던 문복이 박 선생에게 뭐라고 귓속말을 했다. 그들은 대화 중간에 내 얼굴을 힐끔거렸지만, 딱히 어떤 내색을 하진 않았다. 그들은 다시 웃는 표정으로 돌아가 세호를 칭찬한 뒤, 이내 평소처럼 뿔뿔이 흩어졌다. 살짝 긴장했던 나는 안도의 한숨을 내쉬었다. 그래, 비상식량이 들킨 건 아쉽지만 그래 봤자 지들이 뭘 어쩌겠는가. 애써 나쁜 생각을 털어버렸다. 하지만 나는 대체 가능한 존재의 가치가 얼마나 쉽게 휘발되는지 알지 못했다.

 그날 밤, 한밤중에 어떤 기척을 듣고 눈을 뜨자 담요가 내 얼굴을 뒤덮었다. '밟아!' 하는 목소리와 함께 무자비한 구타가 이어졌다. 누구의 제의였는지는 모르지만 사람들에게 쌓인 분노는 강렬했다. 나는 곤죽이 되도록 얻어맞다가 기절했고, 건물 밖으로 버려질 위기에 처했다. 불행인지 다행인지 잠에서 깬 경자가 필사적으로 말렸다. 사람들은 그녀의 요청을 무시할 수 없었다. 하지만 나는 전에 종수가 그랬던 것처럼 라디에이터에 묶인 신세가 되었다.

 정신이 들자 격렬한 통증이 온몸을 물어뜯었다. 나는 신음하며 눈을 떴다. 왼쪽 눈은 부어서 보이지 않았다. 혀를 굴리다가 앞니도 두 개나 부러졌다는 사실을 알게 되었다. 어디 한 군데 안 아픈 곳이 없었다.

 "괜찮아요?"

 옆에서 경자가 걱정스런 표정으로 나를 보고 있었다.

 "미안해요, 저희 때문에……."

 나는 대답할 기운도 없었다.

 "물 좀……."

 경자가 잽싸게 대접에 물을 받아서 가지고 왔다. 그녀가 내 입에 흘려 넣어주는 물을 마시는데 순간적으로 소름끼치는 통증이 일었다. 치아가 부러지면서 신경을 다친 모양이었다. 나는 눈을 질끈 감고 통증을 견뎠다.

 "당장은 힘들 것 같고, 사람들이 조금 누그러지면 풀어달라고 해볼게요."

 경자는 그 뒤로도 무슨 말을 더 했지만 나는 다시 정신을 잃고 말았다. 그 후로 기억은 드문드문 이어졌다. 날 보며 울고불고 떼를 쓰는 세호의 얼굴, 아이를 설득하는 경자, 나에게 달려들려는 종수와 그를 말리는 사람들, 시체들의 괴성, 헬기소리…….

다시 정신이 든 건 꼬박 하루가 지난 뒤였다. 눈을 뜨자 흐릿한 시야에 세호가 보였다. 눈물이 그렁그렁한 눈으로 날 보고 있던 아이가 울음을 터트리며 나에게 안겼다.

"아저씨 안 깨어나는 줄 알고 얼마나 걱정했다고요."

세호의 말을 듣자 상황에 어울리지 않게 마음이 놓였다. 비록 이런 처지지만 걱정해주는 사람이 있다는 건 꽤 기분 좋은 일이었다. 나는 마른 침을 삼키고 말했다.

"걱정 마. 아저씨 살아 있으니까."

"이제 다신 아무도 아저씨를 괴롭히지 못하게 할 거예요."

아이는 다부진 목소리로 말했다. 작은 소년의 말이 이렇게 믿음직스럽게 느껴질 줄은 몰랐다. 나는 미소를 지었다.

"말이라도 고맙다."

장담했던 대로 두 모자는 나를 극진히 보살폈다. 식사 때가 되면 음식을 먹여주었고, 물수건으로 얼굴도 씻겼다. 아무도 나에게 접근하지 못하도록 눈을 부릅뜨고 감시했다. 사람들은 새로운 식량 조달자의 심기를 거스르고 싶어 하지 않았다. 그 덕분에 나는 조금씩 기운을 차렸다. 부러진 이는 박 선생에게 부탁해서 뽑았고, 얼굴에 붓기도 차츰 가라앉았다.

하지만 묶인 상태로 지내기는 여간 고역이 아니었다. 눕지를 못하니 자도 잔 것 같지 않았고, 하루 종일 머리가 멍했다. 정말이지 죽을 맛이었다. 하지만 사람들은 나를 풀어주는 것만은 용납하지 않았다.

세호는 하루에도 몇 번씩 옥상을 오르락내리락 했다. 그날도 일찌감치 저녁을 먹고 옥상으로 올라갔다. 경자가 말렸지만 아이는 '고양이 한 번만 만지고 올게요'라고 하며 재빨리 투입구로 들어갔다. 세호는 이제 나보다

고양이가 더 마음에 든 것 같았다. 경자는 한숨을 내쉬며 내 입에 밥숟가락을 밀어 넣었다.

나는 밥을 삼키고 경자에게 속삭였다.

"아무래도 절 풀어줄 생각이 없는 것 같아요."

"그렇지 않아요. 조금만 더 기다리면……."

경자의 속편한 말에 나는 볼멘소리를 했다.

"정말 그렇게 생각하세요? 벌써 2주가 지났어요."

"그럼 어떡하죠?"

나는 주변의 눈치를 살피며 목소리를 낮췄다.

"세호 어머니가 절 좀 풀어주세요."

경자가 어깨를 움찔거렸다.

"그래 봤자 사람들이 다시 묶을 텐데."

"저 2층으로 갈 겁니다. 거기서 다시는 돌아오지 않을 거예요."

경자는 고민하는 듯 입술을 깨물었다. 나는 그녀의 얼굴을 보며 애원했다.

"부탁 좀 드릴게요. 힘들고 아파서 죽을 지경입니다. 피가 안 통해서 손도 저리고…… 제가 목숨 걸고 세호랑 세호 어머니 구해드린 거 벌써 잊으셨나요?"

그 말에 경자도 마음이 움직인 것 같았다. 그녀는 결심한 듯 이내 고개를 끄덕였다.

"다들 잠들면 어떻게든 해볼게요."

나는 고개를 저었다.

"밤에는 종수가 제 옆으로 와서 곤란해요. 그 자식 잠귀가 얼마나 밝은데요."

"그럼 언제……."

"지금이요. 다들 방심하고 있으니까 가능할 거예요."

경자는 침을 꿀꺽 삼키며 주변을 두리번거렸다. 문복과 박 선생은 화장실에 담배를 피우러 갔고, 종수와 희원은 제 방에 있었다. 문을 열어두긴 했지만 이쪽을 보고 있지는 않았다. 경자가 고개를 끄덕이고는 떨리는 손으로 내 손목에 묶인 줄을 풀기 시작했다.

그 짧은 시간이 영원처럼 느껴졌다. 화장실 문이 열리는 것과 동시에 줄이 풀렸다. 나는 재빨리 쓰레기 투입구로 달려갔다. 나를 본 문복이 뭐라고 소리를 지르며 달려왔다. 머리털이 올올이 일어서는 기분이었다. 간신히 투입구 안으로 들어갔을 때 손 하나가 쑥 들어와서 내 다리를 붙잡았다. 나는 미친개처럼 발광하며 주머니칼을 꺼내 그의 손을 베고 찔렀다. 비명과 함께 손이 풀렸다. 나는 정신없이 배출구를 기어올랐다.

옥상에 도착하니 비로소 숨통이 트였다. 자유를 만끽하며 심호흡을 두어 번 했다. 옥상에 있는 줄 알았던 세호는 보이지 않았다.

밤바람을 쐬고 있자니 어디선가 고양이 울음이 들렸다. 소리가 난 쪽으로 고개를 돌렸다. 녀석은 어둔 난간을 어슬렁거리고 있었다.

"너 아직도 무사했구나?"

고양이 목숨이 괜히 아홉이란 속설이 있는 게 아닌 듯했다. 쭈그려 앉아 손을 내밀고 고양이를 불렀다. 느릿느릿 다가온 녀석의 얼굴이 달빛에 드러났다. 이상하게도 눈이 붉었다.

위기감을 느꼈을 땐 이미 녀석이 나에게 훌쩍 뛰어오른 뒤였다. 나는 반사적으로 손을 들어 얼굴을 막았고, 동시에 옆에서 날아든 각목이 고양이의 머리를 후려쳤다. 녀석은 외마디 비명을 지르며 바닥에 널브러졌다. 세호가 어둠 속에서 뛰쳐나와 고양이의 머리를 완전히 부쉈다.

"아저씨 괜찮으세요?"

"세호, 너⋯⋯."

"고양이를 보러왔는데 감염된 것 같더라고요. 그래서 숨어 있었어요. 아저씨 덕분에 잡을 수 있어서 정말 다행이에요."

세호는 나를 보고 빙긋 웃었다.

"아저씨 이제 용서 받은 거예요?"

"으응, 그렇지 뭐."

말을 얼버무리자 세호가 내 손을 잡으며 기뻐했다. 우리는 한동안 옥상에서 바람을 쐬며 건물 아래를 내려다봤다. 거리마다 시체들의 행렬이 느릿느릿 이어졌다. 근심도 고민도 없이 그저 본능에 따라 움직이는 그들의 처지가 새삼 부러웠다. 세호가 하품을 하며 나를 쳐다봤다.

"아저씨, 저 이제 졸려요. 우리 내려가요."

"그럴까?"

세호가 먼저 쓰레기 배출구로 들어갔다. 아이를 뒤따라 입구에 서자 한숨이 나왔다. 난 그저 모두와 잘 지내고 싶었을 뿐이다. 하지만 상황은 엉망으로 뒤틀렸다. 어쭙잖은 농정심으로 일을 망치는 건 한 번으로 족했다. 발아래에 깨진 돌무더기가 보였다. 그중 묵직한 것으로 집어 들었다. 배출구에서 세호의 목소리가 들렸다.

"아저씨. 왜 안 와요?"

"지금 가."

나는 통로 안으로 돌덩이를 떨어트렸다. 투박한 마찰음이 들렸고 세호가 비명을 질렀다.

"아저씨⋯⋯. 오지 마세요. 여기 뭐가 떨어져요."

"응, 하나 더 갈 거야."

세호는 세 번째 돌덩이를 맞고 추락했다. 그제야 나는 통로 끝에 발을 내

디뎠다. 조심스레 내려와 1층 투입구로 기어 나왔다. 사람들이 경직된 표정으로 날 쳐다봤다. 나는 옷과 머리에 내린 먼지를 툭툭 털고 말했다.

"뭘 그렇게들 봐요? 난쟁이 처음 봐?"

아무도 대답하지 않았다. 나는 깊게 심호흡을 했다.

"자, 그럼 이제 말해봐. 여기서 누가 대장이지?"

다들 머뭇거리는 가운데 눈치 빠른 문복이 먼저 입을 열었다.

"그, 그야 당연히 성국 씨지."

그의 대답에 순간 픽 하고 웃음이 터졌다. 한번 터진 웃음은 좀처럼 수그러들지 않았다. 나는 어깨를 들썩이며 자지러지게 웃었다. 그때 왼쪽 손등에 붉은색 빗금이 보였다. 나는 무심코 손으로 상처를 더듬었다. 순간 고양이가 달려들 때의 기억이 되살아났다. 손등을 긁던 놈의 발톱도.

'아, 그런 거였나.'

나는 웃음을 멈추고 고개를 들었다.

세상이 온통 붉은 빛이었다.

황태환

제2회 황금가지 ZA문학 공모전에 당선되었다. 《한국공포문학단편선》 시리즈, 네이버 오늘의 장르문학, 웹진 크로스로드 등에 단편을 게재했다.

* 이 작품은 2012년 황금가지에서 나온 제2회 ZA 문학 공모전 수상 작품집 《옥상으로 가는 길, 좀비를 만나다》에 수록된 작품이다. 좀비로 인한 위기를 그려낸 중편집으로 황태환 작가의 〈옥상으로 가는 길〉 외에 임이래, 최철진, 뒤팽의 흥미로운 작품이 수록되어 있다.

사건의 재구성

/ 이재인

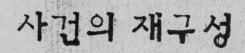

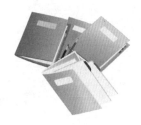

　오빠 진짜 구식이야. 세상이 옛날이랑 지금이랑 똑같은 줄 알아? 사람 사는 게 예전이랑 완전 달라졌다고. 그래, 연락 받았어. 근데 오빠 와이프가 죽은 게 내 탓이야? 내 탓이냐구. 소독 방송을 못 들은 새언니 탓 아냐? 내가 언제 새언니 보고 집 밖에 나가서 돈 벌어오랬어? 내가 집안 사정 어렵고 돈 없으니까 직장 다니라고 강요하고 밀었어? 다 오빠가 한 거잖아. 그러기에 이런 세상에 누가 애를 낳으래? 요즘은 다 자기 클론 쓰는 것 몰라? 수준 떨어져 진짜. 오빠 그 사고방식부터 고쳐야 해. 새언니가 생화학 연구소 실장이었고 오빠는 우주선 건조 회사에서 일하는데 어쩜 생각은 둘 다 그렇게 구식인지 몰라. 완전히 똑 닮았다니까. 그러니까 돈이 없어서 허덕이는 거야. 삶의 질을 올리려면 먼저 돈 샐 구멍부터 만들지 말았어야지.

　(폰을 고쳐잡는 부스럭거림. 멀리서 아이들의 웃음소리와 TV 소리가 번갈아 들린다. 낮은 한숨)

　─…… 너 지금 우리 애들보고 뭐라고 했냐?

　─어머 진짜 기가 막혀. 지금 내 말에 꼬투리 잡는 거야? 오빠가 지금 그럴 상황이 돼? 나보고 어서 와 줍쇼 하고 빌어도 모자랄 판에. 애를 둘이나

만들어 놓고 책임질 생각도 안 하구, 신히피주의$^{neo-hippism}$ 생활을 즐기는 동생을 억지로 소환해서 애들 양육을 맡긴다는 게 말이냐 되냐구. 내가 아무리 자유롭게 보여도 그렇지, 아무 애나 맡는 보모로 보여? 여기 내 친구들에게 물어봤더니 다들 기겁한다니까? 뭐 그런 가부장적이고 보수주의자에 남성 우월주의적인 오빠를 뒀냐구. 내 자유를 위해 당장 신고하라는 소리를 몇 번이나 들었는지…….

(끼어드는 소음. TV 소리. 과자 봉지 뜯는 소리. 수화기 바깥에서 들려오는 여자 아이 목소리. "아빠! 아빠도 같이 봐. 드라마 해!" 남자 어른의 목소리. 피곤하지만 다정하려 애쓴다. "유리야, 아빠 전화 끝나고 나서 같이 보자. 베타, 애들 좀 봐 줘." 기계 보모의 금속질 음성. "알겠습니다, 주인님.")

  ─잠깐만.

(TV 소리가 멀어진다. 문 닫히는 소리. 주변 소음이 사라진다)

  ─너 아직도 그딴 약쟁이들이랑 놀고 있냐. 그러고 보니 저번에 거기 팸플릿이 집에 날아왔던데, 네가 보낸 거였어?

  ─뭐? 약쟁이? 나 참, 어이가 없어서. 신히피주의가 오빠 가치관에 아무리 맞지 않는다 해도 그런 비하 발언은 좀 아니지 않아? 물론 오빠가 신히피문화에 대해 이해할 거란 생각은 하지 않지만 요즘은 대통령도 우리에 대해 긍정적인 발언을 했다고!

  ─그래서? 네가 거기에 푹 빠졌을 때 했던 일들이 잊혀질 것 같아? 한적한 창고 찾아 들어가 그 잘난 신히피주의 인간들이랑 사이좋게 약 나눠 하고, 가게에서 훔친 가상 포르노 기계 연결해서 침 질질 흘려대다 경찰한테 걸리고 했지. 거기서 애 밴 애들이 한둘이야? 신히피주의? 난 그것 때문에 부모님 이혼이 더 빨라졌다고 생각하는데.

  ─…… 진짜 치사하네. 언제적 얘길 지금 하는 거야? 그래, 그때는 철없

었다고 쳐. 그치만 엄마 아빠 이혼은 나 아니라도 빵 터졌을 거라고. 부부 금슬이 나쁜 게 왜 내 잘못이야? 책임전가 하지 말라고. 그러고 보니 오빠네는 잘 살고 있는 거야? 아니, 있었던 거야, 라고 물어야 되나?

　－…….

　－어쨌든 내가 말하고 싶은 건, 오빠네 집에 못 간다는 거야. 나도 내 인생이 있지 않겠어? 오빠 애들을, 그것도 아직 열 살도 안 된 애들을 둘씩이나 보면서 내 젊음을 낭비해야 한다니 말이 된다고 생각해? 오빠는 가족이란 구시대 유물적인 잣대를 들이대며 날 설득하려 드는 것 같은데, 생각해 보니 오빠네 집은 보모 로봇을 들일 재력이 되잖아? 아까도 그 소리 들리더만.

　－…… 랜트한 거야. 곧 돌려보내야 해.

　－그래? 설마 그 돈이 아까워서 날 쓰려는 건 아니겠지? 참, 새언니가 없으니 버는 사람이 한 명으로 줄어서 돈이 없나? (짧은 정적) 그리고 이 소환장은 뭐야? 내 앞으로 날아왔던데. 왜 새언니가 사고로 죽었는데 내가 재판에 소환되어야 하는 건데?

(몇 번 심호흡 소리. 잠시 후 물기 어린 목소리)

　－참고인들은 다 소환되어야 한대. 나도 거기 들어가. 요즘은 법제도가 바뀌었다고…… 나도 자세히는 몰라.

　－오빠가 모르면 누가 알아? 부르는 쪽은 오빠면서. 사람을 이래라 저래라 시키는 만큼 더 자세히 조사하고 얘기해줘야 하는 거 아냐? 그렇게 해야 더 믿음이 가고 조카들 보러 가고 싶은 마음이 조금이나마 더 들지 않겠어?

　－…… 너 내가 그렇게 하면 진짜 올 생각은 있는 거야?

(어이없어 코웃음 치는 소리)

　－나도 몰라. 안 해놓고 그렇게 물으면 어떡해? 해놔야 그 다음을 생각하지.

- 너 진짜……! 죽은 사람이 네 새언니고 애들은 네 조카들이야!

- 그래서 뭐? 내가 결혼하라고 등 떠밀었어? 애들 낳아달라고 내가 부탁했냐구. 간만에 전화해서 뭔가 했더니 어째 부부가 쌍으로.

(갑자기 울리는 알람 소리. 전자음이 배경에 깔린다)

[법원 출두 시각이 10분 남았습니다. 소환장에 명시된 가상 주소로 접속해주시기 바랍니다.]

(남자의 한숨)

- 있다가 보자.

- 그러지 뭐. 오빠 얼굴도 오랜만에 보겠네. 애들은 안 와?

(다시 남자의 한숨)

- 네 새언니 죽은 것 때문에 열리는 재판이야. 애들을…… 데리고 가겠니.

- 어머어머, 무슨 소리람. 현실 직시를 해야지. 애들이라고 아무것도 모르는 줄 알아? 이런 때일수록 애들한테 명확하게 알려줘야 혼란이 없는 거라고. 아무렴 엄마가 죽은 걸 애들이 모르겠어? 부모 일은 애들이 제일 잘 알잖아. 우리가 모르는 것도 아닌데. 설마 아직 안 알려준 건 아니지?

- …… 10분 후에 보자.

(전화기 끊는 소리. 잠시 후 통화하던 여자와 다른 여자의 대화)

"이 정도면 많이 재수 없게 굴었지? 더 했어야 되나?"

"넌 원래 재수 없거든."

"시끄러. 애들 안 떠맡으려면 더 쌍년스럽게 굴어야 해. 내 한 몸 챙기기에도 빠듯한데 오빠 애들까지 돌보게 생겼어?"

"너 그러다 크게 데여도 다 네 책임이다? 어디 가서 억울하다고도 못한다고."

"에이, 우리 오빠 그럴 사람 아니야. 얼마나 순한데! 아무튼 너도 머리 짜

내 봐. 오빠가 잘 때 내 쪽으로 머리도 안 두게 하려면 여기서 더 어째야 돼?"

"일단 옷을 새로 사."

＊　　＊　　＊

넓은 홀. 고전적인 법원 그래픽. 사람들이 원래 참관인이 있어야 할 공간에 웅성웅성 모여 있다. 벽에서 문이 나타나 또 한 사람을 들여보내곤 곧 닫힌 후 원래 벽으로 돌아간다. 모인 사람들 대부분이 검은 정장이다. 가상현실 공간에서 조명은 모두 일관적인 조도로 조절되고 있을 것이나, 검은 옷으로 방의 일부는 그림자가 진 것처럼 보일 지경이다.

기본형의 밋밋한 수트를 입은 남자가 다크서클이 낀 눈을 문지르다 사람들의 위로에 고개를 숙이며 답례의 말을 한다. 사람들은 적당량의 인사를 나누고 겁먹은 비둘기떼처럼 웅성웅성 모여 서 있다. 또 한 사람이 들어온다. 남자는 훅 눈을 들었다가 기대가 어긋난 듯 고개를 떨군다. 조문객 차림을 한 이가 다가와 말한다.

"안녕하세요. 미영 씨 남편 되시죠? 참…… 이렇게 뵐 줄 몰랐습니다."

죽은 아내의 이름을 들은 남자, 문지우는 마른 세수를 한다. 의례적인 인사. 몰려드는 피로. 가상현실 속에서도 잊을 수 없는 생생함. 그리고 기다리는 사람. 판에 박힌 문답을 나누고 새로 나오는 문으로 그는 고개를 돌리다 눈을 크게 떴다.

새로 열린 문에선 핑크색 염색으로 머리를 화려하게 물들인 여자가 불만스런 얼굴로 들어왔다. 현란한 입체 영상을 입힌 주황색 티에 청바지. 마른 팔목에 몇 개씩 걸린 팔찌는 짤그랑거리며 금속성 소리를 냈다. 몇몇 이들이 눈살을 찌푸렸다. 여자는 뭘 보냐는 듯 턱을 치켜들며 사람들을 훑어보다 지우를 보고 눈살을 찌푸렸다.

"칙칙해 죽겠네. 완전. 옷 모드는 하나도 안 산 거야?"

"……너는, 지금 네 새언니가 죽었는데 그 꼴로 온 거야? 네가 정신이 있어? 너, 너 정말."

피로와 실망감으로 무너질 것 같은 오빠의 표정에 문지희는 어깨를 으쓱했다.

"장례식장도 아닌 걸 무슨 검은 옷 타령이야. 안 입은 사람들도 많은데?"

지희는 다른 사람들을 손가락질했다. 정면으로 손가락질 당한 할머니는 꽃무늬가 들어간 블라우스를 입고 있었는데, 굽슬굽슬한 백발을 손가락으로 빗질해내리는 척하며 자신의 눈을 감췄다. 쪼글쪼글한 손에 반지가 반짝였다. 이제는 유행이 지난 풍습의 잔재다. 직원복을 입은 이들도 대여섯 있었다. 연구복에 회사 로고가 찍혀 있는 이가 둘, 경비복을 입은 남녀가 셋. 지우는 관자놀이에 서는 핏대를 눌렀다.

"안 입을 수도 있지, 장례식이 아니니까. 그래도! 적어도 너는 그러면 안 되지! 그 옷이 대체 뭐야. 넌 진짜……."

그는 거의 절망감 어린 몸짓으로 얼굴을 숙이고 눈두덩을 두 손으로 꾹꾹 눌렀다. 지희가 영문을 모르겠다는 투로 어깨를 으쓱하는데 갑자기 길게 부저가 울렸다. 사람들의 웅성거림이 뚝 멎었다.

판사석의 뒷문이 열리더니 한 남자가 나왔다. 20대 초반 정도. 검은 넥타이를 맨 정장 차림으로, 작은 키에 온화한 미소가 무해한 느낌이다. 그 외에 특이점은 아무것도 없다. 판사석을 돌아 내려온 그는 정중하게 참석인들에게 인사한다.

[안녕하십니까, 여러분. 저는 이번 현장의 재구성을 맡게 된 단말 2375번입니다.]

"단말? 이천삼백…… 몇 번? 이게 다 무슨 소리야?"

지희가 얼굴을 구기며 되물었다. 남자는 친절하게 답했다.

[저는 법원 슈퍼 컴퓨터의 데이타 베이스와 연결된 단말 2375번입니다. 여러분이 현장에서 경관에게 제공했던 증언, 현장에서 전문가들이 기록한 정보, 현장에서 수집된 자료에 저는 실시간 접속이 가능합니다. 여러분은 저와 함께 이곳에서 이번 사건 피해자 한미영의 사망 사건을 재구성할 것입니다.]

실험복을 입은 연구원 하나가 입을 열었다. 목에 미영이 다닌 회사 명찰을 걸고 있는 여자였다. 연구원 명찰에 [배은정]이란 이름이 적혀 있다.

"들은 기억 나네요. 이거 경찰에서 일손 부족으로 도입한 가상현실 현장 검증 아녜요? 형사 없이 사건 종결시킨다고 말 많았던 걸로 기억하는데."

[말씀하신 대로 가상현실 현장검증은 도입 시 논란이 많이 되었던 기술입니다만, 살인 사건이 아닌 자살, 사고사, 자연 재해 케이스에서는 아주 유용하며 효율적인 방식입니다. 가상현실 상으로 구성되는 사건은 재현율 98.5%의 정확성을 자랑하고 있으며, 과거 문서와 평면 영상, 주변인 증언으로만 이루어졌던 증거에서 벗어나 입체적으로 재구성된 사건을 관람할 수 있어 피해자 가족의 신뢰도 또한 이 기술이 도입된 이후 67.2% 상승했습니다.]

지희가 감탄을 터트렸다.

"우와, 오빠. 경찰이 나보다 한술 더 뜨네. 시간이 없어서 새언니 사건을 못 봐주겠대. 컴퓨터한테 맡기고 쟤넨 더 중요한 일 하겠다네? 철면피로 완전 짱이다."

단말 2375번은 빙긋 웃으며 금속성이 섞인 차분한 음성을 냈다.

[형사분들은 재구성 종결 후 반드시 가상현실 점검을 하며 내용을 확인

하십니다. 모든 사건은 피해자 가족분이 동의하실 때 비로소 종결되며 불만 사항이 있으실 경우 사건 발생 후 20년 이내에 언제든 법원에 이의제기가 가능합니다.]

사전 입력된 자료를 반영하는지, 단말은 피해자의 가족인 지우의 방향으로 얼굴을 돌리고 말한다. 지우는 아무 말도 하지 않고 바닥에 시선을 박고 있다. 단말은 다른 관중들을 한번 둘러 보더니 고개를 끄덕였다.

[그럼 사건의 처음으로 돌아가겠습니다.]

법정이 개변한다. 벽이 떨어져 나가며 바닥 그래픽이 밋밋한 백지로 바뀌었다가 세로로 길게 좁아진다. 일정 간격을 두고 양쪽 바닥이 직각을 그리며 올라와 긴 복도를 만든다. 갑작스런 환경변화에 현기증을 느낀 사람들이 투덜거린다. 할머니는 거의 쓰러질 뻔해 옆의 지우가 받쳐주었다. 배경 그래픽이 변경을 마치자 할머니는 의지하고 있던 그의 팔에서 떨어지며 웅얼거린다.

"아이구, 고마워요."

"……아니요. 괜찮습니다."

그런데 이 할머니는 왜 여기에 있는지. 지우는 의아한 눈길로 상대를 바라보았다. 그가 아는 이도 아니었고 상복을 입고 있지 않으니 아내의 지인도 아닐 것이었다. 여기 모인 대부분의 사람들을 그는 다 알고 있었다. 아내의 회사 공장 직원, 연구소 동료, 그 당시 근무했던 경비원. 그리고 그의 여동생. 지끈거리는 머리를 누르는데 단말 2375번이 입을 열었다.

[대체적인 정황을 여러분들은 이미 알고 계실 겁니다. 한미영 씨는 닷새 전인 6월 25일, 연구실에서 야근을 하고 있었습니다. 그녀의 연구는 신약 개발이었고 여러 균을 다루고 있었기에 이 연구실은 오후 9시 정각에 고온 멸균 소독이 이루어졌습니다. 하기 전 충분한 안내방송이 나오며 연구

원이 안에 있을 경우 소독 시간은 자동 지연되도록 프로그램되어 있으나 이 날은 오류가 났습니다. 소독은 그대로 진행되었으며 피해자 한미영 씨는 사망했습니다. 시신은 다음날 5시 26분 경비원인 이재원 씨가 발견했습니다.]

단말이 한 사람을 보자 사람들의 시선이 한꺼번에 쏠렸다. 경비원 복장을 한 남자는 당황으로 얼굴을 벌겋게 붉힌다.

벽 한쪽에 문이 있다. 벽 전체가 투명해지며 작은 휴게실이 드러나고, 그 안쪽 벽에 소독장치가 완비된 이중문이 보인다. 문이 반투명해지며 그들은 쓰러져 있는 여인의 시체를 볼 수 있다. 몇몇 이들이 욱, 하고 입을 막는다. 단말은 평탄하게 말한다.

[거기까지가 사건의 끝입니다. 우리는 처음부터 시작해야 합니다.]

처음 법정 때와 마찬가지로 다시금 세계가 개변한다. 두 번째의 일이라 사람들은 그다지 놀라지 않는다. 아까도 갑작스러웠을 뿐이지, 가상현실에 익숙한 사람들에겐 으레 있는 일이다.

복도의 벽들은 펼쳐지다 아래로 떨어지며 사라지고 그들은 평지에 서 있었다. 곧 벽들이 차라락 그들 주변에 세워지더니 가로세로로 겹쳐지며 나지막한 지붕과 벽들을 만들어냈다. 풀과 흙이 드러난 맨땅 위에 세워진 을씨년스럽고 낡은 공장 건물들에 지희가 눈살을 찌푸리더니 내뱉었다.

"이게 뭐야? 완전 구려. 생화학 연구소는 개뿔. 하기사 이딴 회사에 다니니까 보모 로봇을 못 들이지."

"문지희, 입 다물어. 이 회사분들 많이 계신데 예의 좀 지켜."

"오빠 나 이런 거 한두 해 봐? 이럴 줄 알았으면 아예 부르지 말았어야지. 이야, 완전 개낡았어. 건물이 다 쓰러져 가네. 창문도 없는데다 다 녹슬어서 개판이야."

그때였다. 공장 부지의 정문에 무인택시가 둔한 소리를 내며 도착했다. 미영이 내렸다. 사람들의 시선이 일시에 정문으로 몰렸다.

미영은 택시에서 앉아 있느라 눌린 뒷머리를 약간 다듬고 그들 쪽으로 다가왔다. 생전의 그녀를 알던 사람들은 움찔했지만 영상이 가까이 오자 조금 긴장을 풀었다. 이 가상현실에서 그녀의 움직임과 표정은 실제처럼 생생하지만 채도는 흑백에 가깝게 가라앉아 있고, 살아 있는 사람과 구분을 위해 어느 정도 프레임이 깨지게 만들어 놓았다. 아주 예전 흑백 브라운관에서 발생하던 오류처럼 그녀의 그래픽 일부는 불규칙적으로 치직거린다.

단말이 입을 열었다.

[오전 10시 27분. 피해자 한미영 도착. 사건의 재구성이 시작됩니다. 시간 조정, 로그아웃, 정보 습득의 권한은 피해자 가족 중 대표가 가집니다. 재구성된 가상현실이 실제 사건과 같음을 가족 대표가 납득하고 단말을 소환 후 일치성에 동의할 때 사건은 종결됩니다.]

'더 이상의 질문이 있으신 분?' 하고 물은 단말은 사람들의 침묵을 잠시 듣다가 TV 화면이 꺼지는 것처럼 사라진다.

*   *   *

재구성이 시작되었다. 지우는 매우 피로하다. 어찌 됐든 시간은 지우 혼자만 돌릴 수 있고 그는 아내의 추억으로 어지러운 와중에도 집에서 기다리는 자식들을 잊지 않는다. 그가 빨리 이 재구성을 끝내야 아이들을 볼 수 있다.

"……이게 끝나면 아내의 사건도 끝나는 거라니…… 믿을 수가 없네요."

혼잣말 같은 중얼거림에 사람들 중 나이 지긋한 남성이 위로조로 어깨를 툭툭 두들기다가 흠칫 놀란다. 지우는 남자의 놀라는 기색에 시선을 들었다가 역시 눈을 크게 뜬다. 남성의 옆 허공에 자동으로 글씨가 뜨고 있었다.

이름 : 김치수(남)

직업 : 생화학 연구원(OO대 화학과 석사)

피해자와의 관계 : 동료 연구원

소환 이유 : 10:43 AM ~ 6:02 PM 피해자와 동실 근무

그는 슬슬 자신에게서 멀어지는 사람들을 보곤 미간을 꾹꾹 누른다. 긴 시간이 될 것 같았다.

10:27분. 미영은 출근했다. 커다란 트렁크 가방을 끌고 있다. 직원 중 하나가 궁금한 듯 옆사람에게 소곤거린다.

"뭘까? 저거."

"몰라. 원래 들고 다녔나? 기억이 안 나네."

제 가상현실 모드를 사며 같이 구매한 미니 게임을 하던 지희가 지우에게 큰 소리로 물었다.

"새언니 왕따였어? 같이 일하는 여자들이 무슨 가방 들고 다니는지도 모르네?"

소곤거렸던 여직원의 얼굴이 당황으로 새빨개진다. 시선이 몰리자 그녀는 더듬더듬 변명한다.

"그, 그게 아니구, 원래 우리가 맡은 파트가 달랐어요. 미영 씨가 우리랑 다른 시간에 오기도 했고."

"됐어요. 그래서 저게 뭐야?"

지우는 여동생의 말을 눈을 감고 넘겼으나, 다른 참관객들도 궁금해하는 기색이자 띄엄띄엄 말했다.

"저도 잘…… 모릅니다. 트렁크를 처음 보네요. 전 아내보다 먼저 출근하거든요. 그녀 쪽이 아침 탄력근무제라…… 제 쪽이 저녁이구요. 제가 새벽에 출발하고, 그녀가 아침에 보모 로봇이 올 때까지 애들을 돌봤죠."

전일제로 사용할 수는 없었어요. 너무 비싸서. 그는 굳이 하지 않아도 되는 설명을 고하듯이 덧붙인다.

정문 옆에 붙은 낡은 경비소에 서 있는 경비는 그녀의 물품을 확인하지 않고 통과시킨다. 가벼운 목례와 안부 인사일 짧은 대화 교환. cctv 영상은 무음 촬영으로 벙긋거리는 입 모양만 그들이 대화하고 있음을 알려준다.

경비는 신분증 스캔조차 하지 않는다. 하긴 그녀의 얼굴은 익숙할 것이다. 소환된 사람들 속에서 경비는 자신과 똑같은 가상현실을 어색한 얼굴로 쳐다보며 제 뺨을 문지른다.

"저 트렁크는 가끔 들고 왔습니다. 야근할 때 갈아입을 옷이 필요하다 하더군요."

지우가 가방을 터치하자 글자들이 주르륵 떠올랐다. 경비의 말대로다. 제조사와 사이즈, 무게까지 떠오르는 복잡한 기록 속에서 그는 겨우 명단만 눈으로 추려 읽는다. 셔츠 1벌, 블라우스 2벌, 바지 2벌, 치약 칫솔 2세트, 화장용품과 생리대 3개가 든 파우치 1개, 사탕 비닐 5개, 칼로리바 비닐 3개, 먼지와 흙, 초콜릿과 밀가루 부스러기…… 미영은 주변 정리를 깔끔하게 하는 편이 아니었고 그 습관은 가방 속 내용물에도 고스란히 남아 있다. 지우는 얼른 설명을 꺼버린다. 주변인들은 예의 바르게 고개를 돌려 못 본 척한다.

10:43분. 탈의실에 짐을 두고 흰 연구복으로 갈아입고 온 미영은 연구를 시작했다. 목에 걸린 명찰을 연구실 문 옆의 패널에 갖다 대자 삐빅, 하고 기계음이 나며 입실 확인이 뜬다. 안에 들어간 그녀는 연구실 동료들과 뭔가 얘기를 주고받는다. 동실의 연구원은 두 명. 김치수와 배은정.

"평소와 별다른 점은 없었어요."

"똑같았는데. 정말입니다. 누가 그런 사고가 생길 거라고 생각했겠어요."

둘은 슬퍼하고 탄식한다. 그러거나 말거나 지희는 연구실을 둘러보며 짧게 평했다.

"완전 허접하네."

"문지희."

지우가 괴로운 소리를 냈다. 지희는 제 오빠는 물론 회사 직원들에게서도 쏟아지는 눈길을 받고 불만스럽게 손을 훠훠 저었다.

"내가 뭐? 난 연구실이면 막, 5층 6층 되고 약병들 막 들어가 있는 방 따로 있고 시설도 반짝반짝 새 기계들 한가득 들어가 있는 방이라 상상했단 말야. 근데 이게 뭐야. 콘크리트 안에 방은 좁아터져서…… 휴게실 지나면 바로 연구실이잖아. 이건 뭐, 애들 장난도 아니고."

"지희야!"

버럭 나오는 소리에 그녀는 찔끔하며 입을 다물었다. 회사 사람들은 불편해하는 기색이다. 지우는 검은 정장을 입은 몸을 그들 쪽으로 돌리고 정중하게 허리를 굽혀 사과한다.

12:03분. 그녀는 동료들과 식사를 했다. 연구원들, 현장에서 마주치는 직원들.

직장 사람들은 이것저것 증언한다.

"미영 씨는 붙임성이 좋았어요. 누구에게나 친절하고 상냥했고."

"남의 고민을 잘 들어줬지요. 저번에 제가 아이 문제에 대해 털어놓으니까 한 시간이나 같이 들어주더라구요. 어찌나 고맙던지."

"그치만 좀 우울해 하지 않았어? 요즘."

"가끔."

"아기 엄마인데 다이어트에 지나치게 신경 쓰더라구. 좀 적게 먹던데."

"난 화장실에서 토하는 소리도 들었다니까. 왜 그, 소고기 볶음밥 나왔을 때 있잖아."

"그러고 보니 저번에 혜윤 씨가 말하지 않았어? 미영 씨가 자기 다이어트 약 가져간 것 같다고."

"실장님은 갑자기 옛날 일을 왜 얘기하고 그래요!"

혜윤이라 불린 여자가 펄쩍 뛰며 손사래를 치다가 지우의 눈치를 본다. 그는 목이 막히는 듯 간신히 목소리를 낸다.

"……미영이, 그랬습니까?"

"그, 그게요. 저는 보지는 못했구요…… 아, 이거 진짜 지난 일인데."

그녀는 두 손을 어찌할 줄 모르고 맞잡았다가 옷매무새를 고쳤다가 비틀다가 단단히 모아 쥔다. 아무래도 남편 앞에서 죽은 사람의 험담을 하기는 미안한지 한참 더 주변의 눈치를 보지만, 흥밋거리를 찾은 사람들의 호기심 어린 눈빛은 조문복 차림의 무채색으로도 눌리지 않는다.

"……그게요. 다이어트 약, 효과 좋은 걸 방문 판매로 샀는데, 요즘은 인터넷보다 방문 판매 쪽이 더 알음알음 소문 도는 게 있거든요. 저희 집에 오는 김에 혹시 같이 살 사람 있나 싶어서 말을 흘렸는데…… 그때 미영 씨한테 보여주고 넣어놨던 약병이, 그날 저녁에 바로 없어진 거예요. 그래서 혹시나 하고 다른 사람들에게 물어봤는데, 미영 씨가 제 옷 걸어놓은

데 왔다갔다 했다구."

"······확실한 건 아닌 거네요."

"그쵸! 아니었을 수도 있구요."

그녀는 열심히 부정하지만 지우는 피로하다. 피로가 한 층 더 어깨에 얹힌 표정으로 그는 뒷목을 마사지한다. 지희는 저러다 오빠 쓰러지면 내가 이 자릴 맡아야 하나? 하고 생각했다가, 정말 싫다는 표정으로 주머니에 손을 쑤셔 넣고 바닥을 발로 문지른다. 사람들은 우왕좌왕하다가 아무것도 아니었을 거라고, 오해였을 거라고 미안해한다. 고인의 험담을 한 셈이 된 혜윤은 급기야 울음을 터트린다. 한참을 울던 그녀가 씻고 오겠다며 가상현실에서 로그아웃하자마자 참관객들은 수군거린다.

"나도 저번에 본 것 같은데."

"혜윤 씨가 가져온 약병이요?"

"뭐더라, 프로작이랑 리······? 리 어쩌고 였는데 잘 기억이 안 나네요."

"리덕틸? 그거 맞죠? 부작용 있다고 판매금지됐는데, 그거. 몇 십년 전에."

"조금씩 복용하면 괜찮대요. 효과 좋다던데. 회수 안 당한 약국이 방판으로 돌면서 판대요."

"신고할까 봐 웬만해선 모르는 사람한텐 안 판다는데 약국에 아는 사람이 있었나 보네."

"요번 기회에 같이 안 살래요? 여럿이서 한꺼번에 사면 안 깎아주나?"

귀한 정보라 슬쩍 귀 기울이고 있던 은정의 목소리가 갑자기 뭔가 깨달은 듯 높아졌다.

"리덕틸 쪽은 시부트라민 성분 들어 있지 않아요? 그러고 보니 미영 씨가 말한 적 있는데. 신진대사 촉진으로 식욕억제 기능이랑 항우울제 작용을 한다고, 우리 신약 개발에 쓸 수 있지 않을까 말을 했었어요. 많이 찾아

본 것 같던데."

"미영 씨가 약에 관심이 꽤 많았네?"

아까 실장이라고 불린 나이 많은 이가 은근한 목소리를 냈다. 사람들은 서로 눈빛을 주고받더니 미묘한 표정을 했다.

"사실 미영 씨가 자기 살에 좀 신경질적이긴 했잖아요."

"아기 낳고 3년 넘게 지났는데 늘어난 뱃살이 그대로라고 얘기도 했고. 아무리 괜찮다고 해도 한 얘기 또 하고 또 하고. 솔직히 좀 병적이지 않았어요?"

"먹고 나서 토하면 그거 거식증 아녜요? 병 맞죠, 병."

"약에 손댔어도 난 이해갈 것 같은데. 여자들 다이어트 스트레스 엄청 심하잖아. 그리고 약 그거, 불법으로 샀다니 훔쳐도 뭐 말을 할 수 있나. 고소를 할 수도 없구."

어느새 직원들이 저들끼리 하는 수다가 위험수위까지 도달해 넘실거렸다. 목까지 벌개진 지우가 간신히 말을 꺼냈다.

"다들 대체 무슨 소릴 하시는 겁니까? 증거도 없으면서 함부로 말하지 마십시오. 없는 사람이라고 아무 죄나 덮어씌우는 거 아닙니다. 아내는 직장 동료분들 나쁜 말을 집에 와서 한 적이 한 번도 없었는데 다들 정말 너무하시는군요."

물을 끼얹은 것처럼 침묵이 깔렸다. 남편은 시커멓게 그림자진 눈 아래를 손가락으로 꾹꾹 누르더니, 아이가 우는 것 같다며 잠시 나갔다. 남은 이들은 머쓱하게 서로의 눈치를 살핀다.

침묵이 길어지자 직원들은 다시 수군거리기 시작한다.

"그러고 보니 애가 둘이었죠? 둘 다 학교도 안 들어간 애들이라면서요? 혼자서 바쁘겠네요, 이제. 불쌍해서 어쩐대요."

"둘? 딱 적정수네요. 부부 클로닝?"

"아니오. 제가 들기론 자연 출산이라던데요."

"진짜? 독특하네요."

클로닝을 하지 않고 애들을 낳다니. 다들 머리 속에 같은 생각이 떠오르고 그들은 음음, 하고 고개를 끄덕였다.

여자 한 명이 말했다.

"그건 개인취향이잖아요. 나도 결혼하면 그렇게 낳고 싶어요."

다른 남자가 말했다.

"맞아요. 음, 나는 내 클론을 원하지만 아내가 아이를 자연출산으로 낳고 싶다면 동의할 거예요. 난 아내의 선택을 존중할 거니까요. 되도록이면 내 클론을 첫째로 하고 싶지만요. 내가 첫째였으니 되도록 동일한 성장조건에서 키우고 싶거든요."

할머니가 블라우스의 꽃무늬를 만지작거리며 중얼거렸다.

"이상한 세상이구먼. 자기를 키울 건지 애를 키울 건지 배우자랑 물어보고 결정해야 된다니. 할아범이 살아 있을 땐 이런 세상은 꿈도 못 꿨지! 아가씨는 어떻게 생각해요?"

마지막 물음은 지희를 향한 것이었다. 지희는 늘어진 핑크색 머리를 손가락으로 돌돌 말았다.

"음…… 애에 대해 생각해본 적이 없어요. 전 비혼주의자거든요!"

할머니는 끄덕끄덕했다.

"그 선택은 좀 익숙하구먼. 내 남동생이 그쪽이었지."

지우가 돌아오고 다시 재구성은 시작되었다.

3:24분. 그녀는 연구실 사람들과 작은 티타임을 가졌다. 쥐에게 진정제

주사를 놓던 미영은 은정이 부르자, 쥐를 안전 케이지에 넣고 나온다. 명찰이 닿은 패널이 삐빅 소리를 내며 연구원의 외출을 알린다. 치수가 테이블에 이미 간식을 세팅하고 기다리고 있다.

벽 쪽에서 심심하게 간이 게임을 하며 노닥거리던 지희가 달콤한 냄새가 풍겨오자마자 불쑥 앞으로 나왔다. 그녀는 슬슬 관심없는 척 다과가 차려진 탁자로 다가오며 물었다.

"뭘 먹는 거예요? 초콜릿? 쿠키?"

"초코 쿠키와 커피요."

"이건요?"

지희가 가리킨 유리병을 들여다본 은정이 말했다.

"전 커피 안 마셔서 우유 마셔요. 매일 두 병씩 배달시키죠."

냉장고를 연 지희는 우유병을 발견하곤 냉큼 하나를 따서 마시기 시작한다. 가상현실이라 현실의 허기는 달랠 수 없지만 플라시보 효과로 뇌는 가상현실에서 깨어날 때까지 훌륭히 착각해줄 것이다.

지우가 한숨을 내쉬고 은정은 애매하게 웃는다. 그녀의 우유이긴 하지만 어차피 이곳은 가상현실이다. 그렇더라도 자신이 사 둔 우유를 눈앞에서 빼앗기는 묘한 기분은 사라지지 않아 그녀는 화제를 넘긴다.

"티타임 때 별다른 얘기는 없었어요. 신약 개발은 잘 진행되고 있었고 곧 새로운 결과가 나올 거라고 예상하고 있었거든요. 내용은 기밀이라 가르쳐 드릴 수 없지만 분위기는 좋았습니다."

혜윤이 문득 말했다.

"미영 씨 정말 다이어트했나 보네요."

"예?"

"안 먹어서요."

"뭐라구요?"

은정과 치수는 물론 다른 사람들도 우르르 식탁으로 몰려들었다. 미영의 가상현실 영상은 쿠키를 집었다가 손 안에 쥔 채 테이블에 내려놓았다. 은정과 치수는 당황해서 가상현실 속의 그들을 본다.

"그렇네요. 우린 이야기에 정신이 팔려 있네요. 미영 씨 손을 못 봤어요."

그녀를 둘러싼 사람들이 미영의 쿠키가 어디로 들어가는지 관찰한다. 쿠키를 감싼 손은 연구복 백의의 큰 주머니에 들어가고, 곧 그녀는 커피를 타 오겠다며 자리를 떴다. 안쪽 탈의실로 들어가는 그녀의 뒤를 우르르 사람들이 쫓지만 문을 벌컥 열자 미영은 어디에도 없었다.

꺅! 하고 누군가가 비명을 질렀다. 치수가 오싹한 얼굴로 말했다.

"이게 뭐야? 귀신도 아니고!"

여자 직원 한 명이 정말 울먹이면서 옆 사람과 붙어 섰다.

"아, 난 몰라! 소름 돋아 진짜! 여기서 빨리 나가고 싶어……."

사람들의 소란 속에서 지우는 완전히 넋이 나간 표정이었다. 그나마 예전에 가상현실에 절어 본 경험이 있어 이런 돌발 상황에 익숙한 지희가 어처구니없어 하며 허공에 소리쳤다.

"야! 버그 리포트!"

단말이 파직, 하는 기계음과 함께 나타났다. 갑작스런 출현에 사람들이 숨을 삼키며 물러났다. 지희가 탈의실 안을 손가락질했다.

"이거 뭐야? 심장 떨어지게!"

단말은 프로그램 특유의 친절한 미소를 지었다.

[탈의실까지는 cctv가 설치되어 있지 않습니다. 가상현실이 구성할 수 있는 것은 cctv가 찍은 영상 범위 만입니다.]

"헛소리 하고 있네. 추정 행동으로 채울 수 있으면서! 여기 있는 사람들다 심장마비 걸리게 이럴래! 너 에러 난 거 아냐? 버그 리포트 본사에 넣어서 삭제해버릴 거야!"

[문지희 씨, 이 가상현실은 공적 기록인 cctv와 증언으로만 구성되므로 기록에 남지 않은 행동의 추정 및 재현은 되도록 삼가는 방향으로 진행되고 있습니다. 더불어 저는 공식적으로 법원의 대리입니다. 예의를 갖춰 대해주시기 바랍니다.]

"안 대하면 뭐? 뭐? 뭐 어쩔래, 단말 주제에."

지희가 눈을 부라리자 단말은 평온하게 대답했다.

[사건 종결까지 발언 권한이 삭제되십니다. 사건 진행을 하는 데 지속적인 방해를 하실 경우 행동 권한이 삭제되십니다. 또한 지나친 물의를 일으키신다면 사건 해결을 고의적으로 지연시키는 이유가 있다고 판단, 용의자 혐의가 추가되어 로그아웃이 불가능해짐을 미리 고지드립니다.]

친절한 사전 고지에 지희는 입을 딱 벌리더니 입술을 삐죽였다. 실장이 침을 탁 뱉고 단말을 아래위로 노려보았다.

"아, 씨발. 존나 살벌하네. 지금 가상 인격이 협박질이냐? 어? 씨발, 듣고 있으니 기분 좆같네."

단말은 친절하게 웃는 채로 고개를 숙인다.

[불쾌하게 만들어 드렸다면 죄송합니다. 명확한 사전고지를 해드리는 것이 권한 강제 박탈 시 생길 수 있는 오해를 조금이나마 덜어드릴 수 있을 것으로 추측되어 상세 설명을 드리고 있습니다.]

실장이 하, 하고 기가 막히다는 한숨을 토하는데 지우가 천천히 입을 열었다.

"너무 화내지 마십시오. 어차피 프로그램입니다."

"…… 아니, 그게, 저."

유족 앞에서, 점잖음을 잊고 소리를 높인 것에 실장이 민망해한다. 지우는 단말을 흘끗 보더니 고개를 젓는다. 목소리는 무미건조하다. 아내의 일 외에 아무 흥미도 관심도 안 가는 듯.

"버그 리포트를 올려야지 이런 거에 열 올려 봤자 도움 안 됩니다."

"아…… 그러시군요."

"우주선 인공지능이랑 비슷하네요. 입력된 어휘가 더 많은 것 같지만요. 맡은 하청업체가 같은 곳일지도 모르겠습니다."

"어, 그쪽 일을 하십니까? 그러니까, 인공지능?"

"전 그래픽 쪽입니다. 3D 영상 쪽이죠. 선체 외부 환경 정보를 스크린에 전송해, 그래픽으로 바꿔서 우주 공간에 돌아다니는 소행성이나 우주선 잔해 같은 것을 피하게 하는. 가끔 집의 벽 스크린을 우주공간이나 정원 같은 걸로 바꿔두면…… 미영이가 좋아했지요."

잠시 설명에 몰입했던 그의 말은 천천히 느려지다 완전한 침묵 속으로 빠져든다. 아내를 잃은 남자에게 쓸데없는 말을 시킨 것 같아 실장은 허둥지둥거린다. 지희는 입술을 삐죽이더니 테이블 위 쟁반에서 쿠키를 가져가 와삭와삭 씹었다. 가루가 떨어져 그녀는 신경질을 내며 털어냈다. 단말이 친절한 목소리를 냈다.

[계속 진행하시겠습니까?]

탈의실 안 행동이 없는 채로 재구성은 진행된다. 그녀는 동그란 커피 캡슐을 연구원이 건네주는 따뜻한 물에 떨어뜨린다. 캡슐 아메리카노의 향이 그윽하게 퍼지고 그녀는 뭔가 이야기를 하며 잔을 젓는다. 그녀를 둘러싼 사람들이 주머니를 들여다본다.

"주머니에 쿠키는 없네요."

"그렇네요. 탈의실에 들어가서 혼자 먹었을까요?"

"몰래? 다 같이 먹는데 왜 그러겠어요."

아까 다이어트 약을 잃어버렸다 한 혜윤이 문득 말했다.

"어쩌면 쿠키를 먹는 모습을 보이기 싫었을 수도 있어요. 다이어트에 남의 눈 신경 쓰는 사람들은 자주 그러니까."

"하지만 아내는 제 앞에선 전혀 그런 티를 내지 않았어요."

남편의 말을 듣지 못한 척 모두들 눈을 피한다.

6:02분. 연구원들이 퇴근한다. 삐빅, 삑. 패널에 명찰을 찍는다. 그들은 그녀와 작별인사를 하고 멀어진다.

"저희는 먼저 퇴근했습니다. 미영 씨는 탄력근무제 때문에 적어도 7시 반까지는 일해야 되죠."

"그 외에도 할 일이 남아 자주 야근했구요. 이 회사는 야근 수당 잘 챙겨주거든요."

"보기랑 나르네."

지희의 빈정거림을 사람들은 고인의 가족에 대한 예의로 못 들은 척한다.

퇴근시간이 되자 직원들이 삼삼오오 몰려나온다. 집으로 식당으로 술집으로 가벼운 걸음을 옮기는 그들의 얼굴은 밝다. 퇴근하는 자신들을 가상현실 속 사람들은 부러워하는 얼굴로 본다. 새삼 미안해진 지우가 피로와 긴장으로 깔깔한 목구멍을 틔워 소리를 냈다.

"그러고 보니 지금 몇 시죠?"

그들은 간단한 손짓으로 개인 시계를 켜 현실 시간을 확인한다. 가상현실은 오전에서 저녁이 되었지만 현실 시간은 두어 시간밖에 지나지 않았다. 그러나 타인을 위해 온전히 할애하기엔 긴 시간이다. 사람들은 눈치를 보며 서로 소곤거린다.

"……저기, 우리 그만 가도 되지 않을까요? 근무시간 끝났고……."

"이제 증언할 건 더 없을 것 같은데."

"회사 들어갈 시간도 다 됐고. 우리 회사 허락 받고 나온 거거든요."

지우는 마른 세수를 한다.

"……예. 와주셔서 감사합니다. 미영이도 여러분께 정말 감사할 겁니다……."

그들이 로그아웃하기 전, 그는 한 사람 한 사람 악수를 하며 허리를 숙인다. 손을 잡을 때마다 옆에 뜨는 글자들을 그는 곁눈질로 확인한다. 사람들은 대다수 머뭇거렸고 몇몇은 당당했으며 드물게는 긴장으로 손바닥이 축축했으나(가상현실은 사용자의 뇌파 측정으로 자율신경계의 변화조차 감지, 미세한 신체반응까지도 자연스럽게 영상으로 반영한다) 모두 지희와 같이 근무했을 뿐 퇴근시간 이후 접촉한 이는 없었다.

사람들이 가고 주위가 텅 비자 그는 한숨을 쉰다. 그 많던 사람들 중 한 명도 수상한 이가 없었다. 모두 아내가 죽기 전에 회사를 떠났다. 그녀는 정말 사고사인 것이다. 누구 하나 탓할 이가 없다.

"다리 아파 죽겠네. 빨리 안 끝내?"

지희의 투덜거림에 그는 더 길고 깊게 한숨을 내쉬곤 시간을 빨리 돌렸다. 아내의 흑백 영상이 연구실에서 작업을 시작하고, 그는 멍하니 그녀를 바라본다. 최종 목격자이기에 남아 있는 경비원이 불편한 듯 발을 꿈틀거린다. 할머니는 주름진 손가락을 문지르며 한숨 쉰다.

미영은 회사가 거의 비자 조금 쉬기로 했는지 몇 번이고 탈의실과 화장실을 왔다갔다 하며 느긋하게 시간을 보낸다. 중간중간 신경 쓰이는지 cctv를 힐끗거린다.

8:44분. 미영은 연구실에서 나온다. 탈의실에 들어가 트렁크를 챙겨 나왔다. 얼굴에는 피로가 쌓여 있다. 그녀는 눈가를 문지르다 트렁크가 무거운지 느릿느릿 잡아끌며 복도를 나선다. 지희가 고개를 갸웃거린다.

"못 나가고 여기서 죽었다고 했는데 뭐야?"

"……cctv 보니까 잊은 게 있었는지 돌아왔더라구요."

경찰에게 cctv를 보여줘야 했던 경비원이 어색하게 이야기한다. 지희가 머리를 설레설레 흔들고 그녀를 따라간다. 몇 남지 않은 사람들은 천천히 이동한다. 지우가 맨 마지막이다. 이제는 화 낼 기운도 없는 것 같다.

밤공기는 싸늘하다. 드문드문 놓인 컨테이너 건물은 몇 군데 켜진 등불을 빼면 어둠으로 덮여 있다. 포장되지 않은 맨땅에서 모래와 돌이 밟혀 자그락 소리를 낸다. 미영은 덜컥덜컥 흔들리는 트렁크를 천천히 끌며 정문까지 걸어가, 핸드폰을 든다. [순찰중]이란 팻말만 붙은 경비실은 비어 있다. 지우가 말없이 경비원을 돌아본다. 그는 기어들어가는 목소리로 말했다.

"8시 반부터 9시 반까지는 회사 전체를 순찰합니다……."

이럴 때 빠지지 않는 지희가 톡 끼어든다.

"어디 쑤셔박혀서 농땡이 친 거 아니죠?"

"저, 정기 순찰입니다! 매일 하는 겁니다! 일직표에도 나와 있어요!"

경비원이 경기하듯 항의하는 소리를 지우는 아주 먼 세계의 소리처럼 듣는다. 피로하다. 그는 이 모든 상황이 빨리 끝나길 바란다.

미영은 정문에 와 벽에 기대서서 폰을 든다. 아마 늘상 출퇴근 때 사용했던 무인 택시를 부르는 것일 게다. 신호가 가는 폰을 어깨와 뺨 사이에 끼우고 다른 손으로 트렁크를 열다가 그녀는 얼어붙는다. 떨리는 손으로 급히 트렁크를 눕히고 허겁지겁 뒤지던 그녀는 벌떡 일어나 연구실 건물로 뛰어 들어갔다.

아무도 따라가지 못했다. 미영은 그대로 돌아오지 않는다. 사람들은 서로 눈치를 본다.

경비실 안쪽의 시계가 9시를 가리켰다. 지희가 무심결에 어깨에 들어가 있던 힘을 뺐다.

"……끝났나?"

경비가 눈치를 보다 웅얼거렸다.

"끝난 거네요."

"아이고, 어떡하나…… 이런 거 정말 못할 짓이네. 너무 기분이 이상해. 저기 애 아빠, 괜찮아요?"

할머니의 물음에 지우는 그냥 예, 라고 깔깔한 목소리를 냈다.

9시 36분. 가상현실 속의 경비가 손전등을 들고 터덜터덜 경비실로 돌아왔다. cctv는 연구실 안쪽 쓰러진 여인을 비추지 못해, 그는 모니터들을 한번 무심하게 훑어보곤 편하게 자세를 잡고 TV를 켰다. 과자 봉지를 뒤적이며 하품을 하던 그는 TV를 켜 둔 채로 잠이 들었다. 남겨진 트렁크는 정문 형광등의 그림자 안에 있어 그는 미영이 있었던 흔적을 발견하지 못했다. 만약 찾았어도 수습하기엔 너무 늦었겠지마는.

경비는 정말 어쩔 줄을 모르고 우물쭈물거린다. 지우가 건조하게 말했다.

"나가 보셔도 됩니다."

"예? 아, 저, 그래도. 확인을."

"괜찮습니다. 처음에 봤으니까…… 나가 보세요. 로그아웃하셔도 됩니다. 어차피."

100

어차피 그녀는 시체로 저기 있을 것이다. 처음과 똑같이. 변함없이.

경비는 우물쭈물하더니 그럼, 하고 서둘러 로그아웃해버렸다.

끝까지 빠르게 시간이 흐르도록 조작한 지우는 아무 말 없이 재구성의 끝이 오기를 기다린다. 한껏 빠르게 돌려놓은 시간은 시시각각 흘러가고 하늘의 색은 점점 열어진다. 주변이 점차 희끄무레하게 밝아지고 지희는 자갈 섞인 흙을 발끝으로 헤집는다.

"······지희야."

"왜."

"끝나고 나 좀 볼래? 나가지 말고."

"또 뭐? 애들 맡기는 거, 그 얘기 계속 하려구? 오빠 어떻게 남한테 의지할 생각밖에 안 해? 답답해 죽겠네. 저금도 없어? 언니 죽었는데 보험 든 것도 없는 거야? 왜 둘이 벌었는데 남은 돈이 하나도 없는 것처럼 굴어? 설마 두 집 살림 한 건 아니겠지? 에이, 오빠한테 그럴 깜냥이 있을 리가 있나. 근사한 가족을 만드는 데 목숨 건 게 오빤데."

"너······!"

한 발 앞으로 나서는 지우에게 지희는 오히려 머리를 꼿꼿이 세우고 얼굴을 들이댔다.

"너? 뭐? 한 대 치겠다? 쳐 봐, 쳐 봐! 가상현실이라 화풀이하기 딱 좋겠네."

"아이구, 둘 다 진정해요. 특히 아가씨. 어쩜 그렇게 나오는 대로 말을 막할까. 애 아빠도 맘 가라앉혀요. 목소리 높여서 좋은 일 하나도 없어요."

그들조차 존재감을 잊어버렸던 할머니가 둘 사이에 차분하게 끼어들었나. 자분자분 말하는 투가 곱게 늙으신 노인분의 품의가 묻어나 두 남매는 겨우 뒤로 물러났다. 할머니는 혀를 차곤 지희에게 타이르듯 말했다.

"아가씨, 아무리 척진 일이 있어도 가족한테 그렇게 말을 막 뱉는 게 아니에요."

"할머니는 좀 빠지세요. 이건 저랑 오빠 문제라구요."

"아무리 가족이라도 그렇게 얘기하면 되나요. 오빠 성격이 좋네요. 동생이 이러는 데 목소리 한번 안 높이구."

지우는 그냥 고개를 숙이고 지희는 코웃음 친다.

5:12분. 우우우웅. 문득 둔한 스쿠터 소리가 울린다. 우유배달 스쿠터. 헬멧을 갖춰 쓴데다 머플러까지 두른 할머니가 조심조심 스쿠터에서 내려, 뒤에 매달린 짐차에서 우유병을 꺼내 경비실 앞 턱에 놓다 화들짝 놀란다.

에구, 이게 뭐야? 소리는 들리지 않지만 입 모양과 표정은 마치 비명이 울려퍼진 것처럼 생생하다. 정문 앞에 헤집어진 트렁크를 보고 식겁한 할머니는 눈을 굴리다 유리창을 탁탁탁 쳤다. 경비는 곤히 잠들었는지 잠을 깨지 않았다. 떨리는 목소리로 경비를 몇 번 부르던 할머니는 조심스레 우유병 두 개를 경비실 앞에 내려놓고 허둥지둥 스쿠터를 몰고 가버린다. 경비는 경비실 유리창 안에서 한시도 깨지 않고 곤히 잠을 잔다. 할머니가 깊이 한숨을 쉰다.

"그때 경비원을 깨울 걸 그랬죠."

"그래도 아무것도 바뀌지 않았을 겁니다."

지우는 눈을 깜박깜박거리다 뻑뻑한 눈꺼풀을 문질렀다. 그도 자고 싶지만 아직 할 일이 남아 있었다.

"감사합니다. 이제 가서도 됩니다."

"혼자서도 괜찮겠어요? 아니, 둘이던가? 그치만 영, 동생이랑 친하지 않아 보여서."

"그래도 동생인걸요. 괜찮을 겁니다."

할머니는 걱정스러운 듯 그와 지희를 번갈아 보더니 가상현실을 나
간다.

*   *   *

로그아웃의 잔상을 가만히 바라보고 있던 지우가 고개를 돌렸다.

"넌 왜 소환된 건데?"

"응?"

"넌 미영이를 언제 만난 거야?"

성큼 다가와 틀어잡으려는 손에 지희는 기겁하며 몸을 틀었다.

"뭐야, 미쳤어?!"

빽 소리를 지르는 지희에게 지우는 성큼성큼 다가왔다. 지희는 뒷걸음치
다 넘어질 뻔했지만 발을 멈출 수가 없었다. 피로와 근심이 지워진 시우의
얼굴은 무표정했다.

"언제 미영일 만났냐고."

"무슨 소리야? 쌍, 무서워 죽겠다고. 그만 안 해?!"

"여기 온 사람들 중에 너만 미영일 만난 적이 없어."

그는 할머니가 로그아웃한 자리를 손가락질했다.

"저 할머니는 미영의 트렁크라도 봤지. 넌 뭘 봤어? 뭘 했길래 여기로 소
환된 거야?"

"무슨 헛소리를 하고 지랄이야. 오빠가 그랬잖아. 가족이라며!"

"가족이라고 다 소환되는 거면 부모님이랑 내 애들도, 미영이의 가족들

도 다 소환되었어야 해."

"이혼한 인간들이라 안 데려왔나 보지. 애들은 오빠가 못 데려온다며. 새언니 집은, 몰라, 내가 어떻게 알아!"

말하면서도 지희는 허둥지둥 물러서다 몇 번을 휘청거렸다. 지우는 그녀가 넘어지기 직전 탁 손목을 잡아챘다. 허공에 글자가 떴고 두 남매는 동시에 그쪽을 쳐다보았다.

소환 이유 : 8:46 PM 피해자가 전화 발신 / 10초 통화

지우는 동생의 손목을 틀어잡은 채로 내려다보았다.

"……미영이가 왜 너한테 전화를 해?"

"몰라, 아야, 아프다고! 이거 안 놔? 놔!"

"말하라고. 무슨 얘길 했던 건데? 어디까지 들은 건데!"

아귀힘이 점점 심해졌다. 지희의 팔이 부들부들 떨리기 시작했다. 가상현실인데도 뼈가 부러질 것 같은 통증에 그녀는 있는 힘을 다해 팔을 내쳤다.

"놓으라니까!"

손목은 여전히 단단하게 잡혀 있었다. 그녀는 이를 악물었다가 지우의 정강이를 걷어찼다. 짧은 비명과 함께 손이 떨어졌다. 즉시 몸을 돌려 달리며 그녀는 외쳤다.

"로그아웃! 로그아웃할 거야, 당장!"

로그아웃은 일어나지 않았다. 급하게 손짓으로 로그아웃 창을 불러냈으나 거부표시만 떴다. 허공의 거부창에 시선이 쏠린 그녀는 문턱에 넘어질 뻔했다. 거의 구르다시피 건물 안으로 들어간 그녀는 문을 닫으려 했으나

지우가 더 빨랐다. 쾅, 문을 열어 제치는 힘에 그녀는 뒤로 나뒹굴었다. 지우는 문 안으로 들어오려다 문득 눈을 깜박였다.

"……그때 통화했구나?"

지우는 잠시 고민하는 것 같더니, 몸을 돌려 정문 쪽으로 갔다. 지희는 허겁지겁 일어나 문을 잠궜다.

"뭐야, 이게 뭐야, 무서워 죽겠네. 시발, 뭐가 어떻게 되는 거야……."

그때, 그녀는 고개를 들었다. 약간 깜박이던 복도 전등의 빛이 더 불안정하게 떨리고 그녀는 시간이 빠르게 흘러가는 것을 감지했다……. 공기의 흐름조차 달라진 느낌에 그녀는 약간 기침을 했다. 실제로 그럴 리는 없으나 기분이 그랬다.

빨리 시간을 감아 사건종결을 시키고 그녀를 끌어내서 추궁할 예정일까? 그럴 리 없었다. 로그아웃하는 즉시 지우와 그녀는 천 킬로미터가 넘는 먼 거리를 사이에 두게 될 것이고, 그나마도 그가 온다면 그녀는 도망갈 것이므로 잡힐 리가 없었다. 가상현실 속에서 저러는 그가 현실 속에서 멀쩡하게 행동할 리 없었다.

벽 부분에 잠깐 얼룩이 어른거렸다. 뭔가의 그림자 같기도 해 그녀는 고개를 돌렸으나 빠르게 돌린 시간 속에서 전등은 불안정하게 깜박일 뿐 아무것도 보이지 않았다.

문득 뒤에서 느껴지는 인기척에 획 뒤를 돌아보았다가 기겁했다. 그러거나 말거나 미영은 그녀를 뒷걸음질로 통과해 문 밖으로 나갔다.

지우가 시간을 되감고 있는 것이 틀림없었다. 지희는 문 사이로 바깥 동정을 살폈다. 미영은 경비실 앞까지 기괴한 뒷걸음질로 뛰어가 땅에 흩어진 짐을 정리하고, 트렁크에 지퍼까지 말끔하게 채우고, 전화를 걸었다. 시간이 멈췄다. 지우는 미영의 코 앞에 얼굴을 들이밀고 입 모양을 천천히 따라해 무슨 말을 했는지 확인하고 있었다.

지희는 주춤주춤 물러나다 확 몸을 틀었다. 부들부들 떨리는 손으로 휴게실 문을 열려 했지만 미영이 나오며 잠궜는지 열리지 않았다. 그녀는 문손잡이를 쥐고 헐떡이다 거의 무너지듯 무릎을 꿇었다.

"뭐야, 뭐야, 뭐야! 나 아무것도 안 했다고. 안 했단 말이야! 미친, 미쳤어, 진짜 돌았다고. 죽어넘어간 여자랑 10초 통화한 게 뭐 어때서. 딱 10초였는데! 별 얘기도 안 했다고. 안 했단 말이야! 미친 새끼. 진짜 돌았어."

문고리를 쥔 채 남은 손으로 손톱을 물어뜯기 시작한 그녀는 갑자기 열리는 문에 휘청 안쪽으로 넘어졌다. 숨이 턱에 차 뛰어들어온 미영은 테이블 아래쪽을 들여다보고 의자 뒤를 살피고 냉장고 문까지 열어보다, 탈의실에 들어갔다 한참 뭔가를 미친 듯이 찾다 나온다. 긴 머리가 휘날려 형클어진 여인의 입은 가쁜 숨을 내쉬고 동공은 크게 벌어져 있다. 명찰을 목에 걸 정신도 없어 손에 쥔 그녀는, 패널에 제 명찰을 대어 인식시키곤 그대로 뛰어 들어간다. 패널에 눌려 있던 명찰이 주르륵 미끄러져 바닥에 떨어진다.

활짝 열린 문으로 지희는 미영이 무엇을 하는지 다 볼 수 있었다. 그녀는 급하게 책상 밑을 보고 의자를 밀어 공간을 내며 책상 높이 아래에 있을 뭔가를 찾고 있었다. 어두운 연구실 안에서 움직이는 긴 머리채는 마치 귀신 같아서 지희는 부르르 몸을 떨었다.

갑자기 소리 없이 문이 닫혔다. 연구실의 이중문이 찰칵 잠겼다.

지희는 얼어붙어서 겨우 패널을 돌아보았다. 명찰은 바닥에 그대로였다. 패널도 아무 변화 없었다. 연구실 이중문 너머로 홱 고개를 돌리는 미영이 보였다. 주먹으로 쾅쾅쾅! 소리가 들릴 것처럼 세게 문을 쳐대던 그녀는 입을 벙긋거렸다. 휴게실 문가에 주저앉아 있는 지희는 미영과 시선이 마주친 것 같은 착각에 눈을 돌리려 했으나 할 수가 없었다. 죽음을 앞둔 인간의 절박한 눈빛은 시선을 떼기 힘들었다.

저 표정은 가상현실이 만들어낸 거짓이 아니었다. cctv에 찍힌 그녀의 진짜 표정이었다.

진짜 사람이 죽는 현장을 미영은 참관하고 있는 것이다.

갑자기 뒤에서 목소리가 떨어졌다.

"너 때문이었구나."

지희는 비명을 지르며 앞으로 엎어졌다. 덜덜 떨면서 돌아본 뒤에는 지우가 서 있었다. 한 손에 핸드폰을 들고 있었다.

"너 때문에, 미영이가 떠났어."

"미……친 소리, 하지 마. 정말 나한테 대체 왜 이래? 아니야, 아니라고! 아니라고!"

지우는 가만히 그녀를 내려다보았다. 지희는 발작적으로 소리를 치다 숨을 몰아쉬었다. 벽에 걸린 시계가 9시가 되었다. 뒤에서는 미영이 죽어가고 있을 것이고 지우는 거의 미친 것처럼 보였다. 지희는 나이에 맞지 않게 울음이 터져 나오려는 것을 간신히 참았다.

"내, 내가 너무 심하게 말해서 그래? 미, 미안. 미안해. 내가 죽일 년이야. 잘못했어. 씨발, 나 쌍년인 거 옛날부터 알고 있었잖아! 그런데 전화를 걸어서 오빠 애들 돌보라는 게 말이 돼? 그래, 나 애들 맡기 싫어서 말 심하게 했어. 그렇다고 이렇게 겁줄 필요는 없잖아!"

말 중간부터 악을 쓰기 시작하는 지희에게 지우가 평이하게 말했다.

"네가 미영이한테 유리 데려오라고 했어?"

"무슨 소리야! 안 그랬어. 새언니가 나한테 먼저 전화 걸었단 말이야. 오빠랑 더 이상 못 살겠다고. 나와야겠다고! 그게 왜 내 잘못이야! 게다가 난 대답도 안 했어, 새언니가 먼저 출발하려 했지! 그게 왜 내 탓이야! 왜 부부가 다 쌍으로 날 못 괴롭혀서 안달이냐고!"

빽빽 소리를 지르던 그녀는 지우의 어깨 너머를 보고 입을 딱 벌렸다가 새된 비명을 질렀다. 꺄아아아악! 꺄아아아악! 숨 넘어갈 것 같은 소리라 지우도 잠깐 당황했다.

"……그래 봤자 아무도 들을 사람이 없……."

"꺄악! 꺄아아아악! 버그, 버그 리포트! 버그 리포트!"

거의 동시에 슥 등장한 단말에게 그녀는 지우 뒤쪽을 손가락질했다.

"저게, 저게, 저게 뭐야? 저게 뭐냐고!"

단말은 그녀가 가리키는 방향을 바라보곤 친절하게 웃었다.

[나방일 것으로 추정됩니다.]

"추……정?"

지우도 천천히 뒤를 돌아보았다. 불안정하게 깜박이는 전등불빛 가운데, 천천히 움직이는 그림자가 있었다. 작은 축구공 같기도 했고, 아이의 머리통 같기도 했다. 어둠 덩어리는 허공에서 둥실 떠다녔다가 문 근처까지 가스윽 사라졌다. 단말은 자연스러운 손놀림으로 덩어리가 휴게실 문 근처에 나타나기 직전까지 시간을 되돌렸다. 휴게실 문 공중에서 갑자기 둥실 생겨난 덩어리는 약간 흔들대더니 열심히 복도를 지나가, 건물을 나가는 문쯤에서 스윽 없어졌다.

단말은 벽을 가리키며 상냥한 목소리를 냈다.

[벽에 그림자가 저렇게 진다면, 가상현실 프로그램은 저 크기의 나방이나 공 모양의 물체가 전등빛을 가리고 있었다고밖에 추정할 수 없습니다.]

지우는 무표정하게 덩어리가 있던 허공을 보다가 말했다.

"버그 리포트 종료."

단말이 슥 없어졌고 지희는 비명을 질렀다.

"아냐! 다시! 버그 리……."

손에 입을 막혀 말을 맺지 못하고 지희는 읍읍거렸다. 지우는 지희의 입을 막고 내리눌렀다.

"……쓸데없이 시간 끌지 말고, 말을……."

그는 말끝에 한숨을 쉬었다.

"아니다. 직접 가서 묻는 게 편하겠지?"

그리고 지희는 말 그대로 질질 끌려갔다. 목에 팔이 감기고 입이 막힌 채 연구실 안까지 끌려간 그녀는 바닥에 쓰러져 있는 미영의 시체를 보며 발버둥쳤다. 그러거나 말거나 연구실 안쪽 선반을 둘러보던 지우는, 진정제 주사기 하나를 꺼냈다.

"한숨 푹 자고 있어. 오프라인에서 만난 다음에 이야기하자."

바늘의 뚜껑을 벗긴 그는 주사기를 치켜들었다. 지희는 목 안으로 새된 비명을 지르며 몸부림쳤다.

*   *   *

그리고 지우의 뒤에서 단말이 주사기를 푹 찔러 넣었다. 바늘이 꽂힌 팔을 붙잡은 지우가 비틀거리며 돌아보았다. 단말은 차분하게 말했다.

[한숨 푹 주무십시오. 그동안 끝날 겁니다.]

지우의 몸이 천천히 숙여져, 털썩 아내의 시체 홀로그램 옆에 쓰러졌다. 지희는 목을 문지르며 기침을 하다 슬슬 바닥을 발로 움직여 단말과 거리를 벌렸다. 단말은 상냥하게 물었다.

[위험했네요. 일어나실 수 있겠습니까?]

발목이 욱신거렸지만 지희는 단말의 손에 이끌려 비틀비틀 일어섰다. 그녀는 지그시 단말을 노려보다 물었다.

"……너 사람이지? 인공지능 아니라."

[……예.]

청년은 난감한 얼굴로 눈을 굴렸고 지희는 기가 막혀 잡힌 손을 뿌리쳤다.

"썅, 대체 무슨 생쇼야? 사람 놀리는 것도 정도껏 하지!"

청년은 어깨를 으쓱였다.

[저희도 반대를 많이 했는데…… 윗선에서 하라 하니 말단 공무원이 어쩔 수 있나요. 까라면 까야죠. 입체 가상현실이 훨씬 생생하고 자세하게 사건기록을 할 수 있으니 당장 시행해야 한다고 윗분이 아주 열변을 토하시더라구요. 저장용량이 커서 서버가 부족하다든가 하는 건 듣지도 않으시고. 아, 선배님. 오셨습니까?]

청년이 꾸벅 고개를 숙였다. 휴게실 문간의 할머니가 나오라는 손짓을 했다.

"시체들 옆에서 수다 떠는 거 재밌냐."

[한 명은 살아 있습니다. 안 죽었거든요?]

청년의 항의를 들은 척 만 척 할머니는 품 속에서 담배를 꺼내 불을 붙였다. 쟈글쟈글한 손가락 사이에 꽂힌 담배를 쪼글쪼글한 입으로 쭉 빤 그녀는 으으 신음소리를 냈다.

"여기서 피는 건 영 맛이 없단 말이야."

[금연한 지 얼마나 지났다고 그새 피세요?]

"밖에서만 안 피면 되잖냐. 쪼잔하게 굴긴. 여튼……."

110

할머니 모드를 덮어쓴 형사는 담배를 두어번 빨곤 지우 쪽을 가리켰다.

"문지희 씨? 고생하셨습니다. 저 인간이 영상에 하도 깔끔하게 손을 대놔서 힘들 것 같았는데 증언 유도 감사합니다. 저는 강력반 형사 이수영이고, 쟤는 제 후배 오기찬입니다."

"……미친. 지금 증언 얻자고 사람 공포체험을 시켜요? 당장 민원 넣을 거야! 당신들 다 잘라버릴 거라고!"

"그 거침없는 성격 때문에 한미영 씨가 당신이라면 탈출구가 될 수 있다는 생각을 했구요."

지희는 잠깐 입을 다물었다가, 설마요, 하고 웅얼거렸다. 오기찬 형사가 허공에 익숙한 손놀림으로 스크린을 띄우더니 슥슥 스크롤을 내려 원하던 목록을 찾아냈다.

[습관적인 구타 흔적에, 우울증 약 복용, 도벽, 강박적인 다이어트. 항우울제와 식욕억제제 섭취. 한미영 씨는 상당히 정신적 육체적으로 궁지에 몰려 있었다고 추측됩니다. 그러다 지희 씨의 존재를 눈치채고 도망가야 겠다고 결심하셨던 것 같은데. 혹시 짚이시는 부분이 있습니까?]

그녀는 이미 알고 있는 듯했다. 지희는 천천히 말했다.

"……팜플렛. 신히피주의 팜플렛이요."

오기찬 형사는 손짓을 해 허공에 검색 홀로그램을 띄워, 터치 몇 번으로 자료를 불러냈다.

[자유와 해방이 대표 구호로군요. 요즘 뉴스에도 많이 나오는 그거죠? 친척 중 거쪽 분이 계시면 배달된다고 하는.]

"그래요. 하지만……."

그녀는 형사 둘을 한 번씩 쳐다보았다가 고개를 뒤로 돌렸다. 현실처럼 생생한 가상공간의 바닥에는 부부가 각자의 모습으로 쓰러져 있었다.

"……이런 일이 일어날 줄은…… 몰랐어요."

할머니 모드를 쓴 이수영 형사는 담뱃재를 털며 말했다.

"한미영 씨 빼고는 아무도 몰랐던 것 같습니다. 자, 대충 사건 종결에 필요한 정보는 모였군요…… 로그아웃하시겠습니까?"

"……오빠는요?"

지희가 지우 쪽을 가리켰다. 이수영 형사는 고개를 저었다.

"저 분은 주요참고인이라 데리고 나가실 수는 없습니다. 오프라인 쪽에서 몸이 있는 장소는 이미 파악되어 있으므로 알아서 처리하겠습니다."

"오빠가…… 새언니를 죽인 건가요?"

두 형사는 잠깐 서로 마주 보았다가 거의 동시에 고개를 저었다.

"아닙니다."

[그렇지 않습니다. 증거인멸은 했지만요.]

*　　　*　　　*

[사건번호 NC-235406252200-HC. 기록 들어갑니다.]

"가상현실 영상과 동시 녹음. 아, 진짜. 일처리 두 번이나 하게 만드네. 옛날처럼 사건 벌어졌던 현장에 가서 하면 어디가 덧나? 가상현실 이거 맘에 안 들어. 진짜랑 비교를 할 수가 있냐고."

[담배나 끄고 시작하시죠. 연기 때문에 화면 흐려지면 기술과에서 신경질 낸다구요. 보정해야 한다고.]

"알았다, 알았어. 잔소리는. 보자…… 10시 27분 한미영 출근. 당시 트렁크 속에는 첫째 딸 유리…… 5살? 아동이 들어 있었을 것이라 추정됨. 이유는 과자 껍질과 초콜릿 쿠키 부스러기 흔적."

[추정 이유는 빈 과자 껍질과 초콜릿 쿠키 흔적. 감식반에게 가방 안쪽 천과 빈 과자 껍질에 남아 있을 DNA 추출 및 감식을 요청해야 합니다. 기록해두죠.]

"12시 03분. 현장검증 때 나온 혜윤이라는 직원의 증언에서 다이어트 약 이야기가 나왔는데…… 이것도 좀 걸리지?"

[용도가 여러 가지라…… 세 가지 추정이 가능합니다. 첫 번째, 본래의 목적인 다이어트. 살을 빼면 남편에게 더 사랑받을 수 있으리라 여겼겠죠. 두 번째, 항우울제. 원래 프로작은 항우울제 약입니다. 다이어트 약으로 사용하면 부작용을 낳지요. 세 번째. 프로작과 리덕틸 둘 다 가방 속 아이가 배고프다고 칭얼대지 않도록 식욕 억제제로 쓰였을 수도 있습니다.]

"나 참. 대체 애를 왜 가방 속에 처박아 놓은 거야? 죽은 애도 아닌데."

[선배님…… 죽은 애면 더 큰일입니다?]

"알았다, 알았어. 안 죽었으니 됐잖아. 집에 잘 들어가 있는 것 맞지?"

[예, 현재 형사 둘이 감시 중입니다.]

"시간 돌려. 3시 24분. 쿠키는 탈의실에 있던 트렁크 안에 넣은 것으로 추정. 애가 받아 먹었겠지. 뭐든 다 추정이냐."

[찍히지 않았으면 다 추정이 되지요. 아, 현장검증 때 문지우 씨가 그래픽을 다룰 수 있다는 걸 언급했습니다.]

"그거 안 되살려도 직업이 직업이니만큼 충분히 정황근거가 돼. 9시 44분. 트렁크를 끌고 나가서 정문에서 전화를 건다. 이때는 트렁크에 이미 애가 없지."

[그 사이에 빠져나간 것 같습니다.]

"피해자는 돌아가서 애가 어디로 빠져나갔는지 이리저리 찾고. 중간에 연구실에 들어갔는데. 이때 명찰을 바닥에 떨어뜨렸다. 여기서 비극이 시작되나."

[담배 그만 피우시라니깐요.]

"담배가 안 땡기게 생겼냐. 눈앞에서 사람이 죽어나가는데. 가상현실은 이래서 나빠. 서류로 해도 충분히 토 나오는데 사람 죽는 과정을 입체영상으로 틀어놓으니 볼 때마다 기분이 영 그렇다고. 너도 한 대 줄까?"

[……안 핍니다. 음, 피해자는 문이 닫히지 않도록 했는데요, 들어가고 30초 후 아이가 명찰을 잡아 문에 댑니다. 애는 엄마가 자기를 트렁크 안에 또 가둘까 봐 엄마를 가둔 거였을 텐데…… 가둔 장소가 나빴습니다. 명찰이 바깥에서 마지막으로 인식되었기에 컴퓨터는 연구실 안이 무인상태라고 판단, 소독은 예정 시간에 그대로 진행되었습니다. 생체인식기 하나만 들여놨어도 일어나지 않을 사건이었죠.]

"회사 꼬라지를 볼 때 어쨌든 비싼 건 안 샀겠지. 다음으로 넘어가자. 애는 튀어나갔는데, cctv에 전혀 안 잡힌 거지?"

[무인택시를 통해 집으로 들어갔다고 추측하고 있습니다. 아니면 건물 바깥에서 돌아다니고 있는 것을 피해자의 남편이 발견했을 수도 있구요. 어쨌든 집에 아내와 첫째 아이가 없어 회사로 온 남편은 사태를 파악합니다.]

"그리고 증거 인멸을 했다?"

[아니면 저게 설명이 안 됩니다.]

"……"

[……선배님?]

"…… 졸라 놀랐네. 저거 진짜 귀신 아니지?"

[예. 피해자의 남편이 cctv 영상에서 아이를 지우다 그림자 부분을 실수로 덜 지운 겁니다. 영상으로 보면 벽에 생긴 아주 옅은 얼룩으로밖에 안

보이니 놓칠 만하지요. 가상현실 구현 프로그램은 인식했지만요.]

"별…… 저거 안 지워지냐?"

[증거품이나 마찬가진데 삭제를 하면 어떡합니까.]

"세상 참…… 별게 증거품이 되는구만. 쨌든, 피해자 남편이 cctv에서 자기 애를 지우고 머리통 귀신을 만들어 넣는데 경비가 안 깬 이유는?"

[혈액 검사에서 진정제 성분이 발견되었습니다. 연구실 안에 있던 진정제 주사약의 성분과 동일하구요. 꼭 검사 결과가 아니어도 충분히 추측이 가능합니다만. 야간순찰을 한 번도 하지 않는 걸 보고 짐작은 하셨죠?]

"그럼. 아주 제 방처럼 푹 자더만. 경비가 경비실에서 잠만 자도 되는 직업이면 나부터 당장 이 일 때려치고 전직하겠다. 흠, 주사를 남편이 몰래 놨을 수도 있고, 시체를 목격했는데 남편에게 돈을 받은 후 자진해서 맞았을 수도 있지. 최근에 남편이 큰 돈 썼는지 은행계좌 거래내역 조사해봐."

[알겠습니다.]

"대충 다 끝났나? 마지막. 피해자가 살아 있는 애를 왜 트렁크에 넣고 하루종일 직장에서 뺀냈는지 합리적인 설명 좀 넣어봐."

[피해자는 원래, 단순 가출을 하려 했던 것 같습니다. 회사에 25일 이후 3일 휴가를 냈더군요. 남편은 회식이 있어 늦게 들어간다고 그 전날 말을 했다 하구요. 아이를 데리고 신히피주의자들 모임에 가 있으면서 남편과 조율을 할 생각이었겠죠. 이혼 조율이든 원만한 부부생활 건이든…… 3일 동안 쉬었다 돌아오면 원래대로 복귀할 수 있을 거라 여겼던 것 같습니다. 집에서 아이를 데리고 가기엔 시간이 걸리니까, 회사에서 바로 출발하려고 데려왔던 거죠.]

"왜 첫째 애만 데려갔고?"

[……아주 제가 설명 자판기입니다? 짐작 가는 바가 있긴 합니다만……

잠시만요.]

"여자애라 데려갔나? 자기랑 큰딸을 똑같은 처지로 여겼을 수도 있지."

[아, 나왔네요. 첫째 애가 자기 유전자 비율이 더 높았다고 합니다.]

"뭐라?"

[첫째 아이가 남편 유전자 비율 42%, 아내 쪽을 58% 타고 났네요. 반면 둘째 아이는 남편 쪽 유전 비율이 4% 더 많습니다. 모르셨어요? 병원에서 아이가 태어날 때 다 체크해주는데요. 저도 첫애 때 알았죠.]

"……별…… 정말 희한한 세상이라니까. 가상현실이니 클론이니 유전자 비율…… 눈이 핑핑 돌아가네 아주. 정신을 못 차리겠어."

[하기사 저도 뉴스 볼 때마다 놀라긴 하니까요.]

"그래도 사람 사는 게 다 똑같긴 하지."

[예?]

"오프라인 쪽에 체포 연락 넣어봐라. 기록 다 끝났다고."

(오기찬 형사는 선배 형사가 말한 대로 연락을 한다. 문 열리는 소리. 잠시 말소리가 들리고, 강제 로그아웃으로 문지우의 몸이 가상현실에서 사라진다. 한 템 후에 시끌벅적한 소음이 뒤를 따르고 "잠깐, 거기 멈추세요!" "잡아! 잡아!" 하고 소란이 이어진다. 가만히 듣고 있던 이수영 형사가 만족한 표정으로 남은 담배를 태운다)

"옛날과 아주 달라지진 않았지?"

이재인

SF 판타지 소설가. 2010년 SF무크지 미래경 2호에 〈사용설명서는 끝까지 읽기〉를, 2012년 《연애소설 읽는 로봇》에 중편 〈고요의 언어〉를 수록. 여전히 꾸준히 장르소설을 쓰고 있다.

116

장군은 울지 않는다

백상준

찰싹, 찰싹, 찰싹. 아기는 울지 않았다.

간호사가 다시 아기의 엉덩이를 때렸다. 그래도 울지 않았다. 이물질이
제대로 제거되지 않았나? 간호사는 가느다란 관을 아기의 입 안으로 밀어
넣고, 기도와 식도에 찬 이물질을 다시 한 번 제거했다. 그리고 다시 때렸
다. 역시 울지 않았다. 간호사는 혹 어디가 잘못된 건 아닌지 살폈다. 잔뜩
찡그린 얼굴은 시뻘겠다. 무척 고통스러워 보였다. 그러나 자연분만으로
갓 태어난 아기의 얼굴은 늘 그랬다.

"선생님, 아기가 울지 않아요."

"양수 제거 제대로 한 거야!"

둘째를 받느라 정신없던 의사가 짜증을 내며 말했다.

"네, 두 번이나요."

"뒤집어서 더 때려봐!"

찰싹, 찰싹, 찰싹. 아기가 눈을 부릅뜨고 간호사를 쏘아보았다. 그러나
간호사는 아기를 울려야 한다는 생각에 아기의 부릅뜬 눈쯤은 눈에 들어
오지 않았다. 간호사는 불안했다. 대체 어디가 잘못된 걸까? 다시 아기의

엉덩이를 때렸다. 이번엔 손끝에 제법 힘이 들어갔다. 찰싹, 찰싹. 그제야 아기가 울음을 터뜨렸다. 간호사는 십년감수한 듯 안도의 한숨을 내쉬었다. 이어 태어난 둘째는 더했다. 마치 뱃속에서 울지 않겠다고 작정이라도 한 것 같았다. 그러다 결국 의사의 매서운 손끝에 울음을 터뜨렸다. 알 수 없는 옹알이와 함께.

둘은 꼭 닮은 일란성쌍둥이였다. 쌍둥이가 그렇듯 둘은 늘 함께 있었다. 그러나 사람들은 둘을 절대 혼동하지 않았다. 표정 때문이었다. 삼 분 먼저 태어난 첫째는 늘 풀 죽은 얼굴이었다. 마치 방금 엄마에게 혼난 아이처럼. 반면 삼 분 늦게 나온 동생은 늘 씩씩거리며 화가 난 얼굴이었다. 마치 이 세상에 태어난 게 불만인 듯했다. 아무것도 모르는 사람들은 둘 다 인상파라며 개성 있고 귀엽다며 웃었다. 하지만 부모들은 웃을 수 없었다.

엄마, 아빠 품에 안겨 집으로 돌아온 쌍둥이는 첫날부터 싸우기 시작했다. 아니, 한쪽이 일방적으로 맞기 시작했다. 둘째는 늘 첫째를 향해 발길질을 해댔다. 처음엔 한쪽으로만 발길질을 하는 줄 알고, 첫째의 자리를 옮겼다. 그러나 여전히 첫째를 향해 발길질을 해댔다. 엄마와 아빠는 결국 둘을 멀찌감치 떼어놓았다. 그래 봤자 손발이 닿지 않는 거리였다. 쌍둥이가 뒤집기를 시작했을 때, 둘째는 제일 먼저 첫째를 향해 한 바퀴 구르더니 첫째의 얼굴을 걷어찼다. 하지만 첫째는 울지 않았다. 정말 듬직한 사나이처럼.

엄마는 둘째가 첫째를 질투하는 거라 생각했다. 그래서 둘째를 더 자주 안아주었다. 하지만 나아질 기미가 없었다. 방법을 바꿨다. 둘째가 첫째를 때리고 차기만 하면 엄마, 아빠는 여지없이 둘째의 엉덩이를 까고 맴매했다. 그러자 한동안은 조용했다. 그러나 곧 다시 알게 됐다. 젖을 먹일 때였다. 품에 안은 첫째의 눈이 촉촉이 젖어 있었다. 불안한 마음에 몰래카메라를 설치한 부모는 그제야 알게 됐다. 여전히 둘째가 첫째를 때리고 차고, 꼬집고 있었다는 걸. 첫째는 반항 한 번 못 했다. 아니, 안 했다.

정말 옛사람들의 말이 맞는 것 같았다. 옛사람들은 쌍둥이를 좋아하지 않았다. 쌍둥이는 전생에 악연을 맺은 이들이 함께 환생하는 것이라 믿었기 때문이다. 쌍둥이는 정말 전생의 원수 같았다.

아빠는 서서히 불안해졌다. 엄마도 불안하긴 마찬가지였다. 그러나 엄마는 전생을 믿지 않았다. 엄마는 둘 사이가 좋지 않은 게, 단지 태교가 잘못 됐거나, 자신이 아기를 잘못 키우고 있기 때문이라며 스스로를 탓했다. 그게 엄마였다. 아빠는 아마도 좁은 뱃속에서 자리싸움을 하던 버릇이 남아서일 거라며 아내를 위로했다.

엄마와 아빠는 둘째의 버릇을 고치기로 독하게 마음먹었다. 처음에는 젖으로 둘째를 길들였다. 형을 때린 날에는 젖을 조금만 먹였다. 둘째가 배고 픔에 악을 쓰든 말든 단단히 버릇을 고칠 각오였다. 그렇게 며칠이 지나자 둘째는 형 대신 엄마를 쏘아보기 시작했다. 열 달 동안 뱃속에서 길러준 어머니 은혜도 모르는 아이 같았다. 하지만 엄마는 꿈쩍하지 않았다. 쏘아 보는 둘째의 눈빛이 매섭고 사납긴 했지만 첫째를 위해서라도 참아야 했다. 보름이 지나자 효과가 있는 듯했다. 첫째의 얼굴에 생기가 돌기 시작했고, 둘째의 얼굴에서도 툭하면 부릅뜨던 눈이 사라지고 한결 부드러워졌다. 서서히 현실에 순응하는 것 같았다.

한 달이 지나자, 둘째의 행동이 눈에 띄게 순해졌다. 첫째를 괴롭히지도 않았고, 엄마, 아빠에게 곧잘 재롱도 부렸다. 장난감에 호기심을 보이기 시작했고, 첫째와 나란히 앉아 블록을 쌓기도 했다. 엄마, 아빠는 조금 안심 했다. 그러나 오래가지 않았다.

둘째가 먼저 옹알이를 시작했을 때였다. 알 수 없는 옹알이가 둘째의 입에서 뛰어나오자 첫째의 얼굴이 어두워졌다. 마치 사망선고를 받은 죄수 같았다. 엄마는 다시 불안했지만, 아빠는 첫째가 둘째의 빠른 옹알이에 조금 의기소침해진 거라며 아내를 위로했다.

젖니가 나온 때였다. 둘째는 기다렸다는 듯 첫째를 물었다. 치발기, 공갈 젖꼭지를 물려줘도 둘째는 기를 쓰고 첫째를 물었다. 그것도 아이답지 않은 교묘함으로 엄마, 아빠가 안 볼 때만 물었다. 그래서 처음엔 아무도 몰랐다. 그러다 엄마가 첫째를 목욕시키다 작은 치아에 물린 상처와 멍을 발견했다. 결국 부모는 아예 둘을 떼어놓기로 했다. 그러나 첫날부터 둘은 울기 시작했다. 차이고 물려도 울지 않던 첫째가 더 크고 서럽게 울었다. 어쩔 수 없이 둘은 다시 한방에서 같은 침대를 쓰게 됐다. 다시 조용해졌지만, 첫째의 몸에 상처는 늘어만 갔다.

돌 때였다. 기념사진을 찍기 위해 첫째와 둘째가 엄마, 아빠 품에 안겨 카메라를 향했다. 그러나 첫째의 얼굴은 무표정했다. 사진사가 아무리 딸랑이를 흔들고, 재미난 표정을 지어 보여도 첫째의 표정은 이미 굳어버린 콘크리트처럼 꿈쩍도 하지 않았다. 그때 둘째가 옹알거리며 밀했다.

"웃어."

그러자 첫째의 입가에 어색한 미소가 번졌다.

사진사는 재미있는 아이들이라며 웃었지만 부모는 깜짝 놀랐다. 마치 둘째가 첫째를 조종하는 것 같았다.

결혼할 때도 찾아가지 않던 점占집을 찾아간 건 쌍둥이가 두 살이 되었을 때였다. 무당은 아이들의 사주에 살殺이 끼었다고 말했다. 부적을 그리고 굿을 벌여야 한다고 했다. 어떤 무당은 머리 깎고 중이 돼야 살을 피할 수 있다고 했다. 하지만 부모는 믿지 않았다. 자신들이 아이들을 잘 키우면, 착하게 키우면 될 거라 생각했다. 그리고 신앙의 힘으로 쌍둥이를, 그리고 자신들을 구원하려 했다. 그러다 결국 굿을 하기로 마음먹은 건, 어느 날 밤, 둘째가 첫째를 무릎 꿇려놓고, 이상한 옹알이로 첫째를 나무라는 모습을 보았을 때였다. 그때 둘째의 표정은 사탄의 인형처럼 섬뜩했다.

부모는 신내림을 받았다는 용한 무당을 찾아갔다. 무당은 굿을 해야 한다고 했다. 부모는 무당이라면 으레 하는 이야기라고 생각했다. 그래도 혹시나 하는 마음에 굿을 했다.

쿵덕쿵덕 칼춤을 추며 접신을 시도하던 무당이 갑자기 번개를 맞은 듯 칼춤을 멈추고는 쌍둥이를 노려보며 소리쳤다.

"네, 네놈들, 네놈들은 이 세상에 있을 것들이 아니구나! 썩 물러가라! 당장 돌아가라, 썩!"

쌍둥이는 사색이 되어 무당을 쳐다보았다.

무당이 끔찍한 괴성과 함께 다시 외쳤다. 썩 물러가라고, 돌아가라고. 그리고 당장 쌍둥이를 죽일 듯 노려보았다. 갑자기 둘째가 엄마를 찾으며 울기 시작했다. 악을 쓰며 운 적은 있어도 엄마를 찾으며 운 적은 한 번도 없던 둘째였다. 아이가 안쓰러워진 엄마는 쌍둥이를 안고 도망치듯 무당집을 나왔다. 무당은 밖에까지 쫓아와 소리쳤다.

"썩 물러가! 돌아가! 돌아가! 안 그러면 신이 너흴 용서 안 해!"

그날 둘째는 종일 말이 없었다. 먹지도 않았다. 엄마는 측은한 마음에 둘째를 안방침대에 눕혔다. 그리고 엄마, 아빠 사이에 두고 잠들었다. 둘째는 자정이 넘은 시간에 눈을 떴다. 그리고 조용히 안방을 빠져나와 첫째 혼자 잠든 작은방의 문을 열었다. 그리고 첫째를 흔들어 깨웠다. 단꿈에 빠져 있던 첫째가 화들짝 놀라 깼다. 둘째는 싸늘한 눈빛으로 첫째를 노려보며 말했다.

"오늘 일은 절대 비밀이야. 네가 죽을 때까지. 만약 누가 알게 되면, 그땐 넌 죽어."

첫째는 겁먹은 눈으로 고개를 끄덕였다.

한동안 두 아이는 평범한 쌍둥이 형제처럼 자랐다. 둘째는 첫째를 때리지 않았고, 싸우지도 않았다. 언제 그랬냐는 듯 너무 순하게 자라서 이웃들의 부러움을 살 정도였다. 굿이 효과가 있는 것 같았다. 부모는 그런 아이들을 보면서 다시 웃음을 찾았다. 그러나 그 웃음은 오래가지 않았다.

쌍둥이가 네 살 때였다. 온 가족이 함께 나들이 간 공원에서였다. 한 아이가 뒤뚱거리며 걸어와 둘째의 머리를 때렸다. 어린 아이들 사이에 흔히 있을 수 있는 사소한 사고였다. 그때 둘째는 울지도 않았다. 그저 넌지시 첫째를 돌아보았다. 그러자 첫째가 허둥대며 다가와 대신 그 아이를 때리기 시작했다. 아니, 패기 시작했다. 심지어 돌멩이를 주워 아이를 내려찍으려 했다. 놀라 달려온 부모들이 둘을 떼어놓았다. 그러자 첫째의 입에서 언제, 어디서 들었는지 차마 입에 담을 수 없는 욕설이 터져 나왔다. 둘째는 야릇한 미소를 지으며 보고만 있었다. 부모는 쌍둥이의 돌 때를 떠올렸다.

다시 예전 무당을 찾아갔다. 이번에도 무당은 굿을 해야 한다고 했다. 무당은 부모에게 이번에는 절대 아이를 안고 도망치지 않겠다는 약속을 받았다. 그러나 이번엔 아무리 오랫동안 굿을 해도, 돌아가라고, 물러가라고 소리치고 윽박질러도 쌍둥이는 울지 않았다. 결국 굿을 하던 무당이 지쳐 쓰러졌다.

"이미 늦은 것 같습니다. 다른 방도가 없어요."

무당이 말했다.

"이사를 가셔야 합니다. 아주 멀리 이사를 가야 해요. 근처에 아는 사람이 아무도 없는 곳으로 가야 합니다. 멀리 갈수록 좋아요."

"이민이라도 가라는 겁니까?"

"그게 최선이겠죠."

이민은 쉽지 않았다. 아이들의 외할아버지는 무남독녀 외동딸을 멀리 외국으로 보내고 싶어 하지 않았다. 아빠 역시 외동아들이었다. 할아버지와 할머니는 무당 말에 현혹돼 이민을 가느냐며 아들과 며느리를 오히려 나무랐다. 결국 이런저런 고민 끝에 서울을 떠나 경기도로 이사를 갔다.

이사를 간 뒤로 둘은 사이좋게 지냈다. 쌍둥이답게 늘 붙어 다녔다. 모르는 사람들은 쌍둥이가 붙어 다니는 게 그저 귀엽고 당연하게만 보였다. 그러나 엄마, 아빠는 여전히 불안했다. 한편으론 무당의 말이 옳았다는 안도와 함께 혹시, 너무 늦은 게 아닐까, 첫째가 이미 둘째의 완벽한 꼭두각시가 된 게 아닐까 두려웠다. 그러나 점점 웃음을 찾아가는 첫째의 얼굴을 보면서 부모는 조금씩 안심하기 시작했다. 그리고 얼마 지나지 않아, 쌍둥이는 엄마, 아빠를 기쁘게 하는 일을 터뜨렸다.

하루는 텔레비전에 한 천재 소년이 나왔다. 여섯 살, 쌍둥이와 동갑이었다. 그 아이는 컴퓨터 해킹과 수학에 천재적인 재능을 보였다. 아무런 프로그램도 설치되지 않은 컴퓨터 앞에 앉아 세 시간 만에 관공서의 서버를 해킹했다. 엄마, 아빠도 풀어본 적 없다는 미적분 문제를 판서도 없이 머릿속으로 풀었다. 아이를 본 대학교수들은 당장 자신들의 제자로 받고 싶어 했다. 아이는 이미 영재학교를 다니면서, 일주일에 삼 일은 스무 살 형들이 다니는 대학교 수업을 듣고 있었다. 텔레비전을 보던 둘째가 싸늘한 미소를 짓더니 엄마에게 말했다.

"나도 저 영재학교에 가야겠어."

엄마, 아빠는 넌 안 될 거라고 말해주고 싶었지만, 둘째의 싸늘한 표정에 아무 말도 못 했다. 부모의 표정을 살피던 둘째는 말없이 첫째를 돌아보았다. 둘째와 눈이 마주친 첫째는 사시나무 떨듯 떨었다. 부모는 다시 둘째가

124

첫째를 괴롭힐까 불안했다. 결국 부모는 첫째와 둘째를 데리고 영재학교를 찾아갔다.

교직원은 텔레비전에 영재소년이 소개된 이후로 입학문의가 폭주했다며 너스레를 떨었다. 또 극성스런 부모에 철없는 아이들이 자기도 영재가 되겠다고 이곳에 찾아온다며 은근히 쌍둥이를 무시하는 투로 말했다.

"그 아이들 다 만나볼 수 있을까요?"

둘째가 아이 같지 않은 싸늘한 표정으로 물었다.

"아, 아이들?"

"말귀를 못 알아들으시나, 입학하겠다고 찾아온 아이들이요. 전부 다."

교직원은 잠시 당황하며, 그런 건 개인정보 보호차원에서 비밀이라고 말했다.

영재 테스트는 네 시간에 걸쳐 진행됐고 결과는 일주일 후에 통보됐다. 놀랍게도 쌍둥이 모두 영재학교에 입학허가가 떨어졌다.

영재학교는 입학식이 따로 없었다. 재능 있는 아이들을 빨리 발굴하고, 바로 교육시키기 위해 수시 입학 제도를 취하고 있었다. 대신 새로 온 아이들은 전교생이 모두 나와 운동을 하는 오전 체육시간에 자연스레 또래 아이들 사이에 섞였다. 쌍둥이도 마찬가지였다. 실내체육관에 들어선 쌍둥이는 사람들의 이목을 한 몸에 받았다. 단지 신입생이라는 이유뿐만 아니라, 일란성 쌍둥이라는 것 때문이었다. 둘째는 재빨리 그 사실을 눈치챘다. 자신이 첫째와 닮았다는 사실.

둘째의 얼굴 한쪽이 신경질적인 경련을 일으켰다.

"쪽팔려, 떨어져."

둘째가 싸늘하게 말했다.

첫째는 마치 주인에게 걸어차인 개처럼 슬금슬금 곁을 떠났다. 그러나 멀리 떨어지진 않았다. 십여 걸음 뒤에 섰을 뿐이었다. 그때 텔레비전에서 본 영재가 둘째를 향해 다가왔다. 마치 자기가 선배고, 자기가 더 똑똑하다는 듯한 자신감에 찬, 제법 건방진 표정이었다. 그러나 둘째는 싸늘한 미소로 영재를 바라보았다. 영재는 텔레비전에서 볼 때보다 제법 덩치가 컸다. 둘째 앞에 선 영재가 둘째와 멀찍이 떨어진 첫째를 번갈아 바라보았다.

"저놈은 볼 필요 없어."

둘째의 건방진 말투에 영재의 시선이 둘째에게 고정됐다. 둘째가 싸늘한 미소를 짓더니 갑자기 영재를 똑바로 쳐다보며 괴상한 소리를 읊조리기 시작했다.

"뇞듦걚앟섧민곪츕얌섧능……."

영재는 잠시 흠칫하더니 눈을 찡그리고는 둘째의 귀에 속삭였다.

"2교시 시작할 때, 3층 남쪽 화장실."

2교시 시작종이 울리자, 둘째는 배탈을 핑계로 교실을 빠져나왔다. 첫째 역시 똑같은 핑계로 교실을 빠져나왔다. 선생님은 대수롭지 않게 여겼다. 그저 쌍둥이는 쌍둥이구나 하고 말았다.

배를 움켜잡고 교실을 나온 쌍둥이는 언제 그랬냐는 듯 아무렇지 않은 얼굴로 계단을 올라가 3층 남쪽 화장실로 향했다. 그곳은 썰렁한 여자 교직원 화장실이었다. 첫째가 주위를 살피고 먼저 들어섰다. 이어 둘째가 들어서자 등 뒤로 문이 닫혔다. 그리고 문 앞에 선 또래아이가 잠금단추를 힘껏 누르자, 그 소리가 제법 크게 화장실 안에 울렸다. 이어 화장실 변기 위로 몸을 숨기고 있던 아이들이 밖으로 나왔다. 모두 셋이었다. 모두 무표정했고, 싸늘했다. 첫째가 그들을 경계하며 앞으로 나섰다.

텔레비전에 나온 영재 아이가 제일 앞에 서서 쌍둥이를 향해 다가왔다. 그리고 어리둥절한 표정으로 쌍둥이를 바라보았다. 그때 둘째가 첫째의 뒤통수를 후려쳤다.

"끕끕."

첫째가 화들짝 놀라며 물러섰다. 영재가 둘째 앞으로 한 걸음 나서더니 한숨을 크게 몰아쉬고 소리 냈다.

"솹뭄룽섦홂섦뼁팅덦능…….”

"춀꽙퐐뛷뛦지윰퍵펑춉."

둘째가 짜증을 내며 소리 냈다.

그러자 영재 뒤에 선 꼬마가 투덜거리며 말했다.

"젠장, 인간들의 발음기관과 청각능력으로는 우리 '훿몒뛢'어를 제대로 할 수도, 들을 수도 없어. 그냥 인간들 말로 해."

"그래? 좋아, 그럼 인간들 언어로 내 소개를 하지. 난 최고 사령관 뾇퀠… 아, 내 이름을 말해도 인간의 귀를 가진 너희는 이제 못 알아듣겠군. 하지만 기억은 하겠지?"

둘째가 야릇한 미소를 짓자 영재와 아이들이 놀란 얼굴로 첫째를 돌아보았다.

첫째가 천천히 고개를 끄덕였다. 그리고 보란 듯이 아니, 따라하란 듯이 둘째 앞에 한쪽 무릎을 꿇었다. 그러자 영재와 그 뒤에 선 아이들까지 따라 둘째 앞에 무릎을 꿇었다.

"넌 누구지?"

둘째가 영재에게 물었다.

"전 춞쏨… 아, 전, 고, '공간이동 책임자'입니다."

"그 늙은이?"

둘째가 눈을 부릅뜨고 영재를 쏘아보았다. 영재가 사시나무 떨듯 떨며 고개를 끄덕였다. 영재의 눈앞에 별이 번쩍였다.

"이, 빌어먹을 영감탱이, 대체 우리한테 무슨 짓을 한 거야!!"

"그, 그분은 잘못이 없습니다."

영재의 뒤에 무릎 꿇은 여자아이가 벌떡 일어서며 말했다.

"감히, 어디서……!"

둘째가 여자아이를 향해 으르렁거리자 첫째가 다가가 여자아이의 목을 움켜쥐었다. 여자아이는 반항하지 않았다.

"넌 뭐야?"

"저, 전 부, 부책임자입니다."

"부책임자? 너, 넌 남자였잖아."

여자아이가 얼굴을 붉히자 둘째가 어이없다는 듯 말했다.

"이거 완전히 개판이구만!"

화장실 칸에 들어간 둘째가 변기 뚜껑을 덮고 그 위에 앉자 그 앞으로 아이들이 무릎을 꿇고 앉았다. 첫째는 화장실 칸 앞에서 팔짱을 끼고 그들을 쏘아보았다. 영재가 주머니에서 담배와 라이터를 꺼내 내밀었다.

"한 대 태우시겠습니까?"

둘째가 황당해하며 바라보았다. 그러나 영재는 담담하게 담뱃불을 붙였다.

"무척 힘들었습니다."

둘째가 영재를 사납게 쏘아보았다.

"도대체 이게 어떻게 된 거야?"

"아무래도 착오가 있었던 것 같습니다."

영재가 담배 연기를 내뿜으며 말했다.

"저희가 처음 컴퓨터에 지구의 좌표를 입력하고 이동 조건을 명시했을 땐, 지구에서 가장 안전한 곳이었습니다. 물론 너무 포괄적이고 광범위한 조건이었습니다. 그래서 인간들로부터 안전한 곳이라는 조건을 넣었습니다. 그리고 정찰 결과 물 속이나 화산 분화구가 인간들로부터 안전한 곳이라는 결론을 얻었습니다. 하지만 그곳은 우리 역시 생존이 불가능한 곳이었습니다. 그래서 조건을 하나 추가했습니다. 호흡도 할 수 있는 곳으로, 그때 또 히말라야, 남극, 북극처럼 인간들이 너무 멀리 떨어진 곳도 가능하다는 걸 알게 됐습니다."

"빌어먹을, 간단히 말해!"

"아, 네, 그, 그래서 좀 더 세부조건으로 인간과 가까운 곳이면서 가장 안전한 곳으로 공간이동할 장소를 한정했습니다. 그러다 보니 컴퓨터가 제한된 조건 하에서 판단할 때, 인간들과 가깝고, 가장 안전하면서 호흡할 수 있는 곳은 딱 한 곳으로, 엄마들의 자궁을 선택했습니다."

쌍둥이의 눈이 커졌다. 둘째의 팔에는 소름까지 돋았다.

둘째가 물었다.

"그래서? 그래서 다 어떻게 됐다는 거야?"

"그, 그게, 그러니까 전사뿐만 아니라 지원단 모두가 지구에서 아기로 태어났습니다."

"아기? 아기라고? 전부다? 지금 장난해? 3만 광년 거리의 미개한 행성 하나를 식민지로 만들기 위해 9,900명의 1급 전사와 100명의 지원단이 공간이동을 했는데, 전부 배고프면 체면도 없이 울고, 기저귀에 똥이나 지리면서 공갈젖꼭지나 빠는 아기라고? 박사, 지금 나랑 농담하는 건가!"

둘째가 영재를 사납게 노려보았다. 영재는 놀라 담배를 떨어뜨리고, 바들바들 떨며 말했다.

"그, 그래도 지금은 커서 사령관님처럼 아이는 됐을 겁니다."

"설마 그걸 내게 위로라고 하는 건가?"

"저는 그저 안전하면서 인간과 바로 대치할 수 있는 최전선으로 설정하라는 사령관님의 지시를 따르……."

둘째의 눈이 희번덕거렸다. 당장 영재를 잡아먹을 것 같았다. 결국 영재가 다시 쭈뼛거리며 말했다.

"아, 아무래도 컴퓨터가 안전에 대한 기댓값을 너무 높게 잡아서 이런 일이 벌어진 것 같습니다."

"아무리 그래도 어떻게 키가 2미터가 넘는 전사들이 전부 아기로 태어날 수 있단 말이야!"

"아마도 컴퓨터가 이동가능 공간에 대한 분석을 마치고, 우리 크기를 일대일 대칭이 아니라 이동장소에 합당한 크기로 세포배치를 다시 해서, 그러니까 컴퓨터가 이동체의 안전을 위해 자의적으로 해석하면서, 그렇게 된 것 같습니다."

둘째가 한숨을 내쉬며 물었다.

"사령부에선 아직 우리 상황을 모르나?"

"이젠 알고 있습니다. 작년에 연락을 취했습니다."

"뭐라던가?"

"그들은 먼저 사령관님부터 찾으라고 했습니다. 최종결정은 사령관님이 하실 일이라고 했습니다."

"그런데 왜 나를 찾지 않았지?"

둘째가 영재를 쏘아보며 물었다.

"차, 찾았습니다. 백방으로 찾았습니다. 손을 움직이고 말을 할 수 있게 된 때부터 찾았습니다. 그리고 컴퓨터로 각 병원을 해킹해 6년 전 태어난 아이들을 모두 조사했습니다. 하지만 보시다시피 제 신체적, 연령적 제약 때문에 찾아갈 순 없었습니다. 그래서 방송을 이용한 겁니다."

"그렇군. 그래서 텔레비전에 출연한 거군."

"네, 철저하게 계산된 행동이었습니다. 전 컴퓨터 앞에서 해킹을 하는 장면과 미적분을 푸는 장면이 편집되지 않을 거라 예상했습니다. 그래서 그 모니터와 칠판에 우리 문자를 써서 텔레비전을 본 사령관님과 또 다른 대원들이 저를 찾아오게 한 겁니다."

"그래, 그랬군. 그건 잘했어. 근데 얼마나 찾았지?"

"저희까지 28명을 찾았습니다."

"고작 28? ……그런데 왜 너희 셋뿐이지?"

"지금까지 이곳의 영재테스트를 통과한 건 저희 셋뿐입니다."

"멍청한 놈들, 그 정도 테스트도 통과 못했단 말이야!!"

둘째가 버럭 소리쳤다.

"그래서?"

"네, 그래서 우선 신청서에 기재된 연락처로 연락해서 다른 25명을 더 찾았습니다."

"그럼 나머지 9,970명은 언제쯤 찾을 수 있겠나?"

"그, 그게……."

영재가 주저하자, 뒤에 무릎 꿇고 있던 여자아이가 대답했다.

"죄송합니다만, 사령관님께 충격적인 보고를 드려야겠습니다."

"충격적인? 지금 우리 꼴보다 더 충격적인 일이 있단 말인가!?"

"그게, 그러니까, 전사들이 공간이동을 해서 지구로 온지 100일도 안 돼서, 전사 4,230명이 본부로 귀환했습니다."

"뭐? 4,230명이 귀환을 했다고? 내 허락도 없이? 어떻게? 왜?"

"그게, 임신한 여자들이 낙태 시술을 해서 태어나기도 전에, 그러니까 제대로 지구인과 싸워보기도 전에 4,230명이 치명적인 부상을 입고 돌아간 겁니다."

여자아이의 말에 둘째가 얼빠진 얼굴로 영재를 쳐다보며 물었다.

"가장 안전한 곳이라면서?"

영재는 고개를 떨어뜨린 채 대답이 없었다. 불안한 듯 손을 떨며 다시 담배를 꺼내 불을 붙였다. 그 모습을 물끄러미 바라보던 둘째가 손가락을 두개 펴자 영재가 무릎으로 기어와 둘째의 손에 담배를 끼워주고 불을 붙여주었다.

"아무리 부상을 당했다지만, 어떻게 감히 내 허락도 없이……. 내가 돌아가기만 하면 놈들은 다 무단이탈, 탈영으로 처형시켜버리겠어!"

둘째가 낮게 으르렁거리자 영재가 둘째의 눈치를 살피며 말했다.

"하지만 그건 그들도 어쩔 수 없었을 겁니다. 무, 물론, 사령관님도 잘 아시겠습니다만, 저희가 지구로 오기 전에 모든 전사와 지원단의 체내에 위치추적기를 삽입했습니다. 그런데 그 위치추적기에는 만약의 불상사를 대비해 응급구조용 송출기능이 내재돼 있었습니다. 그래서 위치추적기가 전사들의 상태를 실시간으로 검사하다가, 산모들의 낙태 시술로 인해 태아, 그러니까 전사가 생명에 위협을 받는 치명적인 부상을 당하자 급히 응급송출을 시켜서, 그래서 그들이 원치 않아도 어쩔 수 없이……."

잔뜩 찡그린 채 가만히 듣고 있던 둘째의 얼굴에 갑자기 섬뜩한 미소가 번졌다.

"그래? 그랬지. 그렇군. 그럼 지금 우리도 치명적인 부상을 입으면 당장 돌아갈 수 있는 것 아닌가?"

둘째의 말에 영재가 기겁하며 말했다.

"아, 아닙니다. 이, 이젠 안 됩니다. 위치추적기가 아직 우리 체내에 남아 있었다면 저희 지원단이 다른 대원들을 쉽게 찾을 수 있었을 겁니다. 하지만 이젠 모두 빠져나가서……, 그러니까 그게, 처음에 위치추적기는 분실되는 걸 막기 위해 모두 호흡기 안쪽, 기도 깊은 곳에 삽입됐습니다. 그런데 저희가 인간으로 태어나면서 인간들이 신생아의 호흡기에서 양수와 이물질을 제거할 때, 기도 안쪽에 있던 위치추적기까지 그만 같이 빠져나가는 바람에, 이젠 찾아봤자 의료용 쓰레기장일 겁니다."

둘째는 다시 침통한 얼굴로 담배 연기를 내뿜었다.

"그럼, 나머지는? 나머지는 어떻게 찾을 거지?"

"예, 우선 그동안 저희는 해킹을 통해서 전사들이 임신 됐을……, 그러니까 저희가 공간이동을 해서 지구로 온 날과 지구인의 임신기간 등을 고려해서 6, 7세 아동 약 5만 명을 추려냈습니다. 우선 이들이 저희의 접선 대상입니다. 그런데 여기에 또 약간의 문제가 있습니다. 처음 공간이동을 해왔을 땐 모두 대한민국 서울로 이동했습니다만, 지난 6년 동안 부모들이 이사를 가고, 이민도 가고, 그래서 모두 지구 곳곳에 흩어졌습니다. 게다가 유아사망률을 봤을 때, 어쩌면 벌써 죽은 전사도 있을 수 있습니다."

"유아사망!? 정말 기가 막히는군. 낙태에, 유아사망에……, 뭐, 그래도 좋아, 어느 정도 초기 희생은 예상했으니까. 그런데 남은 전사들을 찾으려면 얼마나 걸리겠나?"

"빨라야 2년쯤 걸릴 것 같습니다."

"하지만 시간이 없어."

둘째가 바닥에 담배를 비벼 끄며 말했다.

"우리가 지구원정을 시작할 때, 나는 황제 폐하와 장관님께 길어야 1년이라고 말했다. 우리 시간으로 말이야. 그게 지구시간으로 얼만 지 아나?"

"예, 약 8년입니다."

영재가 대답했다.

"그래, 8년, 앞으로 우리에게 남은 지구 시간은 1년이 조금 넘는 기간이야. 그런데 전사들을 다시 찾는 데만 2년이라니."

머리를 쥐어짜던 둘째가 문득 고개를 들어 영재를 바라보았다.

"사령부에 연락해 돌아간 4,230명의 전사를 다시 전송해달라고 요청해. 가장 안전한 장소가 아니라 그냥 지구, 대한민국으로 말이야."

"근데, 그게 지금 상황에선 쉬운 일이 아닙니다."

영재가 주저하며 말했다.

"현재 사령부에선 제13행성에 전쟁을 선포한 상황입니다. 그래서 귀환한 전사들도 모두 13행성 전선에 투입됐습니다. 그래서 이곳으로 보낼 전사가 제가 알기로는……."

"지원병도 없고, 시간도 없다."

둘째가 나직이 읊조렸다. 둘째는 불안했다. 이대로 돌아간다면 자신의 정적(政敵)들에 의해 어떤 문책을 당할 지 뻔했다. 다시 둘째의 손가락에 담배가 끼워졌다.

"외람된 말씀입니다만……."

담배에 불을 붙이며 둘째의 표정을 살피던 영재가 조심스레 입을 열었다.

"4천 명의 전사도 보충하지 못할 정도라면, 지금 본부의 전황이 매우 불리한 것 같습니다."

"그래서?"

둘째가 눈썹을 찡그리며 영재를 바라보았다.

"제 생각엔 지금이 귀환할 기회라는 겁니다."

"기회?"

"사령부에서 공식적으로 얘기한 건 아니지만, 제 소식통에 의하면 본부에선 지금 전선을 하나라도 줄여야 한다고 생각하고 있습니다. 하지만 3, 4행성 연합과의 전쟁은 제국의 자존심이 걸린 전쟁이라 미룰 수 없고, 그리고 안드로메다의 10, 11행성과의 전쟁은 우리가 먼저 시작한 전쟁이라 병력을 뺄 수 없는 눈치였습니다. 게다가 13행성까지. 반면 지구는 현재 전선에 병력이 투입은 됐지만, 전혀 전투가 이루어지지 않았습니다. 심지어 지구인들은 우리가 침략한 것조차 모르죠."

"그래서? 지금 나보고 지구인들에게 등을 보이고 도망치라는 거냐!"

둘째가 영재의 멱살을 움켜쥐며 으르렁거렸다.

"이, 이건 도망도 아닙니다. 그저 귀환일 뿐이죠."

그때 잠겼던 화장실 문이 벌컥 열리면서 몽둥이를 든 남자선생님이 호랑이처럼 사나운 눈으로 아이들을 노려보았다.

"이 노무 새끼들, 어린것들이 벌써 담배에 싸움박질이야!!"

집으로 돌아간 쌍둥이는 엄마에게 심한 꾸중을 들어야 했다. 둘째는 텔레비전에서 본 영재가 담배를 피웠을 뿐이라고, 자신은 그 아이에게 불려 갔을 뿐이라고 항변했다. 첫째도 둘째의 말이 사실이라고 말했다. 엄마는 심각한 얼굴로 다신 그 영재 아이와 어울리지 말라고 말했다.

그날 밤, 쌍둥이는 침대 위에 마주 앉았다. 첫째의 표정이 평소와 달리 당당하고 엄숙했다. 둘째는 그런 첫째의 낌새에 얼굴을 찌푸리며 물었다.

"새삼스럽게 정식 면담요청이라니, 뭐지?"

"사령관님."

첫째가 마른침을 삼키고 작심한 듯 말했다.

"전 그동안 제가 사령관님의 경호원 겸 정찰병으로서 임무를 제대로 수행하지 못해, 그러니까 제가 사령관님을 제대로 안내하지 못해, 저희가 어처구니없이 아이로 태어났다고 생각했습니다. 하지만 오늘 박사의 설명을 들어보니 제 잘못은 없었습니다."

"그래서?"

"그러니 앞으로 절 인격적으로 대우해주셨으면 합니다."

"인격적? 흥, 네가 지구인이냐, 인격이 있게."

"인격이라고 말한 제 뜻 아시잖습니까. 전사로서 대우해달라는 말입니다."

"지금 내게 반항하는 거냐?"

둘째가 눈썹을 치켜올리며 싸늘한 목소리로 물었다.

"아닙니다. 전 그저 제 잘못이 아닌 일로 그동안 사령관님께 구타와 멸시를 받아왔습니다. 하지만 이제 아니라는 걸 알았으니 저를 다시 일급 전사로서 대우해주셨으면 합니다."

"돌아가게 되면 문책을 받을까 봐, 벌벌 떨던 녀석이 제법이구나."

"이제 제 잘못이 아니라는 걸 알았으니까요."

"흥, 좋아, 그렇게 하지."

돌아눕는 둘째의 입가에 싸늘한 미소가 번졌다.

다음 날, 쌍둥이와 영재와 10여 명의 아이들이 학교 운동장 구석에 모였다.

"나머지는?"

"다른 전사들은 다른 지역 도시에 있어서, 오지 못했습니다. 하지만 사령관님을 찾았다는 연락은 다 취해놨습니다."

"그래, 좋아. 그리고 사령부에도 나를 찾았다고 연락은 했나?"

영재가 고개를 끄덕였다.

"회신은?"

"오늘 아침에 도착했습니다. 아직 전투가 개시되지 않았다면, 귀환을 허락한다는 회신이었습니다."

"좋아, 그럼 귀환방법은?"

"예, 현재 저희는 위치추적기가 없기 때문에 본부에서 구조대를 보내……."

"구조대!?"

둘째가 사납게 쏘아보았다.

"지금 내게 구조대를 요청하란 말인가? 우리가 지구인들의 포로가 되기라도 했단 말이야!"

둘째가 버럭 소리치자 영재가 놀라 손사래를 치며 말했다.

"아, 아닙니다. 그러니까, 제 말은, 위치추적기가 없으니까, 그러니까 지금처럼 위치추적기가 없는 상황에서 귀환방법은 딱 한 가지뿐입니다. 아주 원시적인 방법입니다만, 모두 한 곳에 모인 후에 그 위치를 본부에 통보하는 겁니다. 그런데 그게 문젠 게, 지구와 본부가 실시간 통신이 가능한 거리가 아니라서, 아무래도 우리가 정확한 위치를 미리 알려주고 시간에 맞춰 그곳에 가야 합니다."

"하지만 그건 매우 위험합니다."

첫째가 고개를 저으며 나섰다.

"그 방법은 이동체가 개별적으로 인식되는 게 아니라서 잘못하면 신체의 일부가 뒤섞이게 되기도 하고, 심지어 신체의 일부가 지구에 남게 될수도 있습니다."

"그건 예선, 공간이동 초기의 문제였을 뿐입니다. 지금은 많이 개선돼서 신체가 뒤섞이는 일은 없습니다. 이동 후 세포를 재배열할 때, 세포 하나하나 유전체를 모두 확인하니까요."

영재의 말에 둘째가 고개를 끄덕였다.

"좋아, 박사가 안전하다면 그렇게 해. 그런데 귀환했을 때, 그때도 우린 지금처럼 아이인 건가?"

둘째가 조금은 불안한 듯 물었다.

"아닙니다. 다시 세포를 재배열해서 원래대로 돌아갑니다."

"좋아, 그럼 망설일 필요가 없군. 현재 연락이 가능한 모든 전사에게 당장 귀환을 명한다."

"그럼 오늘 귀가한 후에 비상연락망으로 명령을 전달하겠습니다. ……집합장소와 시간은 어떻게 할까요?"

"장소는 학교 운동장, 시간은 지방에서 올라오는 전사들을 위해 삼 일 후, 자정으로 한다."

재각거리는 벽시계가 이제 막 11시를 가리키자, 둘째가 조용히 눈을 뜨고 자리에서 일어났다. 옷은 이미 입은 채였다. 이어 첫째도 뒤따라 침대에서 빠져나왔다.

"너는 남아라."

둘째가 주머니에서 교통카드를 꺼내 다시 확인하며 말했다.

첫째가 놀란 눈으로 둘째를 바라보았다. 예전 그 눈빛이었다. 두려움과 공포가 담긴 눈이었다.

"남으라니요? 왜 남아야 합니까?"

"몰라서 묻나? 너도 알잖아, 아직 지구에 우리 전사 5,740명이 남아 있다."

"그래서요?"

"그들을 내버려둘 건가? 모두 찾아 귀환시켜야지. 그게 네 임무다."

"왜 하필 접니까?"

첫째가 따지듯 물었다.

"넌 정찰병이었잖아. 지구에 대해 우리 중 누구보다 더 잘 알고 있다. 그리고 지금 상황을 잘 아는 누군가는 남아서 남은 5,740명의 전사들의 귀환을 도와야 해."

"어떻게요?"

"멍청한 영감과 남아서 진행해. 그 영감도 은근히 회춘한 걸 즐기고 싶어 하는 눈치였으니까."

"영재 말입니까? 하지만 왜 접니까?"

"다시 말해야 하나."

"제 말은 공간이동 책임자와 그 부책임자가 남아도 되지 않느냐는 겁니다."

"그들은 전사가 아니잖아. 지구에 살면서 남은 전사들을 찾으려면 전사 출신으로 다른 전사들의 특성을 잘 아는 네가 남아서, 전사들을 찾는 게 더 빨라."

첫째가 미심쩍은 눈으로 둘째를 바라보았다.

"왜?"

"정말 그래섭니까?"

"정말이라니?"

"제 말은, 정말 그것뿐이고 다른 의도가 있는 건 아니냐는 겁니다."

"다른 의도라니? 지금 상관인 나를 의심하는 거냐? 그리고 넌 이번 이동 방법이 위험하다고 반대했잖아."

"전 사령관님의 안전을 위해서 드린 말이었습니다."

"나 역시 네 안전을 위해서 남으라는 거다."

둘째의 입가에 야비한 미소가 번졌다. 첫째는 불만 가득한 얼굴을 숨기기 위해 고개를 떨어뜨렸다. 그리고 새벽까지 분노에 치를 떨며 앉아 있었다.

아침에 잠이 깬 엄마가 쌍둥이 방으로 들어섰다. 침대 위에는 첫째 혼자였다. 첫째에게 둘째는 어디 있냐고 물었지만 첫째는 아무런 대답도 하지 않았다. 문득 불안해진 엄마와 아빠는 집 안 구석구석 그리고 골목과 놀이터를 찾아다녔다. 하지만 어디에도 둘째는 없었다. 그리고 학교에서 실종된 아이들이 더 있다는 이야기를 들은 엄마와 아빠는 첫째를 다그쳤다. 그러나 첫째는 아무 말도 하지 않았다. 엄마는 혹시 이 애가 첫째가 아니라 둘째일지도 모른다는 두려움과 불안감에 바들바들 몸을 떨었다.
"혹시 너, 첫째랑 다른 아이들한테 무슨 짓 한 거 아니야!"
첫째는 잔뜩 골이 난 얼굴로 말했다.
"제가 첫째 맞아요."

한날 28명의 아이들이 사라진 후, 매주 서너 명의 아이들이 똑같이 사라졌다. 서너 명, 하루 평균 실종 어린이의 수에 서너 명은 눈에 띄지 않는 숫자에 불과했다. 그러나 그 아이들이 주로 실종되는 곳, 그곳을 담당하는 관할경찰서는 죽을 맛이었다. 관할경찰은 최초 28명의 아이들이 사라진 사건에 주목했다. 그리고 실종된 아이들의 형제와 친구들을 불러 하나씩 조사하기 시작했다.
첫째는 유치원 놀이방 같이 꾸며진 작은 방에 혼자 있었다. 하지만 유치원은 아니었다. 첫째는 이곳에 올 때, 정문을 지키던 경찰을 분명히 보았다. 벽에는 커다란 거울이 걸려 있었다. 첫째는 그 거울 뒤에 뭐가 있을지 충분히 예상할 수 있었다.

첫째는 방 한가운데 앉아 흰 도화지에 크레파스로 그림을 그리고 있었다. 어떤 아저씨가 그림을 그려보라며 주고 나간 도화지였다. 그림을 그리는 첫째의 얼굴은 무표정했지만, 속은 잔뜩 겁먹고 있었다. 이들이 자신에게 무엇을 물을지, 무슨 짓을 할지 어린 첫째는 아직은 알지 못했다. 물론 자신의 행성에서라면 어떻게 할지 잘 알고 있었다. 자백하게 만드는 약은 너무나 쉽고 편한 방법이었다. 그래서 늘 마지막 방법이었다. 그전에 충분히 괴롭혔다. 말하지 말라며 때리고 고문했다. 그건 피해자를 위한 배려였다. 죄보다 가벼운 처벌을 받을 죄인, 가해자에 대한 피해자의 복수를 대신하기 위해서였다. 그리고 괜한 말썽을 일으켜 자신들을 귀찮게 만든 경찰의 복수이기도 했다. 첫째는 두려웠다. 맞는 게 두려운 건 아니었다. 단지 자신의 몸이 아직 작고, 어리기 때문에 어른들의 주먹을 견뎌낼 자신이 없었다. 맞다 죽으면 자신의 임무를 완수할 수 없다는 것도, 돌아갈 수 없다는 것도 무섭고 두려웠다. 하지만 한편으론 그렇게 되길 바랐다.

문이 열렸다. 첫째는 고개를 들지 않은 채 힐끗거리며 문 앞을 살폈다. 여자가 들어섰다. 아동심리치료사였다. 첫째의 눈에는 그저 유치원 선생님 같은 여자였다. 여자는 첫째에게 미소를 지어 보였다. 잠시 별 의미 없는 대화가 오갔다. 좋아하는 반찬, 좋아하는 만화, 좋아하는 여자아이, 그러다 여자가 물었다. 친구들에 대해서, 동생에 대해서, 그리고 어떻게 된 거냐고, 동생이 어떻게 됐는지 아느냐고, 또 학교친구들이 어떻게 됐는지 아느냐고.

첫째는 가만히 여자를 바라보며 대답했다. 그들은 그저 돌아갔다고, 돌아갔을 뿐이라고.

"어디로 돌아간 거지?"

"왔던 곳, 고향."

"그렇구나. 근데 넌 왜 돌아가지 않았지?"

"우는 걸 봤기 때문이에요."

"우는 걸? 누가 울었는데?"

"사령관님이요."

첫째는 입을 굳게 다물고는 마치 적이 앞에 있기라도 한 듯 적의가 가득한 눈으로 허공을 노려보았다. 손에 쥔 크레파스가 부러졌다.

"사령관? 사령관이라니?"

첫째는 대답 대신 도화지에 크레파스로 그린 그림을 여자에게 보였다. 그림에는 무당 앞에서 질질 짜던 둘째의 모습이 그려져 있었다.

백상준

제1회 ZA문학상 수상집 《섬 그리고 좀비》와 아시아태평양이론물리학회 엔솔로지 《죽은자들에게 고하라》 《UFO는 어디에서 오는가》 《연애소설 읽는 로봇》에 각각 단편을 게재했다. 장편소설로는 《좀비 그리고 생존자들의 섬》. 전자책으로는 《마녀의 전설》 《종말대환영》 등이 있다.

* 이 작품은 2013년 사이언티카에서 나온 크로스로드 SF 컬렉션 5 《연애소설 읽는 로봇》에서 수록된 작품이다. 아태이론물리센터(ATCPT) 웹진 〈크로스로드〉에 수록된 작품 중 명작을 선정하여 구성한 단편집으로, 한국 SF의 가능성과 실험정신을 보여준다.

큐피드

/듀나

1

언젠가 남자와 결혼할지도 모른다고 생각은 하고 있었다.

전에 남자친구가 없었던 것도 아니고, 누군가와 자느냐로 나를 정의한다거나 그랬던 것도 아니니까. 한국에 돌아와서 남자와 사귄 적이 없었던 건 그냥 그러고 싶지 않아서였지, 내 영혼과 육체가 그런 관계를 격렬하게 거부했기 때문도 아니었다. 한 번 사는 인생인데 뭘 그렇게 귀찮게 사나.

하지만 나이를 한살 두살 먹으면서 고민이 쌓인다. 우선 연애가 끊겼다. 일단 '성애자'가 되어야 동성애자가 되건, 이성애자가 되건 하지. 그렇다고 인터넷이나 데이트앱을 쓰거나 클럽에 가는 건 암만 생각해도 나랑 맞지 않았다. 2012년 말까지 2년 넘게 내가 한 일 중 연애와 가장 비슷한 건 아이돌 팬질밖에 없었다("수정아, 언니야!!!!") 하지만 팬질 만족도가 아무리 높아도 그건 연애가 아니지.

연애 대상이 사라진 것으로도 부족해 교우 관계도 흐릿해져 버렸다. 내 여자친구였거나 그들의 여자친구였거나 이도 저도 아닌 그냥 친구였던 사람들은 모두 결혼하거나 이민 가거나 유학 가거나 심지어⋯⋯시골로 내려가버렸다. 찬희 언니 같은 경우는 운동회에서 달리다 넘어졌을 때만 빼면 평생 손에 흙을 묻힌 적도 없는 서울 토박이였는데 횡성 같은 곳엔 왜 내려간 걸까. 유나 말에는 생각보다 그럴싸한 이유가 있다고 하던데 굳이 캘 생각은 들지도 않는다. 내가 여자와 사귄다는 사실을 아는 사람들 중 수도권에 남아 여전히 내 친구 노릇을 해줄 수 있는 사람은 그나마 유나뿐인데, 트위터 DM으로 한 달에 한 번 정도 잡담을 주고 받는 건 괜찮아도 아직 직접 얼굴을 보고 만날 생각은 들지 않았다.

가장 심각한 건 보다 현실적인 문제점이었다. 난 겉보기엔 꽤 그럴싸하다. 지금은 토론토에 사는 엄마 아빠가 떠나기 전에 넘겨준 집도 한 채 있고 번역서를 빼고도 책을 네 권이나 냈고 기억하는 사람은 거의 없겠지만 공중파 방송출연 경험도 있다. 하지만 내 별것 아닌 수입 중 내가 직접 버는 돈은 4분의 1도 채 안 된다. 아직도 내 인생의 책임을 제대로 지고 있지 않은 것이다. 미래도 암담하긴 마찬가지다. 책을 네 권 냈다고 했지만, 소재 폭이 너무 넓어서 나도 내가 뭐하는 사람인지 모르겠다. 요새 일주일에 한 번씩 내 칼럼을 실어주는 허핑턴포스트는 아직도 나를 '문화평론가'라고 소개하고 있는데, 그 정도면 인문학 파는 사람으론 자폭한 거나 마찬가지다. 지금이야 어떻게 버티지만 마흔이 넘으면? 쉰이 넘으면? 앞으로 이 험한 세상을 어떻게 살아남을 수 있을까?

결정타를 날린 건 지선 이모의 죽음이었다. 은퇴한 음대교수인 이모와 나는 5년 넘게 같이 살아왔는데, 우린 좋은 가족이었다. 둘 사이엔 비밀도 없었고 취미 생활도 같이 했다. 하지만 이모는 심근경색으로 갑자기 세상을 떴고 집에는 나와 고양이들만 남았다. 장례식 참석차 방문한 엄마 아빠가 캐나다로 돌아가자 나는 그 즉시 공포에 떨었다. 내가 '단독주택에서 혼자 사는 여자'라는 사실을 깨달았던 것이다.

남편이 있으면 좋겠다는 생각을 한 건 그때였다.

일단 아이디어가 떠오르자 나는 그걸 꼼꼼하게 다듬기 시작했다. 내 남편이어야 할 사람은 일단 새누리당 지지자여서도 안 되고, 성차별주의자거나 호모포비아여서도 안 되고, 가사분담에 불평이 많아서도 안 되고, 카오스 냥이들을 무서워하지 말아야 하고, 취미가 맞아야 하고, 무엇보다 내 경제적 불안함을 해결해 줄 수 있는 사람이어야 했다. 아, 물론 부모랑 형제자매도 없어야 했고. 내 주변에서 이런 남자를 찾을 수 있는 가능성은 제로였고, 그렇게 생각하니 안심이 됐다. 결혼의 아이디어는 여전히 유혹적이었지만 정말 결혼할 생각은 없었다.

그러다 김민기를 만났다.

이 이름은 본명이 아니다. 나는 이 글을 비공개 블로그에서 쓰고 있지만 그래도 해킹의 가능성이 있으니 어느 정도 위장을 해주는 것이 예의일 것이다. 그렇다고 완전히 다른 사람으로 만들 생각은 없고…… 어떻게든 적당히 균형을 잡아볼 생각이다.

나는 민기를 2012년 모 출판사 송년회에서 만났다. 우린 둘 다 그 출판사에서 책을 한 권씩 냈었다. 알고 봤더니 우린 며칠 전에 같은 자리에 있었다. 둘 다 12월 15일에 대통령 후보로 출마한 문재인을 지지한답시고 광화문에 나갔던 것이다. 노란 바람개비를 휘두르는 지지자들 속에서 영혼 없이 부대끼다 보니 '이게 무슨 짓인가' 하는 생각이 들었고 막판에 사회자가 "너희들 다 죽었어!"라고 멘트를 날릴 때는 그냥 기가 찼지만 그래도 박근혜가 대통령 되는 꼴은 차마 볼 수 없었으니 계속 남아 머릿수는 채워주어야 할 거 같았다. 우린 그날의 한심한 경험에 대해 이야기를 나누며 배를 잡았고 와인에 조금 취한 상태에서 나와 압구정동 가로수길 근처에 있는 그의 아파트로 같이 들어갔다. 술에 취해 있기도 했지만 박정희의

146

딸이 대통령이 되었다는 현실을 잊기 위한 발악이기도 했다.

　그냥 한 번 그러고 잊어버릴 수도 있었다. 하지만 우리는 전화번호를 교환했고 데이트를 시작했다. 그리고 2년 뒤에 정신을 차려보니 결혼준비를 하고 있었다.

　어쩌다가 이렇게 된 건지 나로서는 도저히 알 수 없었다.

　일단 민기는 내가 상상 속의 리스트에 적은 조건에 어이가 없을 정도로 잘 맞았다. 특별히 지지하는 당이 없는 진보주의자였고 스스로를 페미니스트라고 부르는 데에 주저함이 없는 희귀종 한국 남자였다. 동성애에도 거부감이 없었고 키우지는 않았지만 고양이를 좋아했고 알레르기도 없었으며 심지어 요리와 청소도 잘 했다. 그 정도면 업계에서 유명한 편이었고 3년 전부터는 친구와 함께 세운 자기 회사를 꽤 성공적으로 끌어가고 있었다.

　환경도 비슷했다. 둘 다 가족이 캐나다와 미국에 있었다. 나는 가톨릭 냉담자였고 그는 신앙을 잃은 개신교도였다. 취미도 대충은 맞는 편이었다. 우린 모두 케이트 블란쳇과 이자벨 위페르의 팬이었고 〈미션 임파서블: 고스트 프로토콜〉과 〈페어웰 마이 퀸〉 이후 레아 세두를 파고 있었다. 둘 다 클래식 기반의 음악 취향을 갖고 있었다. 나는 한국어 CCM과 90년대 이후 트로트를 제외하면 뭐든지 듣는 잡식종이었고 그는 재즈와 아이돌 음악에 질색했지만 그 정도는 맞추어갈 수 있었다. 둘 다 결벽증이 있었고 몸무게가 1킬로만 늘어도 기겁하며 관리에 들어가는 타입였다. 나는 체모에 굉장히 민감한 편인데, 그는 다리털 뿐만 아니라 겨드랑이 털도 관리하는 남자였다. 그는 나보다 더 여자 같을 뿐 아니라 내가 지금까지 사귀었던 사람들 중 두 번째로 여자같은 사람이었다(첫번째는 유나다. 알려진 우주에 사는 어느 누구도 여기서 유나를 이길 수는 없다. 하지만 그건 이 글과는 상관없는 이야기다).

하지만 아무리 그렇다고 해도 이 남자가 왜 날 좋아하는 거지? 결혼 상대로 나는 여러모로 부족했다. 나이도 그보다 두 살 많았고, 경제력이나 직업도 별로, 집안은 평범, 현실감각은 턱없이 떨어진다. 그는 얼마든지 더 좋은 신붓감을 찾을 수 있었다. 그런데도 그는 나와 결혼한다는 사실에 단 한 줌의 의심도 없어 보였다.

나는 그가 나와 격정적인 사랑에 빠진 것이라 믿어보려 했다. 잘되지 않았다. 일단 그런 생각 자체가 불편했다. 그리고 그는 암만 봐도 그렇게 강한 감정에 몸을 맡길 것 같은 성격이 아니었다. 우리의 데이트는 만족스러웠지만 로맨틱하지는 않았고 그의 태도는 은근히 사무적이었다. 그는 남자친구보다는 봉급 받는 에스코트처럼 굴었다.

섹스에 대해서는 뭐라고 말을 해야 할지 모르겠다. 우린 송년회 이후 2년 동안 겨우 다섯 번 더 잤는데, 그때마다 그가 굉장히 열심이긴 했다. 하지만 열심과 열정은 같은 게 아니다. 무엇보다 내가 갑갑했다. 섹스가 좋다 나쁘다를 떠나 '앞으로도 계속 이래야 하나'라는 생각이 툭툭 들었고 그럴 때마다 우울증이 몰려왔다. 이해가 되시나? 되시길 빈다. 다른 식으로는 설명이 안 된다.

이러다 보니 나는 점점 결혼을 뒤로 미루거나 취소할 수 있는 핑계를 찾기 시작했다. 나에게 가장 그럴싸하게 느껴진 핑계는 집이었다. 생각해 보니 나는 부천 집을 떠나고 싶지 않았다.

이런 이야기를 하면 사람들은 어이가 없어 한다. 처음부터 결혼을 결심한 이유가 '단독주택에서 혼자 사는 여자'가 되지 않기 위해서가 아니었던가. 하지만 그가 봐둔 청담동 아파트를 구경하자 갑갑해 미칠 것 같았다. 그 정도년 충분히 넓고 조망도 좋았다. 하지만 길거리에서 태어나 지하실에서부터 옥상까지 마구 뛰어다니며 살아온 우리 집 고양이들은 갑갑해하지 않을까? 무엇보다 내가 지금까지 평생동안 모아온 책, 장난감, CD, DVD, 블루레이, $f(x)$ 포스터는 어떻게 하고? 나는 쉽게 물건을 포기할 수 있는 성격이 아니었다. 그의 미니멀한 라이프스타일과 나의 호더스러움은 쉽게 조화를 이룰 수가 없었다.

무엇보다 나는 부천이 좋았다. 강남보다 훨씬 좋았다. 동네가 예쁘지 않고 먹을 곳이 부족한 건 사실이다. 하지만 맛집 찾아다니는 데에 대단한 애착이 없고 직접 요리하는 걸 좋아하는 나에겐 별 상관이 없었다. 운전을 못 하고 자전거를 좋아하는 나에겐 강남은 어색하고 불편했다. 성형외과와 실속없는 즐비한 강남 거리와 부천중앙공원 자전거길 중 하나를 택하라면 난 아무런 주저 없이 후자를 택한다. 7호선이 뚫린 뒤로는 시내로 가는 것도 더 편해졌다. 부천 CGV와 소풍 CGV가 마스킹 정책을 포기한 뒤로 영화 볼 곳이 꽉 줄긴 했지만 1호선을 타면 아직 정상적으로 운영되는 영등포 CGV가 금방이었다. 왜 내가 결혼한다는 이유만으로 평생을 썩어온 심곡동을 떠나야 해?

2015년 3월 21일, 예술의 전당에서 발렌티나 리시차 공연을 보고 남부터미널역까지 걷는 동안 나는 부천과 강남에 대한 내 의견을 솔직하게 고백했다. 처음에 민기는 어이없어했다. 다음엔 단독주택을 고려해 보자고 했다. 이것도 먹히지 않자 어떻게든 두 집을 모두 유지하는 방법을 연구해 보자고 했다. 대화를 나누는 동안 그는 계속 어깨를 움찔거리며 긴장한 듯 손을 쥐었다 폈다를 반복했는데, 그러면서도 조금도 목소리를 높이지 않았다.

그 순간 나는 이 남자에게 뭔가 심각한 문제가 있다고 확신하게 되었다.

2

4월 2일, 〈팔로우〉라는 호러 영화를 보기 위해 영등포 CGV로 갔다. 그냥 영화만 보고 집으로 돌아올 생각이었는데, 그만 극장이 있는 영등포 타임스퀘어에서 $f(x)$ 크리스탈이 몇 시간 뒤에 사인회를 한다는 사실을 알게 되었다. 팬질을 한지 몇 년째였지만 한 번도 실물을 본 적이 없었던 나는 허겁지겁 표를 취소하고 조카 뻘 팬들 사이에서 아이폰으로 연예인 사진을 찍으면서 꺅꺅거렸다.

사인회가 끝나고 다음 회 영화를 보고 나니 이미 저녁이었다. 카페 마마스에 들어가 리코타 치즈 샐러드를 시켜먹었다. 반쯤 남은 청포도 주스를 빨며 몇 시간 전에 찍은 구질구질한 사진들을 감상하고 있는데, 머리 위가 갑자기 어두워졌다. 놀라 쳐다보니 민기였다. 직장 동료 아버지 장례식 때문에 일산에 갔다가 돌아오는 길이었는데 중간에 속이 안 좋아 잠시 영등포에 들렀다고 했다. 화장실 문제는 아슬아슬하게 해결한 모양이지만 그동안 고생이 심했는지 얼굴이 창백했고 셔츠는 땀에 젖어 있었다.

나는 내가 찍은 크리스탈 사진을 보여주려고 했지만 그의 관심은 다른 데에 있었다. 주변들 둘러보고 옆에 앉은 그는 뜬금없이 이렇게 물었다.

"누구야?"

"누구라니?"

"같이 있었던 친구분."

"친구? 난 혼자 왔는데?"

나는 그 당연한 사실을 증명하기 위해 딱 1인분의 흔적만 남은 테이블을 가리켰다. 그는 잠시 어리둥절한 표정을 지었지만 곧 납득한 것 같았다. 히지만 그는 내가 찍은 크리스탈 사진엔 여전히 별 관심을 보이지 않았다.

하긴 눈코입만 간신히 보이는 수준이었다. 조금만 기다리면 대포언니들이 찍은 초고화질 사진들이 인터넷에 뜰 텐데 뭐하러 이 고생을 했지?

4월 8일, 나는 다시 그와 우연히 마주쳤다. 이번엔 동대문 굿모닝 시티 앞에서였다. 베이징에서 2박 3일로 놀러온 사촌 동생과 조카들을 데리고 쇼핑을 하던 중이었다. 그가 거기에 왜 있었는지는 잊어버렸다. 근처 호텔에 머물고 있는 투자자인지 누군지를 만나러 왔다고 했던가? 가물가물하다. 하지만 중요한 건 왜 거기 왔느냐가 아니라 그가 나에게 던진 말이었다.

"아까 여자분은 누구야?"

이번엔 나도 답이 있었다. 사촌 동생이 조카들을 끌고 달려왔으니까. 하지만 사촌 동생과 인사를 하는 동안 그의 표정은 영 이상했다. 더 이상 질문은 하지 않았지만 계속 주변을 두리번거리면서 집중을 못 했다. 그는 동화반점에서 우리랑 같이 저녁을 먹는데 계속 산만한 상태여서 흥분한 사촌이 던진 질문에 절반 정도밖에 답변을 하지 못 했다. 짜증이 난 사촌은 그의 점수를 가차 없이 반으로 깎아버렸다.

다음에 그를 만난 건 4월 12일 저녁이었다. 점점 간격이 좁아진다. 이번엔 부천 현대백화점 앞이었는데, 자전거를 타고 나왔다가 잠시 백화점 앞 벤치에서 다리를 쉬고 있던 중이었다. 그가 불쑥 나타났을 때 나는 놀라기보다는 짜증이 났다. 암만 생각해도 이번 만남은 우연이 아니었다. 나를 미행하고 있었나? 하지만 도대체 왜? 그리고 그럴 시간이 어디 있어. 다음 날인 월요일에 그에게 아주 중요한 회의가 있다는 건 나도 알고 있었다.

"혼자 왔어?"

그가 물었다.

나는 건성으로 고개를 끄덕였다.

"잠시 뭐라도 마시러 갈래? 할 이야기가 있어."

나는 그를 끌고 근처 빈스빈스 체인점으로 들어갔다. 그는 아메리카노를, 저녁 식사 이후엔 카페인 음료를 안 마시는 나는 자몽티를 시켰다. 우린 주문한 음료가 나올 때까지 멍하니 서로의 목 언저리를 바라보았다.

내가 음료를 가지고 오는 동안 그의 표정은 확 바뀌어 있었다. 그전까지는 자신 없이 해야 할 말을 속으로 웅얼거리고 있었는데, 내가 잠시 자리를 뜬 동안 결의를 다진 모양이었다. 이를 악물고 있었고 눈에는 힘이 들어가 있었다.

"이건 아주 중요한 이야기야. 우리 결혼과 관련된."

그가 말했다.

"뭔데?"

"이 여자분을 알아?"

그는 주섬주섬 아이폰을 꺼내 들더니 구글 포토를 열어 그림 세 장을 보여주었다. 모두 그가 스케치 앱으로 직접 그린 것이었다. 만화였다면 잘 그렸다고, 예쁘다고 했을 것이다. 하지만 그 이상의 정보는 담겨 있지 않은 그림이었다. 그냥 만화 좀 그릴 줄 아는 남자가 그린 '젊고 예쁜 여자'. 헤어스타일이 비슷하지 않았다면 같은 사람이라고 확신하기도 어려웠을 것이다.

"크리스탈이야?"

내가 낼 수 있는 가장 그럴싸한 답이었다.

"연예인 아냐."

"그럼 누군데?"

"글쎄, 누굴까?"

"난 네가 왜 그러는지 모르겠어. 그냥 하고 싶은 말이 있으면 해."

152

"난 지금까지 이 여자분이 누나랑 있는 걸 네 번이나 봤어. 친구처럼 딱 붙어 있었거든. 처음엔 저번 예술의 전당에서 만났을 때, 두 번째는 영등포에서, 세 번째는 동대문에서, 그리고 네 번째는 아까 벤치 옆에서."

"벤치 옆엔 아무도 없었는데?"

"있었어. 누나 어깨에 머리를 얹고 있었다고. 내가 가까이 가니까 일어나 유플렉스 안으로 들어갔어."

"맹세코 내 옆에는 아무도 없었어. 있었다면 있다고 말하지. 내가 왜 너에게 거짓말을 해?"

아까까지만 해도 꽤 단단했던 결의는 순식간에 풀려버렸다. 그는 맥빠진 표정으로 테이블과 나 사이의 빈 공간을 한참 노려보더니 갑자기 물었다.

"나, 사랑해?"

아, 오글오글!

"그렇지? 그러니까 결혼하잖아."

"우리 계획은 이상이 없는 거지?"

"응."

"알았어. 미안해."

그리고 그는 불쑥 일어나 그냥 가버렸다. 아직 한 모금도 마시지 않은 뜨거운 아메리카노를 남겨놓고.

하도 어이가 없어서 그날 밤은 아무 생각도 하지 못했다. 다음 날 일어나서야 간신히 머리가 돌았는데, 그래도 이치에 맞는 생각은 하나도 떠오르지 않았다.

일단 내가 그 여자를 모른다는 건 분명했다. 벤치에서 어깨를 내줄 여자가 있었다면 내가 지금 이러고 있었겠는가.

그가 잘못 봤을 가능성도 없어 보였다. 한 번 정도라면 이해가 가지만 네 번이나 실수로 같은 여자를 봤다는 게 말이 돼?

그렇다면 몰래카메라 비슷한 장난인가? 하지만 나는 그가 그런 장난을 칠 이유를 상상할 수 없었다. 그의 성격과도 맞지 않았다. 무엇보다 장난이라면 그에 맞는 기승전결의 스토리가 있기 마련이다. "누나 옆에 모르는 여자가 앉아 있었어"로 무슨 이야기가 나온단 말인가?

그럼 초자연적인 현상인가?

오싹했다. 만약 민기가 본 게 유령이라면? 내가 아는 누군가가 죽었다면? 그래서 유령이 되어 나를 스토킹하고 있는데 그걸 민기가 본 거라면?

내가 알고 있는 사람 중 가장 연예인처럼 생긴 사람이 누구지? 유나다. 하지만 유나는 바로 이틀 전에도 텔레비전에서 봤는데? 언제나처럼 세상에서 가장 여자애 같은 얼굴로 게스트 옆에 서서 고개를 까딱거리고 있지 않았던가? 나는 유나가 진행하는 케이블 프로그램 홈페이지로 들어갔다. 링크로 연결된 페이스북에 가보니 게스트들과 함께 찍은 사진이 올라온 게 겨우 하루 전이었다. 유나는 아직 살아 있었고 난 여전히 그걸 견뎌야 했다.

나는 내가 아는 모든 여자들을 떠올렸다. 찬미 언니? 지혜? 페이스북과 트위터 덕택에 그들의 생사 여부를 확인하는 데 2분도 걸리지 않았다. 설마 시바는 아니겠지. 키가 180센티미터인 이란계 노르웨이인이라면 굳이 그림을 그릴 필요도 없었을 테니까.

아니, 꼭 전 여자친구가 아닐 수도 있잖아. 여기서부터 내 상상력은 [여고괴담]의 필터를 통하기 시작했다. 내가 나온 부천중과 소사고는 모두 여학교가 아니긴 했지만 그게 중요한 게 아니고. 혹시 내가 학교 다닐 때 괴롭혔는데 졸업하고 까먹은 애가 있나? 설마. 나는 그렇게 부지런한 애가 아니었다. 오히려 다른 애들이 나를 따돌리기나 괴롭혔는데 내가 너무 멍

154

해서 눈치를 못 챘을 가능성이 더 컸다. 하지만 귀신이 붙는데 무슨 이유가 있던가. 〈주온〉에 나오는 가야코처럼 그냥 괴롭히고 싶어서 붙은 귀신일 수도 있지. 그런데 어깨에 머리를 얹고 가만히 앉아 있는 것을 괴롭히는 것이라고 할 수는 없지 않을까?

잠깐, 여기서 중요한 게 과연 귀신일까.

내 의심은 다시 민기를 향했다. 그의 태도는 결혼을 앞둔 여자친구 옆에 붙어 있는 귀신을 본 남자의 것이 아니었다. 아무리 생각해봐도 그는 이런 상황에 이미 익숙했다. 그는 이 사태에서 내가 모르는 무언가를 알고 있었다. 그렇다면 그 귀신은 나의 지인이 아니라 그의 지인인가? 혹시 그의 죽은 여자친구가 나에게 달라붙었는데 차마 그 이야기를 할 수 없었던 게 아닌가?

다시 오싹해졌다. 이번에 떠오른 이야기는 〈푸른수염〉이었다. 생각해 보니 나는 그에 대해 그렇게 많이 알고 있다고 할 수 없었다. 그의 미국 대학 친구 두 명을 한 번 만났지만 잠깐이었고 미국에 있다는 가족과는 스카이프로 얼굴만 확인했을 뿐이다. 그도 내 친구들을 만난 적이 없었고 가족과는 전화 통화를 한 번 한 게 전부였다. 2년 넘게 사귀고 결혼 준비까지 하는 사이인데 이렇게 서로에 대해서 몰랐으며 관심도 없었다.

나야 결혼을 한다는 계획에 사로잡혀 있었을 때지만 그도 그랬을까? 왜 그는 나와 결혼하는 것을 그렇게 당연하게 생각했을까? 나에게 다른 무슨 가치가 있는 게 아닐까? 그리고 그 가치가 초자연적인 무엇이라면?

이렇게 생각이 꼬리를 물자 미칠 것 같았다. 〈슈퍼내추럴〉 시리즈에나 나올 법한 말도 안 되는 망상이 마구 튀어나왔고 그 결말은 언제나 내가 끔찍한 고통과 공포 속에서 죽어가는 것이었다. 어처구니 없는 생각이라고 브레이크를 걸려고 했지만 그게 되지 않았다.

이 어이없는 상황을 끊어준 것은 한 통의 전화였다. 전화를 건 사람은 얼마 전에 뉴욕에서 왔다는 민기의 누나라는 사람이었다. 자신의 이름을 김민화라고 소개한 그 여자 목소리는 내일 당장 나를 만나겠으니 편한 곳을 알려달라고 요구했다. 그 요구가 너무 당당해서 나는 전날 민기를 만났던 빈스빈스의 주소와 위치를 알려줄 수밖에 없었다.

3

빈스빈스에서 만난 민기의 누나 김민화 씨는 민기와 전혀 다르게 생긴 사람이었다. 민기가 여성적이고 가냘팠다면 누나는 남성적이었고 네모났고 다부졌다. 민기보다는 열 살 정도 많은 거 같았고 나이와 상관없이 훨씬 어른스러워 보였다. 지금은 브루클린 칼리지 사회학과 교수라고 했다.

스카이프의 흐리멍덩한 화면으로 한 번 보고 잊었던 얼굴이라 처음엔 그냥 지나칠 뻔했다. 하지만 다행히도 그녀는 내 얼굴을 기억하고 있었다. 그녀는 내 책을 두 권이나 읽었고 모두 좋았다고 말했다. 심지어 그녀는 서명을 받으러 한 권을 가져왔는데, 그 때문에 자존심이 올라가 기분이 확 풀려버렸다.

우리는 저번에 민기와 있었던 바로 그 구석 자리에서 정확히 같은 음료를 앞에 두고 앉아 있었다. 단지 이번엔 둘 다 시킨 커피와 차를 마시고 있었고 저번보다는 덜 어색한 분위기였다.

"요새 민기가 좀 이상하게 굴죠?"

김민화 씨가 말했다.

"아마 좀 납득이 안 가는 소리를 했을 거예요. 작가님 주변에서 이상한 남자를 봤다, 그게 누구냐, 뭐 이렇게 묻지는 않던가요?"

"네, 그 비슷했어요."

나는 그 추측의 소소한 디테일을 정정해주지 않았다.

"거기에 대해서는 자세히 알고 싶지 않아요. 그래도 한 가지만 물을게요. 아는 사람 같던가요?"

"아뇨."

"그렇군요…… 하긴 그건 전혀 안 중요하지……."

그녀는 아메리카노를 한 모금 마시더니 동생만큼이나 이상한 질문을 했다.

"혹시 '진정한 사랑'을 믿으세요?"

"네?"

"진정한 사랑. True Love."

"[프린세스 브라이드]에 나오는 그거요?"

"네, 그거요. 믿어요?"

"아뇨. 안 믿는데요."

"정의를 좀 바꾸어보죠. 평생 동안 우린 여러 사람을 만나 연애도 하고 짝사랑도 하고 결혼도 하고 그럴 거예요. 태어날 때부터 죽을 때까지 그 과정을 그래프로 그린다면 가장 높은 점을 찍는 부분이 있겠죠? 그 부분을 '진정한 사랑'이라고 해 보자고요."

"그건 〈프린세스 브라이드〉에 나오는 '진정한 사랑'이 아닌데요."

"아니죠. 하지만 그냥 그렇게 부르자고요. '가장 높은 꼭짓점'보다 그게 낫잖아요."

"그렇다고 칠게요. 그렇다면요?"

"그럼 모든 사람은 태어나서 단 한 번 '진정한 사랑'을 하게 되지요. 그 사랑이 꼭 《로미오와 줄리엣》처럼 운명적인 사랑은 아니더라도요. 이건 기하학적으로 입증할 수 있는 수학적 진실이에요."

정의가 너무 임의적이라 그 수학적 진실에 별 의미가 없다고 말하고 싶었지만 방금 책에 사인을 받은 독자에게 그런 이야기까지 할 생각은 들지 않았다. 나는 고개를 끄덕였고 그녀는 드디어 지금까지 미루어왔던 말을 꺼냈다.

"민기는 그 진정한 사랑을 보는 능력이 있어요."

머리가 굳어버렸다. 차라리 귀신이나 연쇄 살인마 이야기를 꺼냈다면 더 쉽게 이해할 수 있었을 것이다.

"이상하게 들린다는 건 알아요. 하지만 진짜예요. 다른 식으로 설명을 할 수가 없어요. 민기는 자기가 좋아하는 사람의 진실한 사랑이 누군지 볼 수 있어요. 왜 그런지는 저도 몰라요. 그냥 그렇다는 것밖엔. 우리가 사는 세상이 가상현실로 이루어진 연애 게임의 무대이고 민기는 일종의 치트키일 수도 있겠죠. 아니면 그보다 더 어처구니없는 이유가 있을 수도 있고. 제가 아는 건 민기에게 그런 능력이 있다는 것뿐이에요.

이 사실을 확인할 때까지 10여 년이 넘게 걸렸어요. 그만큼 이상한 현상이니까요. 처음에는 애가 좋아하는 애의 주의를 끌기 위해 이상한 소리를 하는 줄 알았어요.

그 능력에 대해 알게 된 건 그 애가 유치원 때였어요. 한소라라고 정말 예쁜 여자애 하나가 같은 유치원에 다녔어요. 그 유치원 모든 남자애들이 그 애를 좋아했고요. 그런데 민기가 자꾸 이상한 소리를 하기 시작했어요. 군복 입은 덩치 큰 아저씨가 그 애를 따라다닌다고요. 따라다니면서 이상한 말을 한다고요. 아무도 못 봤는데 민기 눈에만 보였던 거예요. 처음엔 당연히 거짓말인 줄 알았는데 그건 그 나이 또래 애가 할 거짓말이 아니잖아요. 그땐 다들 무서워서 어쩔 줄 몰랐어요. 정신병원에도 한 번 데려가고. 하지만 모든 게 정상이었어요. 그 이상한 아저씨가 보이는 것만 빼면.

초등학교 때에도 비슷한 일이 있었어요. 이번엔 정성채라고 역시 좋아하는 여자애가 같은 반에 있었는데, 이번엔 그 애와 비슷한 나이의 남자애가 따라다니는 걸 본 거죠. 다행히도 이번엔 애가 저번 소동 때문에 겁이 나서인지 처음에 아무도 그 남자애를 못 본다는 걸 알아차리자 조용해졌어요. 대신 집에 돌아와 저에게만 알려줬지요. 저도 아무에게 말하지 않았어요. 그 애에 같은 고생을 또 하게 하고 싶지 않았으니까요. 단지 또 그런 게 보이면 누나한테만 알려달라고 말했지요. 전 그걸 모두 여기에 받아적었어요.

그녀는 낡은 회색 노트를 하나 꺼내 펼쳐 보였다. 노트를 받아들고 뒤집어 읽어보았다. 12페이지가 빽빽하게 채워져 있었다. 페이지 맨 윗줄은 모두 여자 이름이었고 그 밑은 민기가 본 환영의 내용이었다. 환영은 다 남자였고 나이는 제각각이었다. 그리고 7페이지의 안젤라 최라는 이름 옆에는 커다란 느낌표가 세 개 찍혀 있었다.

"걔가 중학교 때 우리 가족은 미국으로 갔어요. 안젤라라는 애는 그 애와 고등학교 때 같은 학교에 다녔던 애고요. 걔도 예뻤어요. 배우 정윤희 많이 닮았는데 몸매가 훨씬 예뻤죠. 바로 저 때 그 현상의 정체가 밝혀졌어요. 이전까지 민기가 봤던 환영은 모두 낯선 사람들이었어요. 하지만 이번엔 사정이 달랐어요. 그 애는 안젤라가 학교에서 사귀고 있던 남자친구의 도플갱어를 봤던 거예요."

"그리고 그 남자친구가 '진정한 사랑'이었고요?"

"그렇다고 할 수 있지요. 두 사람은 같은 대학에 들어갔고 졸업 후 결혼해서 딸 하나 낳고 잘 살고 있다고 해요. 지금은 안젤라 최 니콜로디 박사예요. U.C. 데이비스에서 동양역사를 가르친다지요. 남편은 경비행기 회사

사장이라고 하고요.

그 뒤는 패턴이 밝혀져서 모든 게 수월해졌지요. 그 뒤에 민기가 본 사람 두 명은 도플갱어였으니까요. 이전엔 정체불명의 환영이었던 사람 한명도 실존인물임이 밝혀졌고요. 이 일 때문에 제 탐정일 수완이 아주 많이 늘었어요."

그녀의 우쭐거리던 얼굴은 갑자기 어두워졌다.

"그러다 아주 끔찍한 일이 생겼어요. 12페이지를 보세요."

12페이지의 주인공 이름은 서연지(레이첼)이었다. 앞의 페이지와는 달리 필체가 엉망이라 읽기가 어려웠다.

"걔가 결혼할 뻔한 애였어요. 이 아이 이야기는 안 했죠? 안 했을 거예요.

서연지, 얘도 예쁜 애였어요. 하긴 이 노트에 있는 여자애들은 다 예뻤죠. 민기 걔는 여자 보는 눈이 높아요. 쓸데없이 높은 건지도 몰라. 12페이지 모두가 걔의 짝사랑의 기록이에요.

그나마 연지와는 좋았어요. 드디어 제대로 된 데이트를 했고 양가 쪽 부모들과도 인사를 했고 결혼 날짜까지 잡았어요. 도플갱어나 유령이 보이지도 않았고요. 그게 5년 전이에요. 그때 결혼했다면 민기는 한국에 오지도 않았겠지요.

결혼식 바로 일주일 전이었어요. 웨딩드레스도 맞추고 브라이덜 샤워, 총각파티, 다 거치고 예식장에 들어가는 일만 남았었지요. 그런데 민기 녀석이 그만 그 괴물이 약혼녀의 아파트에서 나오는 걸 본 거예요. 방심했던 동생은 연지에게 그 남자가 누구냐고 물었지요. 그때 입만 딱 닫고 있었어도."

그녀는 남은 아메리카노를 식혜처럼 들이켰다.

"이 사건은 미국에서 유명해요. 그레이스 리가 다큐멘터리도 만들었는데 제작년에 선댄스에서 상영되었지요. 제목이 뭐더라. 무슨 비극이던데?

IMDb를 찾아보세요. 아, 심지어 그 사건을 소재로 한 케이블 영화도 나왔어요. 근데 거기선 배우들이 모두 백인이었죠. 〈로스웰〉에 나왔던 배우가 연지로 나왔는데, 보면서 어이가 없었어요.

하여간 그 괴물은 연지의 사촌 동생이었어요. 둘이서 중학교 때 그렇고 그런 관계였고. 그 사실을 알아낸 어른들은 둘을 떼어놓았어요. 남자애는 군사학교에 들어갔는데 그 뒤로 퇴학당하고 가출하고 감옥에 가고…… 인생이 엉망이었지요. 연지는 그동안 잘 컸고 민기 녀석이 아무 말도 안 하고 있었어도 계속 그렇게 잘 살았을 텐데…… 참, 아슬아슬했어요. 그 괴물의 도플갱어가 늦게 나타난 것도 그렇게 아슬아슬했기 때문인지도 몰라요.

긴 이야기 하기 싫네. 요점만 말할게요. 연지는 결혼 전날 그 사촌 동생과 달아났어요. 둘은 연지 오빠 차를 훔쳐타고 미대륙을 가로질러 캘리포니아까지 갈 예정이었는데 그만 네바다 어딘가에서 돈이 떨어졌다죠. 그 사촌녀석은 주유소를 털다가 직원을 쏴 죽였는데 CCTV에 얼굴이 찍혀 지명수배가 되었고요. 경찰이 둘이 숨어있던 모텔을 둘러싸자 그 괴물은 연지의 이마에 총을 한 방 쏘고 다음엔 자기 머리에도 한 방을 쐈어요. 연지는 죽었지만 막판에 땀 때문에 총구가 미끄러져서 녀석은 이마에 찰과상만 입고 살아남았어요. 지금 네바다 주립 교도소에 있어요. 죽을 때까지 못 나오겠지요."

어이가 없어서 입이 딱 벌어졌다.

"그게 무슨 진정한 사랑이에요?"

"가장 높은 꼭짓점이죠. 연지에겐 그랬던 거예요. 아마 민기가 그 괴물을 본 걸 말해주지 않았다면 민기가 꼭짓점이 되었을지도 모르지요. 하지만 민기는 결국 보았고 그 이야기를 하고 말았고…… 결국 바꿀 수 없는 운명이었던 거예요."

그녀는 한숨을 내쉬었다.

"민기가 작가님 옆에서 누굴 보았는지는 모르겠어요. 이번엔 말을 안 하더군요. 언젠가 이야기를 해주면 제가 13번째 페이지를 쓰겠지요. 하지만 이런 반복에 저도 지치기 시작했어요. 민기는 좋은 애예요. 착하고 영리하고 능력도 있어요. 꼭짓점은 그냥 꼭짓점이에요. 결혼은 결혼이고요. 그 남자분이 아직 못 만난 '진정한 사랑'일 수도 있지만 그래도 민기가 좋은 남편감이라는 점은 알아두었으면 해요. 제가 동생을 위해 해줄 수 있는 건 이 말밖엔 없군요."

4

내가 다시 민기를 만난 건 5월 9일이었다. 청담동에서 일찍 만난 우리는 압구정 CGV(역시 제대로 된 마스킹을 해주는 곳이다) 조조로 〈말할 수 없는 비밀〉 디지털 재개봉판을 보고 근처 브런치 식당에서 점심을 먹었다.

"계륜미는 여기 말고 〈남색대문〉에서 진짜로 예뻤어."

그는 에그 베네딕트 위의 수란을 스푼으로 찢으면서 말했다.

"맞아. 그때가 최고였어."

나는 눈치를 보며 대답했다.

한참 준비하고 기다리고 있는데, 결국 기다렸던 말은 나오지 않았다. 그는 회사 이야기를 했고 나는 얼마 전에 출판사에서 받은 번역 제안 이야기를 했다. 나는 그의 이야기를 듣지 않았고 그도 마찬가지인 거 같았다. 우린 그냥 시루한 인사를 나누고 헤어졌다.

민기에게 할 말은 충분했다. 민기의 누나를 만난 뒤로 난 영상자료원에서 그레이스 리의 다큐멘터리도 보았고, 360p 화질로 유튜브에 올라와 있던 그 악명 높은 케이블 영화도 보았다. 그레이스 리 영화에서 민기의 얼굴은 블러처리가 되어 있었고 케이블 영화에서는 [왕좌의 게임]으로 조금 유명해졌다가 캐릭터가 죽어 쫓겨난 배우 한 명이 민기 역을 하고 있었다. 이 정도면 나도 할리우드 스타와 두 단계로 연결되는 셈인가. 아, 그렇다면 다이애나 리그와는 세 단계로 연결되는 셈이네? 이걸로 이야기를 풀 걸 그랬나? 어림없다. 이야기를 시작하는 건 내가 아니라 민기여야했다. 말해봐. 우리가 점심 먹은 브런치 식당 안에도 그 여자가 있든? 그 여자가 이번엔 뭘 하고 있었어?

나는 번역일을 받아들였다. 제임스 팁트리 주니어의 단편 선집으로, 다른 역자 세 명과 네 편씩 맡아서 탄생 백 주년인 2015년이 가기 전에 내는 게 목표였다. 다 좋아하는 작품이었고 그중 한 편인 《And I Awoke and Found Me Here on the Cold Hill's Side》는 대학교 다닐 때 미리 번역해둔 것이 있어서 조금 수정만 하면 되었다. 그래, 기왕 변태스러울 거라면 서연지와 그 징그러운 사촌의 지루한 관계보다는 외계인과 하는 섹스가 낫지.

한참 번역에 열을 올리고 있던 5월 18일 오후 1시에 갑자기 문자가 왔다. 민기였다.

'슬라바 폴루닌의 〈스노우쇼〉를 예약했어. 6시까지 LG 아트센터 밑 스타벅스로 와.'

〈스노우쇼〉는 언젠가 같이 보려던 쇼였다. 그게 18일이어도 상관없었다. 어차피 직장이 있는 건 그였고 프리랜서는 나였다. 하지만 바로 예고도 없이 당일 문자를 보내는 건 그답지 않았다. 그리고 그가 전에도 이런 명령조로 말한 적이 있었던가?

깊은 생각을 하지 않으려 노력하며 외출 준비를 했다. 보통 나는 약속 시간은 엄격하게 지키는 편이고 민기와 데이트를 할 때도 늘 기다리는 쪽이었다. 이번에도 그럴 생각이었다. 하지만 무심코 텔레비전 채널을 돌리다가 남자 사극 옷을 입은 김옥빈이 아리땁게 까무러쳐 있는 걸 본 나는 정신이 나간 채 우두커니 방 한가운데에 멈추어서고 말았다. 그 순간부터 그냥 아무런 생각이 안 났다.

맥락도 모른 채 드라마 한 편 반을 연속으로 본 나는 간신히 정신을 차리고 역으로 달려갔다. 도착해 보니 6시 반이었다. 늦었지만 아주 늦은 건 아니었다. 어차피 공연시각은 그날만 8시였다. 둘 다 공연 전에 거하게 먹는 편이 아니니 지하에서 아무 식당이나 골라 간단히 먹고 올라가면 됐다. 화낼 일은 전혀 없었다. 전철 안에서 조금 늦겠다고 메시지도 보냈는데.

언제나처럼 마네킹같이 완벽하게 차려입은 그는 의자에 앉아 헐떡거리는 내가 던져 놓은 아이폰 끝에 매달린 다스 베이더 머리와 물어뜯어 끝이 들쑥날쑥한 내 손톱들을 못마땅한 듯 바라보더니 말했다.

"늦었네."

"그래도 아주 늦지는 않았지? 어디 가서 먹을래?"

"그보다는 대화 좀 해."

"아, 그래 좋아. 대화. 회사 일은 잘 돼?"

"그 이야기가 아니라는 거 알잖아."

하긴 언제까지 미룰 수는 없지. 나는 등받이에 몸을 기대고 그의 말을 들을 준비를 했다. 하지만 그는 주변 사람들의 귀가 신경 쓰이는지 자리에서 일어났다.

"여기선 안 돼. 좀 걷자."

164

우린 밖으로 나가 LG 아트센터 주변을 천천히 걸었다. 역삼역 지하철 7번 입구 앞에서 그가 드디어 입을 열었다.

"내가 첫 남자야?"

"아니? 세 번째. 유학 다녀와서는 처음."

"그 사이엔 다 여자였어?"

"응."

"언제 말하려고 했어?"

"될 수 있는 한 안 하려고 했지. 그런 거 알아서 뭐하려고? 너도 서연지이야기는 안 했잖아."

"하지만 우리 결혼생활은?"

나는 여기서부터 많이 미안해졌다. 내 결혼 판타지에 그를 끌어들인 것도 미안했고 그를 여자 대체물로 삼은 건 더 미안했다. 그와 섹스할 때마다 우울증에 걸린 것도 조금은 미안했다. 내가 어설프게 더듬더듬 내뱉은 변명은 박근혜 연설 뺨칠 정도로 비문의 연속이어서 심지어 나도 이해할 수가 없었다. 그의 대답은 상대적으로 이치에 맞았을 거라고 생각하지만 그래도 그런 문장에 대한 답변이었으니 동문서답은 당연했다. 우리는 아무 뜻도 안 통하는 고함을 서로에게 질러대며 LG 아트센터 주변을 빙빙 돌았다.

마침내 맥이 풀린 우리는 매표소 안으로 들어왔다. 민기와 함께 예매한 표를 찾고 내 푯값을 넘겨준 뒤, 근처 기둥에 등을 기대고 섰다. 어지럽고 머리가 아팠다. 전생에 내가 무슨 죄를 지어서 이 고생을 지금 사서 하고 있나.

민기가 뭐라고 말했다. 주변 사람들 목소리에 묻혀 질문인 것만 간신히 알아들을 수 있었다.

"뭐?"

나는 한쪽 손을 말아 귀에 가져다 대고 물었다.

"왜 그 여자야? 왜 내가 아니고?"

이 질문에 도대체 어떻게 대답해야 하는가? 미안해, 미안해. 많은 게 미안해. 하지만 평생 한 번도 본 적도 없는 여자와 아직 하지도 않은 연애 때문에 사과를 할 수는 없어. 아무리 생각해도 예의 바른 대답을 찾을 수가 없어. 입을 멍하니 벌리고 있는데 민기는 다시 고함을 쳤다.

"왜 모두 다른 사람이야? 왜 나는 나를 못 보는 거야?"

이제 그가 완전히 이해가 됐다. 그의 분노는 나를 향한 것이 아니었다. 그것은 늘 그가 아닌 다른 사람들과 함께 있던 13명의 여자 모두에 대한 분노였다. 충분히 이해할 수 있지만 그만큼이나 어처구니없는 분노였다.

"이건 네가 화낼 일이 아니야."

내가 대답했다.

"아마 지금까지 그 여자들이 다른 사람들만 보았던 것도 다 너 때문이었을 거야. 네가 그 유령들 때문에 자신감을 잃고 쭈그러들지만 않았다면 그 유령들 중 몇 명은 그냥 네가 되었을 거야. 서연지의 사촌 도플갱어에 대해 입 다물고 가만히 있었어도 넌 이미 미국에서 아기 아빠가 되어 있었을 거고 서연지도 살아 있었을 거야.

네가 보는 건 진실한 사랑이 아니야. 그냥 흔한 꼭짓점에 불과해. 아마 그 사람들에겐 가장 높은 꼭짓점일지도 모르지. 그래서 뭐? 꼭짓점엔 다시 오르면 돼. 그때만큼 높지 않다고 해서 그게 나빠? 네가 뭔데 꼭 그 사람들의 운명의 연인이 되어야 해? 여기가 바그너 오페라 속이니? 네가 트리스탄이야? 세상은 원래 완전하지 않아. 결혼도, 사랑도 완벽할 수 있는 게 아니야. 인생이란 게 원래 그래. 제시카 빠진 소녀시대처럼, 명왕성이 빠진

행성표처럼 부조리하고 불완전하지만 모두가 어쩔 수 없이 받아들여야 하는 현실인 거야. 왜 너만 거기서 예외여야 하는 건데?"

말은 이렇게 했지만 나는 이미 우리 둘이 끝났음을 알고 있었다. 내가 결혼을 하다니. 처음부터 말이 안 되는 소리였다. 돈이야 열심히 일해서 벌면 되지. 어차피 맨땅에서 시작하는 것도 아니면서 엄살은. 혼자 사는 게 무섭다면 내년에 서울로 유학 올 것이 뻔한 육촌 동생 애에게 이모 방을 주면 된다. 연애야 앞으로도 힘들 테지만 팬질할 아이돌들은 무궁무진하다(얘들아, 오려무나. 언니가 다 받아줄게). 민기는? 앞으로도 남들에게 '진실한 사랑'을 찾아주며 평생을 보내겠지. 김민화 씨가 그러지 않았는가. 인간 치트키라고.

없는 소리를 했더니 목이 말랐다. 나는 밖에 있는 편의점에서 생수라도 하나 사오려고 유리문을 향해 걸어갔고 아직 답변을 못 한 민기는 어그적어그적 내 뒤를 따랐다.

그리고 나는 민기의 째지는 비명소리를 들었다.

창피해진 나는 고개를 돌렸다. 민기는 유령이라도 본 것처럼 문 방향을 노려보고 있었다. 다시 앞을 보니 막 문을 열고 들어온 깡마른 여자 하나가 자기를 향해 고함을 질러대는 민기를 어리둥절한 얼굴로 바라보고 있었다. 어처구니없는 광경이었지만 웅성거리면서 주변에 몰려든 구경꾼과는 달리 나는 그의 눈이 우리와 조금 다른 것을 보고 있다는 것은 알았다.

비명을 멈추고 구경꾼들을 둘러보던 민기는 여자를 밀치고 밖으로 뛰어나갔다. 그때서야 나는 그가 전력질주를 할 때 개구리 커미트처럼 이상한 모양으로 다리를 놀린다는 사실을 알아차렸다. 그리 알고 싶은 사실도 아니었건만.

동행이 사고를 치고 달아났으니 나라도 수습해야 했다. 나는 민기에게 밀려 엉덩방아를 찧은 여자를 일으켜 세우고 그녀의 짝퉁 버킨백에서 굴러떨어진 물건들을 하나씩 주워주었다. 문가로 밀려간 책을 집은 나는 그 표지를 보고 깜짝 놀랐다.

"이건 내 책인데?"

"엠마 도노휴세요?"

여자가 이죽거리는 어투로 물었다.

"아뇨, 제가 번역한 책이에요. 엠마 도노휴의 첫 장편인데 오래전에 절판되었죠. 이걸 가지고 계시다니 신기하네요."

그녀는 내가 먼지를 털어 내민 책을 받아들고 비뚤어진 미소를 지었다. 나는 그녀를 머리끝에서부터 발끝까지 스캔했다. 나이는 서른 전후. 보통 키에 무척 말랐고, 민기가 그린 그림과 닮았는지는 잘 모르겠지만 각도에 따라 아주 예쁘게 보일 수도, 이상하게 보일 수도 있는 얼굴이었다. 이런 공연을 보러 혼자 왔으니 친구도 별로 없겠구나. 척 봐도 성격이 나빠 보였고 자신도 그걸 운명으로 받아들이는 것 같았다. 아, 난 왜 이렇게 뻔할까.

"혹시 A석이세요?"

내가 묻자 여자는 자존심이 상한 듯 내 눈을 똑바로 쳐다보았다. 나는 주머니에서 아까 받은 표 두 장을 꺼냈다.

"아까 보셨지만 제 동행은 돌아올 것 같지 않아요. 공연은 곧 시작하고요. R석인데 같이 보시겠어요?"

듀나

SF작가이자 칼럼니스트. 《면세구역》《대리전》《용의 이》《브로콜리 평원의 혈투》《제저벨》《아직은 신이 아니야》《가능한 꿈의 공간들》과 같은 SF 책들을 썼고, 《씨네21》을 비롯한 여러 매체에 영화 관련 잡글들을 쓰며, 지금은 엔터미디어에 칼럼 연재 중. 영화 〈무서운 이야기 2〉의 각본 작업에 참여했다.

● 제1회 SF어워드 소설 부분 수상작

씨 앗

정도경

그들이 오고 있다. 회화나무가 소식을 전달했을 때 우리는 모두 흥분했다. 기대감에 부푼 두근두근한 흥분이었을 수도 있고 긴장과 근심으로 가득한 무거운 흥분이었을 수도 있다. 아마 반반이었을 것이다.

모두 다 비슷한 기분이었다. 세계의 미래가 이 한 번의 조우에 달려 있다. 정말이다. 만화나 소설에 자주 등장하는 표현이지만 이번에는 진짜다. 그러나 우리가 긴장하고 흥분한 이유는 그 때문만은 아니다. 우리 손으로 끝까지 해낼 수 있는 일이라면 이렇게까지 걱정하지 않을 것이다. 우리가 할 수 있는 일은 한정되어 있다. 나머지는 그저 자연의 손에 맡겨야만 한다. 자연은 진공을 혐오하니까. 우리가 궁극적으로 믿을 수 있는 것은 그뿐이다.

그들이 오고 있다.

소식은 꽃가루를 타고 빠르게 퍼져 나갔다. 그리고 곧 우리는 그들이 오는 소리를 직접 귀로 들을 수 있었다.

때가 왔다.

그들이 다고 온 기계는 땅에 내려앉으면서 많은 풀잎과 나뭇잎을 날리고 그보다 더 많은 꽃과 벌레를 죽였다. 그것이 그들의 방식이라는 걸 들어서 알고 있었지만 눈으로 직접 확인하는 것은 또 다른 충격이었다. 긴장과 흥분과 걱정에 분노가 섞여, 그들이 기계에서 내려 모습을 드러냈을 때 우리 사이에는 그다지 부드럽지 못한 분위기가 흐르고 있었다. 그래서 그들은 즉시 재채기와 기침을 하기 시작했다.

사실 우리가 놀란 것은 그들의 재채기나 기침 때문이 아니었다. 수많은 풀과 벌레와 꽃과 나뭇잎을 날려 죽이면서 요란스럽게 땅에 내려앉은 그 시끄럽고 냄새나고 거대하고 더러운 기계 때문도 아니었다. 이미 우리 모두 충분히 들어서 익히 알고 있었다. 익히 알고 있다고 생각했다. 그러나 눈앞에 대면한 순간, 가까이에서 직접 그들을 보고 듣고 냄새 맡게 된 순간 우리는 충격을 받을 수밖에 없었다. 언제나 머리로 아는 것과 스스로 겪어보는 것은 다르게 마련이니 말이다.

그들은 모두 똑같이 생겼다.

재채기와 기침 때문에 시뻘겋게 변한 얼굴이나 충혈된 눈을 보면 로봇인 것 같지는 않았다. 일그러진 표정이나 아름답지 못하게 흐르는 콧물이 그들도 사람이라는 걸 증명해주고 있었다. 그러나 그들은 모두 똑같이 생겼다. 키도 똑같고 약간 마른 듯한 날씬한 체형도 똑같으며 금발에 푸른 눈, 오뚝한 코와 분홍빛의 얇은 입술도 모두 판에 박아서 찍어낸 것처럼 동일했다. 우연히 그들 중 한 명만 개별적으로 보게 되었다면 무척 예쁘다고 생각했을 것이다. 그러나 땅에 내린 기계의 문이 열리고 그 안에서 똑같이 생긴 사람들이 줄줄이 나타나는 것은 대단히 기괴하고 조금은 오싹한 광경이었다.

게다가 기계에서 내린 사람들은 옷차림도 모두 같았다. 똑같은 진회색 정장에 흰 셔츠, 똑같은 검은 구두. 남자 세 명과 여자 두 명, 이렇게 다섯 명이었다. 그러나 남녀를 구분할 수 없이 키와 체형과 얼굴이 모두 다 똑같았다. 성별을 구분해주는 특징은 남자들은 머리를 짧게 깎은 데 비해서 여자들은 둘 다 긴 머리를 뒤에서 하나로 묶었고 그중 한 명이 치마 정장 차림이라는 사실뿐이었다. 남자 세 명은 모두 생김새도 옷차림도 완전히 똑같았다. 단지 그중 한 명은 갈색 판때기 같은 것을 옆구리에 끼고 있었고, 다른 한 명은 커다란 은회색 가방을 들고 있었으며, 나머지 한 명만 빈손이었다. 자기들끼리도 서로 구분하기 위해서 치마나 바지를 달리 입고 서로 다른 물건을 들고 있는 건지 아니면 어쩌다 보니까 그렇게 된 건지, 거기까지는 알 수 없었다.

우리도 지금의 방식으로 진화하지 않았다면 저들과 같은 모습으로 존재했을까. 혹은 이야기로만 들었던 오래전, 모든 것이 변하기 전의 '진짜' 인간은 본래 저런 모습이었을까.

…그러나 저들은 진짜 인간이 아니다.

– 저게 생명공학이구나….

소나무가 꽃가루를 날렸다. 모두들 소리 없이 동의했다. 그 덕분에 똑같이 생긴 정장 차림의 남녀 다섯 명은 다시 한 번 발작적으로 재채기와 기침에 시달려야 했다. 우리는 조금 웃고 싶어졌지만 참았다. 잠깐만 가루를 날리지 말자고 누군가 소리 내어 중얼거렸다. 느릅나무가 알았다고 대답하기 위해 반사적으로 꽃가루를 날렸다가 모두의 눈총을 받았다.

마침내 인형같이 똑같이 생긴 정장 남녀의 기침과 재채기가 가라앉고 나서 그중 치마를 입은 여자가 앞으로 나섰다. 여자는 전문가적인 태도를 유지했고 표정도 침착했지만 입을 열기 전에 우리와 눈이 마주치자 한순간 시선이 불안하게 흔들리는 것까지는 어쩌지 못했다.

여자와 여자의 일행인 정장 차림 사람들의 입장에서도 우리와 마찬가지로 우리가 기괴하게 보였을 것이다. 그러나 우리가 아무 말도 하지 않았듯이 그들도 예의 바르게 우리의 외모에 대해서 아무런 언급도 하지 않았다.

정장 치마를 입은 여자가 가볍게 헛기침을 했다. 그리고 말하기 시작했다.

"안녕하세요. 우리는 모션닉에서 나왔습니다. 여러분은 어느 기업 소속이신가요?"

여자의 인형 같은, 나이를 알 수 없게 잘 다듬어진 부드러운 얼굴과, 연한 분홍빛 입술 사이로 흘러나온 카랑카랑하고 약간 쇳소리가 섞인 날카로운 목소리는 조금 충격적일 정도로 전혀 어울리지 않았다. 저 사람들 목소리도 전부 다 똑같은 걸까, 하고 뒤에서 노간주나무가 중얼거렸다.

여자의 질문에는 아무도 대답하지 않았다. 여자가 다시 물었다.

"어느 기업 소속이신지 말씀해주시겠습니까?"

참나무가 앞으로 나섰다.

"우리는 기업 소속이 아닙니다."

참나무가 그 깊이 울리는 낮은 목소리로 대답했다. 참나무는 말을 잘 하지 않지만(우리 모두 말을 거의 하지 않는다. 꽃가루가 있는데 뭐하러 힘들여 목소리를 낸단 말인가?) 한 번 입을 열면 땅속까지 진동하는 듯한 풍부한 소리를 낸다. 그 인상적인 성량에 여자는 잠시 당황하여 할 말을 잊은 것 같았다. 여자의 하얀 뺨에 살짝 홍조가 도는 것을 우리는 흥미로워하며 지켜보았다.

그러나 여자는 곧 정신을 차렸다.

"기업 소속이 아니라고요?"

여자의 목소리가 한 음조 높아졌다. 여자는 공격적인 자세로 한 걸음 더 앞으로 다가왔다.

"그럼 개인 농업 경영자들이신가요?"

"농업 경영요?"

참나무가 되물었다. 그 목소리의 울림에서 우리는 참나무가 속으로 웃고 있다는 걸 알 수 있었다. 우리도 그 질문에 모두 속으로 웃었다.

"농업이라면 농업이라고 할 수도 있겠죠. 경영은 아닙니다만."

참나무가 대답했다.

"개인 영농자란 말씀이시군요. 여기 계시는 분들 모두 다 동일한 직업에 종사하시나요?"

여자가 말했다. 어조는 평온하고 정중했지만 목소리는 여전히 카랑카랑했고 표정은 점차 차가워지고 있었다.

"그렇다고 할 수 있죠."

참나무가 짧게 대답했다. 여자가 눈을 가늘게 떴다.

"최근에 인접 지역 농경지에서 식물군 오염 사례가 빈번하게 발견되어 조사하러 나왔습니다. 이미 아실지 모르겠지만 모센닉 소유의 식물종을 정당한 구매 없이 사용하시거나 반대로 모센닉 소속 식물종이 파종된 밭을 다른 식물로 오염시키는 것은 불법입니다. 또한 모센닉 소속 식물종을 파종한 논이나 밭에 모센닉에서 허가하지 않은 비료나 농약, 항생제, 기타 농작물의 성장발육 촉진을 위한 물질을 임의로 사용하는 것은 불법이며, 반대로 모센닉 사 소속이 아닌 식물군을 파종한 밭에 모센닉 사의 비료나 항생제 혹은 농약을 사용하는 것도 불법입니다. 이러한 사례가 확인될 경우 해당 농경지의 소유주는 민형사상 소송을 비롯한 여러 가지 불이익을 당할 수 있습니다. 여러분의 경우 농경 공동체 전체가 집단 소송의 대상이 될 수 있으며, 그럴 경우…."

"우리는 모센닉과 아무 관계도 없어요."

떡갈나무가 여자의 말을 끊고 외쳤다.

"모셴닉 소유가 아닌 씨앗에 모셴닉 소유가 아닌 비료를 쓰는 건 아무 문제 없지 않습니까?"

"해당 농경지가 모셴닉 소유일 경우에는 전부 불법입니다."

여자가 말하고 대단히 의미심장하게 입을 꼭 다물었다.

"우리 땅도 모셴닉 소유가 아니에요."

이번에는 버드나무가 외쳤다.

여자의 꼭 다문 입술이 약간 벌어졌다. 여자는 재빨리 고개를 돌려 뒤에 서 있던 바지 정장을 입은 여자에게 뭔가 속삭였다. 바지 정장을 입은 여자의 옆에 서 있던 남자가 옆구리에 끼고 있던 판때기같이 생긴 것을 열었다. 두 사람은 손가락으로 판때기를 두드리며 속닥속닥 뭔가 의논했다. 그리고 치마 정장을 입은 여자에게 의논한 내용을 전달했다. 여자는 만족스러운 표정으로 미소를 짓고 고개를 끄덕인 뒤 다시 우리를 향해 돌아섰다.

"여러분이 파종한 씨앗이 인접지역의 모셴닉 소속 밭을 오염시키고 있는 것은 사실입니다. 그것만으로도 충분히 민형사상의 불이익을 받을 수 있습니다. 그리고 저희가 알아보니 여러분이 세시는 이곳의 농경지는 소유주가 불명인 것으로 되어 있습니다만 이곳에서 이용하시는 수자원과 여타 에너지 자원의 소유권은 수킨슨에서 보유하고 있습니다. 지금 확인해보니 여러분이 수킨슨에 수로나 가스, 석유자원 이용을 신청하거나 이용요금을 지급한 기록이 없다고 하는데요. 이 경우 여러분의 농업 공동체는 모셴닉과 수킨슨 양쪽에서 집단 소송의 대상이 될 수 있습니다."

우리 사이에서 한숨과 중얼거리는 소리가 들려왔다. 그 소리를 들으면서 여자는 입꼬리가 조금씩 조금씩 더 말려 올라가 마침내 만족한 고양이 같은 표정이 되었다.

그 표정은 무척 귀여웠다. 심지어 아름답다고 생각할 수도 있었을 것이다. 다섯 명의 남녀가 모두 똑같이 생긴 얼굴에 똑같은 미소를 띠고 있지 않았더라면. 그리고 그 아름다운 입술 사이에서 그토록 한심한 내용이 흘러나오지만 않았더라면.

여자의 세계는, 이 똑같이 생긴 로봇 같은 사람들의 세계는 모셴닉과 수킨슨이 지배하고 있다. 그 두 거대 기업이 조종하지 않는 세상을 저들은 상상조차 못하는 것이 분명했다. 이 역시 충분히 들어서 알고는 있었다. 그러나 들어서 아는 것과 이해하는 것은 전혀 다르다.

저들의 세상은 대체 얼마나 뒤틀린 모습이란 말인가….

누군가 뒤에서 하, 하고 큰 소리로 웃었다.

– 꽃가루를 퍼부어서 쫓아내버릴까?

오리나무가 생각했다. 그 덕분에 여자는 다시 눈시울이 붉어지며 재채기를 시작했다. 여자 뒤, 더럽고 큰 기계 가까이에 서 있던 남자 세 명과 여자 한 명 중에서 여자와 똑같이 생긴 인형 같은 남자 하나도 기침을 하기 시작했다.

그러니까 알레르기 반응은 개인차가 있다는 거지. 생명공학도 거기까지는 완벽하게 통제하지 못한 모양이다. 그렇게 생각하니 이유는 모르겠지만 어쩐지 안심이 되었다.

그들도 인간이어야만 한다. 최소한 생물이어야 한다. 로봇이어서는 안 된다.

"진정해. 우리가 원하는 건 그런 게 아니잖아."

참나무가 오리나무를 돌아보며 말했다. 오리나무는 입을 삐죽거리며 한심해 죽겠다는 듯이 하늘을 올려다보고 한숨을 쉬었지만 그래도 결국은 고개를 끄덕였다.

저들을 쫓아내서는 안 된다. 물론 우리의 목표를 달성하려면 저들이 이곳에 너무 오래 머물러서도 안 된다. 그러나 이렇게 빨리 쫓아낼 수는 없다.

"수자원은 공공재 아닙니까?"

참나무가 그 깊게 울리는 목소리로 부드럽게 물었다. 여자가 차갑게 대답했다.

"흐르지 않는 물이라면 그렇죠. 예를 들어 여러분 소유의 농경지 안에 수원지가 있어 자연적으로 생성된 호수라면 그 수자원의 소유권은 여러분에게 있습니다. 하지만 이곳을 지나는 수자원은 흐르는 물이에요. 그리고 그 수원지와 강 유역, 강 하류의 수자원 집결지는 모두 수킨슨 소유입니다. 그러니 그 땅에서 생산된 모든 자원 또한……"

"모셴닉에서 수킨슨도 대표하시는 건 아니겠죠?"

참나무가 여자의 말을 끊으며 여전히 부드럽게 물었다. 그러나 여자는 그 질문의 어법에 담긴 비아냥을 예민하게 포착한 모양이다.

"물론 아니죠. 모셴닉과 수킨슨은 분명 다른 회사입니다."

여자가 빠르게 내뱉었다.

"그 어느 한쪽도 자연 자원을 독점하지 않습니다. 수정 헌법 제18조와 2034년도 자연 자원법에 따르면 자연 자원은 특정 기업의 독점 대상이 될 수 없어요."

여자가 기계적으로 말했다. 그러니까 모셴닉과 수킨슨이 실질적으로 하나의 회사이면서 아직도 공식적으로 합병하지 않은 이유는 저 법조항 두 줄 때문이다. 서류상으로나마 각각 독립된 회사일 경우 각자 분야를 나누어 서로의 이권을 침범하지 않으면서 완전히 합법적으로, 혹은 약간-어느 정도-합법적이라고 굳이 우긴다면 합법적이라고 할 수 있을지도 모를 것 같은 여러 가지 기이한 방법으로 자연과 인간과, 그러니까 우리가 사는 행성 전체를 서서히 파괴하면서 이윤을 극대화할 수 있다. 그러나 합병하는 순간 모센닉-수킨슨은 지구상의 모든 자원을 독점하게 되므로 그 존재 자체가 이론상 불법이 된다. 그리고 그렇게 되면 이 두 회사에 트집 잡혀 소송이 걸려 농경지와 인생을 망친 수많은 소규모 개인 농업자들은 물론 의회와 대통령궁에 도사리고 있는 은근히 많은 적들에게 법적으로, 공식적으로, 현실적으로 회사를 무너뜨릴 빌미를 주게 된다.

저런 종류의 사람들은 태어나면서부터 저 모양이었던 걸까? 이제는 모두 생명공학을 통해 유전자 조작된 상태로 태어나는 걸 보면 아마 수정란 상태에서부터 저런 사람들로 엔지니어링되는 모양이다.

그렇게 생각하면 우리가 지금 하려는 일의 정당성을 의심할 수 없게 된다. 저런 사람들 – 모센닉과 수킨슨과 법의 테두리와 실적, 수익, 이윤, 돈, 이익, 더 많은 이익!만을 생각하는 사람들에게 세상을 맡길 수는 없다.

"그럼 수자원 문제는 저희가 수킨슨과 따로 해결하면 되겠군요."

참나무가 부드럽지만 단호하게 결론을 내렸다. 여자가 뭔가 말하려고 입을 열었지만 참나무는 기회를 주지 않고 말을 이었다.

"아까 직접 말씀하셨지만 저희는 모센닉이 소유하지 않은 저희 공동체 소속 땅에, 모센닉 소유가 아닌 저희 공동체 소유의 씨앗을 심고, 모센닉 소유가 아닌 저희 공동체에서 개발한 비료를 사용하여 기르고 있습니다. 수자원은 수킨슨 소유라는 걸 이미 밝히셨으니 모센닉이 여기서 더 이상 저희 농업 방식에 대해 왈가왈부하실 이유가 없지 않습니까?"

참나무 지금 뭐 하는 거야, 하고 단풍나무가 꽃가루를 뿜었다. 그냥 보내려고?

여기에 대한 대답으로 자작나무가 좀 기다려봐, 하고 또 꽃가루를 뿜었다. 치마 정장을 입은 여자의 눈가가 다시 붉어졌다. 이번에는 뒤에 서 있던 남자들과 바지 정장을 입은 여자까지 다섯 명이 모두 발작적으로 재채기를 시작했다.

"좀 참으라니까…."

소나무가 중얼거렸다.

"예? 뭐라고 하셨나요?"

치마 정장을 입은 여자가 양 손으로 얼굴을 감싼 채 울먹이다시피 말했다. 소나무는 웃음을 참느라 대답하지 못했다. 뒤에서 바지 정장을 입은 여자가 판때기를 가지고 있던 남자에게 말하는 소리가 들렸다.

"여긴 도대체 뭐죠? 공기 중에 독가스라도 뿌린 건가요?"

"꽃가루예요."

오리나무가 뒤에까지 들릴 수 있도록 큰 소리로 대답했다.

"모센닉 소유의 꽃가루가 아니라서 알레르기를 일으키시나 보죠?"

바지 정장을 입은 여자는 재채기와 기침과 콧물 사이로 오리나무 쪽을 노려보았으나 아무런 대답도 하지 않았다.

다시 한참이 지나 기침과 재채기가 가라앉은 뒤에 치마 정장을 입은 여자가 말했다.

"아까도 말씀드렸지만 저희가 여기까지 온 첫 번째 이유는 모센닉 사 소유 농경지에서 모센닉 씨앗이 아닌 다른 씨앗 오염이 발견되었기 때문입니다. 오염된 씨앗이 어디서 왔는지 책임 소재를 밝히기 위해서 저희는 여러분 농경지와 농작물을 검사할 권리가 있습니다. 씨앗 견본과 비료 견본, 토양 견본을 채취할 테니 협조해주시기 바랍니다."

이거다. 참나무 잘했어, 하고 누군가 낮은 소리로 중얼거렸다. 좋았어, 하는 소리도 들렸다. 모두들 만족한 꽃가루를 뿜지 않기 위해 최대한 노력하고 있었다.

여자는 우리가 중얼거리는 소리를 전혀 다른 방향에서 해석한 것 같았다.

"경작지가 어디죠? 안내해주시죠."

여자가 비열하게 만족한 미소를 띠고 짐짓 새침하게 말했다.

참나무가 앞장섰다. 여자와 다른 네 명의 정장 인형들이 뒤따랐다. 우리는 그 뒤에서 천천히 함께 움직였다.

"이게 뭐죠?"

숲의 입구에 서서 여자가 경악한 표정으로 소리쳤다.

"이건 농경지가 아니잖아요?"

"농경지라고 한 적은 없어요."

참나무가 재미있다는 표정으로 천천히 말했다.

"이게 우리가 기르는 식물입니다."

여자는 입을 딱 벌리고 눈 앞에 펼쳐진 빽빽한 밀림을 올려다보았다. 나무들은 평균적인 사람 키의 몇 배나 되는 높이까지 자라나서 경사면을 완전히 뒤덮고 있었다. 가지와 나뭇잎이 해를 가려서 숲의 입구에 가까이 가기만 해도 어두컴컴했다.

우리는 치마 정장을 입은 여자를 비롯하여 나머지 정장 인형 네 명의 그림으로 그린 듯 똑같은 얼굴에 경악, 불안, 근심, 흥분, 그리고 일종의 교활한 계산이 한꺼번에 스쳐지나가는 모습을 감상했다.

"안으로 들어가 보실까요?"

참나무가 권했다. 치마 정장을 입은 여자는 한순간이지만 명백하게 겁먹은 표정으로 자신이 입은 치마와 그 아래의 정장 구두를 내려다보았다. 여자가 결정을 내리지 못하고 망설이는 동안 뒤에 서 있던 인형 같은 남자들 중 빈손인 남자가 입을 열었다.

"잠깐만요. 여러분들 주거지는 어딥니까?"

우리는 서로 쳐다보며 미소 지었다. 참나무가 느긋하게 대답했다.

"여기가 우리 집입니다."

"이 안에 주거지가 있다고요?"

치마 정장을 입은 여자가 믿을 수 없다는 표정으로 참나무를 쳐다보았다. 참나무는 고개를 끄덕였다.

"우리는 여기서 삽니다."

치마 정장을 입은 여자는 조금 더 망설였다. 그러다가 짧고 날카롭게 한숨을 쉬고 결정했다.

"좋아요. 들어갑시다."

정장 인형들은 말없이 진중하게 참나무의 뒤를 따라 숲의 안쪽으로 안쪽으로 걸어 들어갔다. 가끔가다 똑같이 생긴 사람들 중 한 명이 손을 휘둘러 얼굴에 달려드는 벌레를 쫓거나 돌부리나 나무뿌리 혹은 울퉁불퉁한 땅에 구두가 걸려 헉 소리를 내고는 투덜거렸다. 대체로 그들은 평평하지 않은 땅, 고르지 않은 길에 매우 부적합한 차림새를 하고 있었다. 이 때문에 그들은 한동안 넘어지지 않고, 나뭇가지에 긁히거나 찔리지 않고, 벌레에 물리지 않고 참나무를 따라가는 데만 집중하느라 아무 말도 하지 않았다.

먼저 입을 연 것은 빈손으로 걸어가던 남자였다.

"대체 주거지가 어디인 겁니까? 사람이 살 만한 곳은 안 나오잖아요?"

"조금만 더 가면 됩니다."

참나무가 달랬다.

행렬이 한동안 다시 이어졌다. 그러나 정장 인형들은 이제 피로해지기 시작한 모양이었다. 커다란 은회색 가방을 든 남자가 가장 크고 가장 무거운 짐을 든 사람답게 불평했다.

"조금만 더 가는 게 어느 정도입니까?"

"이제 다 왔습니다."

참나무가 대답했다. 은회색 가방의 남자가 날카롭게 대꾸했다.

"그래서 다 온 게 정확히 어디인데요?"

"여기입니다."

참나무가 평온하게 대답하고 팔을 벌려 주위를 가리켰다.

정장 인형들은 참나무의 몸짓을 따라 사방을 둘러보았다. 그곳은 숲 속의 공터였다. 땅은 비교적 평평하고 고른 편이었고, 땅 표면에는 잔디가 깔려 있었으며, 위쪽에서는 나무들이 조금 성기게 자라난 곳을 통해 햇살이 비쳐들고 있었다.

치마 정장을 입은 여자가 날카로운 눈빛으로 참나무를 돌아보았다.

"우리를 속였군요?"

여자가 그렇게 말하자마자 빈손으로 서 있던 남자와 바지 정장을 입은 여자가 위협적인 몸짓으로 다가와서 옆에 섰다. 무슨 이유에서인지 두 명 다 오른손을 안주머니에 넣고 있었다.

"무슨 말씀입니까?"

참나무가 부드럽게 물었다. 여자가 대답 대신 되물었다.

"건물다운 건물은 한 채도 없잖아요?"

"건물이 있다는 말은 안 했습니다."

참나무가 말했다.

"우리는 건물에서 살지 않습니다. 여기서 살아요. 여기가 우리 집입니다."

"뭐라고요?"

여자가 눈살을 찌푸렸다. 참나무가 천천히 설명했다.

"여기가 우리의 거주지입니다. 이 공터에서 자고 빗물에 몸을 씻고 저쪽 시냇물을 마십니다. 못 믿겠으면 직접 둘러봐도 좋습니다. 이 주변을 다 찾아봐도 당신들이 생각하는 종류의 건물은 한 채도 발견할 수 없을 겁니다."

"하지만 어떻게…… 그러면…… 찬 데서 자고……. 음식은 어떻게 해 먹지요?"

"찬 데서 자는 건 익숙해지면 괜찮습니다. 그리고 우리는 요리를 하지 않습니다. 햇볕과 자연이 있으니까요."

참나무가 웃으면서 말했다. 그리고 은회색 가방의 남자를 향해 덧붙였다.

"토양 견본을 채취한다고 하셨죠? 채취하시죠."

은회색 가방을 든 남자는 머뭇거리며 치마 정장을 입은 여자를 쳐다보았다. 여자가 가볍게 고개를 끄덕였다. 남자는 은회색 가방을 땅에 내려놓은 뒤 정장에 흙이 묻지 않도록 아주 조심스럽게 쭈그리고 앉아서 가방을 펼쳤다. 가방 속에서 어떤 기구를 꺼내 흙을 조금 팠다. 그리고 가방 속의 기계 여기저기에 그 흙을 올려놓거나 집어넣고 옆에 서 있던 판때기를 든 남자와 의논하기 시작했다.

그 모습을 보고 있다가 여자가 참나무에게 물었다.

"성장 촉진 물질은 어디서 합성하시죠?"

"예?"

참나무가 흠칫 놀랐다. 보통 참나무는 중요한 순간에 한눈파는 성격이 아닌데 어두운 숲 속을 한참 걸었다가 공터에 서서 햇볕을 쬐니 잠시 멍해졌던 모양이다.

여자가 다시 말했다.

"성장 촉진 물질 말입니다. 비료 같은 것, 어디서 합성하시죠?"

아주 어린 아이에게 하듯이 천천히 말하는 그 어조가 몹시 마음에 들지 않았다. 그러나 즉시 제정신을 차린 참나무는 침착하게 대답했다.

"저희는 성장 촉진제를 합성하지 않습니다. 저희들만의 자연적인 비료를 사용합니다."

"자연 비료? 퇴비를 말하는 건가요?"

여자가 말하면서 코를 약간 찡그렸다. 아까와 마찬가지로 대단히 귀여운 표정이었다. 똑같이 생긴 다른 얼굴 네 개가 바로 옆에 서거나 앉아서 각자 다른 일을 하고 있지만 않았다면.

"퇴비요? 뭐, 엄밀히 말하자면 좀 다르지만, 그렇다고 해두죠."

참나무가 말했다. 여자가 눈을 가늘게 떴다.

"그게 무슨 말이죠? 아까부터 자꾸 말장난만 하면서 정확한 설명은 하나도 안 해주시는데, 지금 협조를 하시지 않으면…."

"설명을 하는 것보다는 보여드리는 쪽이 간단해서 그러는 겁니다."

참나무가 여자의 협박을 아무렇지 않게 중간에 끊었다.

"토양 채취 다 끝내셨나요? 그럼 저희 숲의 나머지 부분도 보여드리죠."

여자는 뭐라고 더 말하려다 입을 다물었다.

"가시죠."

참나무가 말했다. 여자는 마음에 안 들지만 어쩔 수 없다는 듯이 참나무를 따라 몸을 돌렸다.

그때 은회색 가방 곁에 쭈그리고 앉아 있던 남자가 갑자기 일어섰다. 나머지 정장 인형들의 시선이 일시에 남자를 향했다. 남자가 판때기를 든 남자에게 뭔가 속삭였다. 판때기를 든 남자가 재빨리 치마 정장 여자에게 다가왔다.

"무슨 일이시죠?"

참나무가 물었다. 치마 정장을 입은 여자는 판때기를 든 남자가 속삭이는 말에 잠깐 귀를 기울였다. 그리고 한 손을 들어 입을 가리면서 참나무를 노려보았다.

"왜 그러십니까?"

참나무가 다시 물었다. 여자가 입을 가렸던 손을 내리고 말했다.

"토양에서 인골 성분이 검출되었습니다."

여자는 묘하게 안정된 표정으로 참나무를 뚫어지게 쳐다보며 물었다.

"이제까지 이런 방식으로 기업과 정부의 눈을 속이고 있었던 건가요? 관련 회사의 담당자가 찾아오면 살해해서 암매장하는 식으로?"

"저희는 살해한 적도 암매장한 적도 없습니다."

참나무가 어리둥절한 표정으로 대답했다. 여자가 한층 더 침착한 목소리로 물었다.

"그럼 토양에서 검출된 인골 성분은 뭐죠? 어째서 숲 속에 사람 시체가 묻혀 있는데요?"

참나무도 여자를 뚫어서라 쳐다보았다. 그리고 똑같이 침착하게 설명했다.

"그건 저희 조상들, 가족들의 시신입니다."

여자가 눈을 가늘게 떴다.

"뭐라고요?"

"우리는 여기에 뿌리를 내리고 여기서 살다가 여기서 죽습니다. 죽으면 땅으로 돌아가 다음 세대를 위한 거름이 됩니다. 그게 우리 방식입니다."

참나무가 말했다. 그리고 덧붙였다.

"그게 원래 자연의 방식입니다."

"자연의 방식? 매장 허가도 받지 않고 시신을 유기한 뒤에 그 부지에서 그대로 먹고 자고 살아가는 게 자연의 방식이라고요?"

여자가 쏘아붙였다. 카랑카랑한 목소리가 비명을 지르듯이 높아졌다. 그러나 참나무는 동요하지 않았다. 여자의 쇳소리와 대비되는 낮고 깊은 목소리로 천천히 말했다.

"해는 당신들의 허가를 받고 뜨지 않습니다. 비도 당신들 허가를 받고 내리지 않습니다. 당신들이 기업을 만들고 특허를 내고 이윤에 혈안이 되기 훨씬, 훨씬 전부터 자연은 자연의 방식으로 존재해왔습니다. 우리는 그 방식대로 사는 겁니다."

여자는 대답하지 않았다. 그대로 눈을 가늘게 뜬 채 참나무를 쳐다보고 있었다. 참나무가 다시 입을 열었다.

"당신들은 자연이 수동적인 무생물이고 먼저 갖다 쓰는 사람이 주인이라고 생각하겠지만 그렇지 않습니다. 자연은 자연의 방식대로 살아 있고 자기 방식대로 움직입니다. 뿌린 대로 거둔다는 것은 현실적으로 굉장히 정확한 표현입니다."

참나무는 뭔가 더 말하려 했다. 그러나 그 순간 하늘에서 두두두두두, 하는 소리가 들리기 시작했다.

기계다. 정장 인형들이 타고 왔던 더럽고 커다랗고 파괴적인, 하늘을 가르는 기계다.

여자가 손가락을 한쪽 귀에 갖다 댔다. 동시에 다른 정장 인형들도 똑같이 손가락을 한쪽 귀에 갖다 댔다. 여자가 아까처럼 소맷부리로 입을 가리고 외쳤다.

"경작? 확실해? 위치는?"

그러자 정장 인형들은 모두 한 방향을 향해 뛰기 시작했다.

우리는 잠시 어리둥절해졌다. 사태를 가장 먼저 파악한 것은 오리나무였다.

─ 묘목이야.

오리나무가 꽃가루를 뿌렸다.

─ 아이들이 위험해.

우리는 동시에 공포에 질렸다. 한꺼번에 정장 인형들을 쫓아서 뛰었다. 숲이 우리와 함께 뛰었다.

자연은 자연의 방식대로 살아 있고 자연의 방식대로 움직인다. 생존하기 위해 모든 살아 있는 것은 적응하고 진화한다. 그리고 진화는 돌연변이를 통해 이루어진다.

인간은 나무를 베었다. 숲을 죽였다. 식물의 유전자를 조작했다. 씨 없는 식물은 인간이 먹기에는 편리해졌지만 스스로 자손을 퍼뜨릴 수 없게 되었다. 상업적으로 재배되는 모든 식물종의 씨앗은 모션닉에서 유전자를 조작하고 모션닉에서 특허를 출원했다. 그렇게 조작된 씨앗은 단 한 번만 발화했다. 한 번 발화하여 성장하여 열매를 맺고 나면 수확한 열매를 다시 심어 키우는 것은 불가능했다. 그 열매 안에는 씨앗이 없기 때문이다. 농부들은 매년 모션닉의 씨앗을 사서 모션닉의 땅에 심고 모션닉의 비료와 농약과 수킨슨의 물과 전기와 석유와 가스를 사서 식물을 키웠다. 자기 자신의 힘으로는 싹을 틔울 수도 자라날 수도 열매를 맺을 수도 없게 된 불구의 식물들은 오로지 모션닉의 이윤을 극대화하는 데만 봉사하며 오로지 인간과 가축에게 먹힐 목적으로 태어나 수확되고 잘리고 뽑혀서 사라졌다.

살아남기 위해 자연은 진화한다. 식물도 마찬가지다. 그러나 식물은 자기 발로 도망치거나 맞서 싸울 수 없었다. 그래서 땅 위에 최후로 살아남은 야생의 식물들은 단 하나의 무기인 씨앗을 이용했다. 마지막 남은 야생의 나무 한 그루, 아무도 심지 않고 홀로 자라난 풀 한 포기를 베기 위해 사람들이 왔을 때 식물은 인간을 향해 씨앗을 퍼뜨렸다. 씨앗은 인간이 알지 못하는 사이에 눈치채지 못하는 곳에 안착했다.

얼마 지나지 않아 사람들의 머리카락 사이에서 혹은 손가락 사이에서 뭔가 자라나기 시작했다. 가슴이나 배 혹은 목 안쪽에서 자라기도 했다. 대체로 지구 상에서 마지막 숲과 마지막 초원이 남아 있었던 장소는 최첨단 시설을 갖춘 병원에서 아주 멀리 떨어진 곳에 있었으므로 사람들은 몸 안에 침범하는 씨앗을 막아내지 못했다. 씨앗은 공기를 타고 퍼졌고 인간의 눈과 코와 귀와 입과 털구멍은 언제나 열려 있었다. 씨앗을 받아들여 키울 수 있었던 사람은 살아남았고 그렇지 못한 사람은 죽었다. 시간이 지나고 세대가 바뀌면서 사람은 식물과 하나가 되었다.

그것은 의외로 양쪽 모두에게 이로운 결합이었다. 식물과 한몸이 된 인간은 밤이면 영양이 풍부한 토양에 뿌리를 내리고 잠을 자고 해가 뜨면 햇빛을 받아 광합성을 했다. 그러므로 더 이상 음식을 찾아다닐 필요가 없었다. 한편 식물은 인간의 팔과 다리를 얻었으므로 환경이 적합하지 않으면 쉽사리 다른 곳으로 이동할 수 있게 되었다. 또한 일반적인 동물의 방법으로 번식하는 것 외에도 인간은 자기 몸의 식물로 꺾꽂이를 하거나 씨앗을 심는 등 여러 가지 방법으로 개체 수를 늘릴 수 있었다. 그리고 개체 수는 빠르게 늘어났다. 대도시와 다국적 기업과 첨단 기술이 지배하지 못하는 곳에서 우리는 조용히 번성했다.

물론 식물에도 여러 종류가 있어서 서로 다른 방식으로 존재했다. 나무들은 크고 튼튼하고 오래 살았고 이에 비해 풀과 곡물은 연약하고 작았으며 시들었다 다시 피어나는 주기도 서로 달랐다. 그러나 땅에 뿌리를 내리고 빗물과 햇볕에 의존하여 살아간다는 점에서는 모두 같았다. 나무를 품은 자는 풀과 곡물을 보호했고 풀과 곡물을 품은 자는 나무를 신뢰했다. 그리고 우리는 모두 죽으면 흙으로 돌아가 서로의 아이들을 위한 영양분이 되었다.

숲 너머의 땅에서 들려오는 불길한 타타타타타 소리는 바로 인형 인간들의 더럽고 거대한 기계가 아직 싹을 틔운 지 얼마 안 된 우리 아이들 위로 내려앉는 소리였다. 아이들의 연약한 잎과 가지를 베고 어린 줄기와 뿌리를 짓밟는 소리였다. 우리는 결사적으로 뛰었다.

너무 늦었다.

기계는 아이들 위에 내려앉아 있었다.

"표본 채취해! 증거를 확보해야 돼!"

여자가 외치는 말에 따라 정장 인형들은 기계를 향해 뛰어가는 와중에도 죽어가는 아이들의 잎과 가지를 꺾고 뿌리를 뽑았다. 기계에 깔리지도 정장 인형들에게 뜯기지도 않은 아이들은 더럽고 커다란 기계 꼭대기에 달린 거대한 날개가 돌아가면서 만드는 바람에 휘날려 줄기가 휘어지고 가지가 부러졌다.

그리고 그 바람 때문에 꽃가루를 날릴 수도 씨앗을 퍼뜨릴 수도 없었다. 꽃가루도 씨앗도, 아무리 뿌려봤자 바람을 타고 우리를 향해 되돌아올 뿐이었다.

정장 인형들은 도망치고 있었다. 우리의 손이 닿는 거리에서 빠져나가고 있었다. 아무것도 들지 않은 남자와 바지 정장을 입은 여자가 가장 먼저 기계에 도달했다. 그러나 두 사람은 움켜쥐고 있던 가지와 잎사귀들을 기계 안으로 던진 뒤에 우리 쪽으로 되돌아오기 시작했다. 치마 정장을 입은 여자를 데려가기 위해서였다. 여자는 치마와 구두 때문에 빨리 뛰지 못

했다. 은회색 가방을 든 남자와 판때기를 든 남자가 기계로 뛰어가서 들고 있던 물건들을 기계 안에 던져 넣고 올라탔다.

치마 정장을 입은 여자는 뒤처지고 있었다. 우리와의 거리가 거의 좁혀졌을 때 빈손인 남자와 바지 정장을 입은 여자가 달려왔다. 우리는 한꺼번에 치마 정장을 입은 여자를 향해 달려들었다. 여자가 쓰러지며 비명을 질렀다. 빈손의 남자와 바지 정장의 여자가 우리에게 덤벼들었다.

"놔!"

치마 정장의 여자가 고함쳤다.

"이거 놔! 경찰에 연락해. 군대 불러. 전부 다 체포해줄 거야. 이 지역 전부 이주시키고 너희들은 다 감옥에 처넣어줄 테니까 그렇게 알아! 놔, 이거 놓으라고! 이 돌연변이들, 괴물들!"

그 순간 우리는 손을 놓았다.

풀려난 정장 인형들은 잠시 멍한 얼굴이 되었다. 그러나 곧 발길질을 하며 일어나서 소리소리 지르며 기계를 향해 뛰어가기 시작했다. 기계가 더 많은 가지와 잎을 꺾고 줄기를 휘어 넘어뜨리며 공중으로 떠올라 사라진 뒤에 가장 먼저 정신을 차린 은행나무가 물었다.

─심었지?

우리 중에서 마지막 정장 인형들을 붙잡았던 나무들이 대답했다.

─심었어.

나무들은 일시에 한숨을 쉬었다.

그리고 은행나무는 꺾여버린 그의 묘목 옆에 쓰러져서 조각난 밑동을 부둥켜안고 울기 시작했다.

우리는 죽은 나무들을 묻고 묘목을 새로 심었다. 아이들이 있는 곳을 들켰으니 아예 깨끗이 도망쳐야 한다는 목소리도 높았지만 죽지 않고 기적적으로 살아남은 묘목들이 있어 당분간은 움직이지 못하게 되었다. 살아남은 묘목들은 심하게 상처 입어서 함부로 옮겨 심을 수 없었다.

그래서 우리는 아이들을 돌보면서 기다렸다.

거대한 기계와 인형처럼 똑같이 생긴 사람들은 언젠가 돌아올 것이다. 언제가 될지 알 수 없었으므로 아이들을 더 단단히 보호하고 더 빨리 옮겨갈 수 있도록 우리는 숲의 위치와 모양을 바꾸고 다친 아이들을 정성 들여 간호했다.

그리고 우리는 기다렸다. 그때 왔던 그 사람들은 다시 돌아오지 못할 것이다. 그래서 우리는 조용히 기다렸다.

우리는 세 사람의 몸 곳곳에 씨앗을 퍼부었다. 씨앗은 세 사람의 몸 안으로 들어가는 것은 물론 기계 안에 같이 타고 있던 사람들에게도 옮겨붙었을 것이다. 정장 인형들이 왔던 곳으로 되돌아가면 그들 주변의 다른 사람들에게도 옮겨붙을 것이다. 그 씨앗들 중에서 적어도 하나는 싹을 틔울 것이다. 하나면 된다. 하나면 충분하다.

도망치자는 의견이 나왔지만 사실 우리에게는 더 이상 갈 곳이 없다. 저들은 빠르게 이동하는 똑똑한 기계로 세상을 지배한다. 우리가 믿을 수 있는 것은 뿌리와 두 발뿐이다. 거대한 기계가 다시 돌아온다면 우리는 그 뿌리마저 뽑힌 채 실험실이나 감옥에서 시들어 죽어가게 될 것이다.

그러나 씨앗은 살아남을 것이다. 수많은 씨앗 중 하나 정도는 살아남을 것이다. 살아남아서 어딘가에 뿌리를 내릴 것이다.

하나만 있으면 새로 시작할 수 있다.

그 하나를 위해서, 우리는 기다린다. 지평선 너머에서 더럽고 거대한 기계의 날갯소리 대신 꽃가루가 날아오는 날을. 우리가 뿌린 씨앗이 바람을 타고 춤추며 돌아오는 날을.

그런 날이 정말로 온다면, 바로 그날 세상은, 인간은, 다시 태어날 것이다. 땅과 바다는 더 이상 상처 입지 않고, 사람과 자연은 햇살 속에 하늘을 향해 함께 자라날 것이다.

우리는 여전히 기다리고 있다.

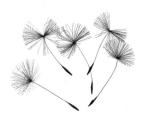

정도경

SF 및 환상소설 작가. 환상문학웹진 거울 필진으로 활동하고 있다. 황금가지 환상소설 단편선 《커피 잔을 들고 재채기》에 〈은아의 상자〉를, 웅진 뿔 단편선 《독재자》에 〈오라데아의 마지막 군주〉를 수록했으며, SF 작품으로는 크로스로드 단편선 《목격담, UFO는 어디서 오는가》에 〈사랑, 그 어리석은〉을, 황금가지 한국SF 단편선 《아빠의 우주여행》에 〈스위치, 오프〉를 수록했다. 본명으로 장편 《문이 열렸다》와 《죽은 자의 꿈》을, 정도경이라는 필명으로는 단편집 《씨앗》과 《왕의 창녀》를 출간했다.

* 이 작품은 2013년 온우주 출판사에서 나온 정도경의 단편선 《씨잇》에 수록된 작품이나. 표세삭 〈씨앗〉을 시작으로 동서고금의 옛 이야기에서 모티브를 얻어서 완성한 정도경의 과학적 상상력이 넘치는 작품집이다.

● 제1회 SF어워드 소설 부분 수상작

업데이트

김창규

"······이상 의료 공단의 고지 의무에 따라 알려드렸습니다."

"잠깐, 잠깐만요."

인유는 다급하게 상대를 불렀다. 손등에 붙어 있는 터치 화면 속 여성이 눈을 깜빡이며 다음 말을 기다리고 있었다. 여성은 컴퓨터 그래픽처럼 미동도 하지 않았지만 인유는 상대가 사람임을 알고 있었다. 법적 의미가 있는 고지를 할 경우 반드시 사람이 전하고 사람이 승낙해야 유효했다. 화면 속 여성은 인유가 알았다고 한마디만 하면 곧바로 접속을 끊을 것이 분명했다.

"너무 간략해서 무슨 얘기인지 얼른 이해가 안 되는데요. 그러니까······ 제가 받은 시술을 취소해야 한다고요?"

"예. 그에 따라서 적절한 후속 치료를 받으실 것을 권합니다."

"치료라니······ 애초에 이게 그렇게 간단히 해결될 문제가 아니잖아요. 다른 소프트웨어도 아니고."

의료 공단 직원의 미간에 살짝 주름이 잡혔다.

"저는 어디까지나 고지 의무를 수행하기 위해 연락드렸습니다. 내용을 이해하신 것 맞습니까?"

"무슨 얘기인지는 알겠어요. 하지만……."

"그럼 더 자세한 사항은 개별적으로 알아보시기 바랍니다."

직원이 전화를 끊자 화면의 색깔이 피부빛으로 되돌아갔다. 인유는 심장 박동이 빨라지는 것을 견디다 못해 가까운 곳에 있는 건물의 벽에 어깨를 기댔다. 다리에도 힘이 빠져 인도 한복판에서 주저앉을 것 같았다. 하지만 인유의 무의식은 이미 희망의 실마리를 찾아내고 있었다. 의료 공단 직원의 고지는 어디까지나 형식에 맞춘 내용에 불과했다. 그토록 심각한 행위가 금세 실현될 리 없었다. 중요하고 큰일일수록 상응하는 절차가 있어야 했다.

그렇게 생각하자 조금씩 기력이 돌아와 버티고 설 수 있었다. 인유는 가슴에 손을 얹고 심호흡을 했다. 손가락을 높이 들어 올리면 자칫 찔려서 깨질 것처럼 파랗고 선명한 하늘 아래, 행인들은 제 갈길을 찾아 직소 퍼즐처럼 맞물리며 이동하고 있었다.

인유는 침착하게 일의 우선 순위를 정했다. 우선 자신이 받은 시술의 공식 명칭을 알아야 했다. 인유는 오른손으로 가볍게 왼쪽 손등을 조작했다. [개인 정보 관리] - [의료 기록]을 선택하자 [치료 기록]과 [수술 기록]이 나왔다. 후자를 건드리자 십여 개의 목록이 떠올랐다. 실수로 화면 우상단의 빨간 [지금 모두 업데이트] 버튼을 건드리지 않을까 겁을 먹는 바람에 인유의 손가락이 가늘게 떨렸다. 물론 그 버튼을 건드린다 해도 한 번 더 확인하는 과정이 있었지만 지금 인유에게 업데이트란 세상 그 어떤 것보다 마주하고 싶지 않은 사건이었다.

직원이 언급했던 시술은 금세 찾을 수 있었다. [정보를 갱신하기 전에 최신 소식을 검색하십시오]라는 경고 문구가 깜빡이고 있었기 때문이다.

시술의 이름은 [눈-704]였다. 인유의 가슴이 철렁 내려앉았다. 그 수술이 야말로 4년 전에 인유의 인생을 완전히 뒤바꿔 놓았다. 그토록 중요한 수술명을 단번에 알아듣지 못한 것은, 사실 한 번 치료받고 나서 모든 문제가 해결되었다고 믿고픈 소망의 반영이었다.

그런데 의료 공단은 3분에도 못 미치는 간단한 통화로 '취소'와 '후속 치료'를 말했다.

인유는 침을 꿀꺽 삼키고 연계 검색을 시작했다. 검색 결과를 시각 순으로 정렬하자 첫 머리에 의학/기술 뉴스가 올라왔다.

'눈-704 시술과 관련한 기술특허 분쟁 해결. 눈-704는 4년 전 다이네틱스 사가 시각과 관련한 전반적인 손상을 획기적으로 해결하기 위해 내놓은 시범 시술이다. 하지만 3년 전 이보공학이 눈-704 시술에 사용된 기술의 특허권을 주장하였고, 두 회사는 재판에 들어갔다. 이 소송은 장기 재판으로 분류되어 전문가들의 의견이 정리될 때까지 미루어졌으나, 최근 다이네틱스 사가 자사의 기술을 정리하면서 소유권을 포기함으로써……'

보통 때라면 두 줄도 이해하기 힘들 만큼 낯선 용어가 난무했지만 인유는 그 의미를 곧바로 깨달았다. 인유는 기사를 다급하게 위로 넘겨 결론을 보았다.

'……이에 이보공학은 눈-704 소프트웨어의 즉각적인 삭제를 공표했다. 다행인 것은 현재 이 수술을 그대로 유지하는 피술자가 극히 적다는 점이다.'

이게 바로 의료 공단이 전하고자 했던 말이었다. 인유는 곧장 병원으로 전화를 걸었다. 지체할 시간이 없었다. 그녀는 긴급 사태라고는 모르는 병원의 자동 응답과 씨름을 하고 '통화가 많으니 기다려 달라'는 말을 열여 넓 번 늘은 다음 마침내 간호사와 육성으로 통화를 할 때까지, 파란 하늘과 꺼진 가로등과 가지 끝에서 새잎을 밀어내고 있는 가로수와 행인들의 다채로운 의상을 미친 듯이 눈 안으로 우겨 넣었다.

문혼 종합병원 시각과의 김상인 과장은 환자를 대하는 의사라기보다 학생을 가르치는 교수 같았다. 인유는 그의 말을 기다리는 동안에도 하얀 의사용 가운과 팔각형 옷걸이와 자동으로 각도를 조정하는 베이지색 블라인드와 그 위에 쌓인 잿빛 먼지와 벽에 걸린 광고용 포스터와 길고 짧고 뭉툭하고 광택이 나는 간이 검사기구들의 생김새를 동공 안으로 마구 집어삼켰다.

김상인 과장은 인유의 진료 기록을 검색하고 간단한 사정 이야기를 듣더니 간호사에게 다음 환자들의 상담 시간을 20분씩 늦추라고 지시했다. 인유는 그의 이마에 자잘하게 퍼져 있는 주름과 눈동자의 색깔과 코끝에서 번들거리는 기름을 눈으로 빨아들였다.

"자, 최인유 씨. 정확히 무얼 알고 싶으신 거죠?"

인유는 병원에 오기까지 똑같은 질문을 수도 없이 자신에게 던져 보았다. 외래 진료를 할 경우 의사와 대화하는 시간에 비례해 진료비가 늘어났기 때문이다. 인유는 최종적으로 압축해 뒀던 질문을 꺼냈다.

"눈-704를 삭제하면 어떻게 되나요?"

과장은 헛기침을 하더니 말했다.

"환자분의 경우는…… 선천성 시각 장애가 있었는데요. 사실 장애라기보다는 뇌의 기능이 광범위하게 형성되지 못했던 겁니다. 사람의 시각 정보는 최종 장소에 도착하기까지 매우 복잡한 과정을 거치죠. 환자분은 유감스럽게도 출생 당시부터 그 과정의 대부분이 완성되지 못했어요. 그걸 눈-704 시술을 통해서 복구시켰고요. 시범시술임에도 꽤 완성도가 높았기 때문에 시각을 정상인 수준으로 회복할 수 있었고요. 그랬죠?"

인유는 회색 때가 묻은 의사 가운의 옷깃과 자신의 손과 손톱을 하나하나 살피면서 말했다.

"네."

"문제는 이 시술의 상당 부분이 소프트웨어적이었다는 겁니다. 그리고 종합시술이다 보니, 그 소프트웨어를 뇌에서 지우게 되면 단순히 시력을 잃는 걸로 끝나지 않습니다."

손톱의 분홍, 파랑, 그 밑을 덮고 있는 굳은살, 그토록 좋아하는 금은 혼합 디자인의 팔찌, 팔찌를 선물한 현종의 모습, 아니아니. 지금은 최대한 많은 걸 보아두는 게 중요해. 현종 씨는 이미 기억하고 있잖아. 내 눈에 그토록 깊고 또렷하게 심어 둔 사람은 없잖아. 그러니까 하나라도 더, 더 많은 걸 봐야 해.

인유는 그렇게 생각하며 반사적으로 의사의 말을 되풀이했다.

"그걸로 끝나지 않는다뇨?"

의사가 엄지손가락으로 콧등을 만지작거렸다.

"눈-704 시술의 정식 명칭은 '시각연합겉질 대체 및 장기기억 결합 이식'이에요. 시각연합겉질은 시각정보가 뇌에 새겨지는 부위죠. 이 정보가 장기 기억과 작용 기억…… 음. 더 쉬운 말로 하는 게 좋겠군요."

인유는 의사를 향해 귀를 활짝 열고, 눈은 그보다 더 활짝 열고서 눈동자를 바쁘게 굴리고 있었다. 하나라도 더 많이 보기 위해서.

"눈-704는 시각연합겉질을 새로 만드는 수술이 아니었어요. 뇌에 남아 있는 장기기억 공간 일부를 시각정보 기록용으로 끌어다 쓴 셈이죠. 소프트웨어적으로 걸러서요. 따라서 눈-704를 지우면…… 4년 전 시술을 받은 다음부터 지운 시점까지 보고 기억했던 모든 시각 기억이 함께

198

사라져요."

　인유의 눈동자가 급속 냉동이라도 된 것처럼 단숨에 얼어 붙었다가 천천히 과장의 얼굴 쪽으로 향했다.

　"……네?"

　"그러니까…… 지금 그렇게 바쁘게 하나라도 더 보아두려고 해봤자 전부 지워진다는 얘기예요."

　인유는 순간적으로 진료실 안의 공기가 모조리 빠져나간 것처럼 숨이 막혔다.

　"그, 그러면 전 어떡해야 하죠?"

　과장은 기계적인 희망을 담아 말했다.

　"물론 그 기억을 고스란히 보존할 수 있어요. 간단한 작업은 아니지만요. 우선 환자분의 기억 공간을 구성하는 시냅스와 화학물질 패턴을 분석하고, 그걸로 백업용 틀을 만들어야 해요. 그다음에 눈-704 소프트웨어의 가상머신을 만들어서 이식하고, 시각 기억을 옮겨 놓고, 환자분의 눈-704를 지우고, 기억을 뇌에 도로 옮기면 돼요. 문제는……"

　문제는…… 인유는 마음속으로 과장의 말을 받아적고 있었다. 과장은 다시 한 번 인유의 의료 정보를 참조했다.

　"최인유 환자가 기초지역보험 대상자라는 점이에요. 혹시 그밖에 다른 보험을 드셨나요?"

　"……아뇨."

　"그렇군요."

　이번에는 과장이 인유의 질문을 기다렸다. 인유가 물었다.

　"기초보험 적용 항목을 빼면 비용이 얼마나 들까요?"

　인유는 의사가 말꼬리를 얼버무리지 못하도록 덧붙였다. "대략요"

"어디까지나 대략이고 실비용은 차이가 날 수 있다는 거 아시죠?"

"네."

"검사에 필요한 패턴 분석비는 기초보험 적용이 돼요. 따라서 절반인 300만 부담하시면 될 테고요. 백업용 틀 제작, 가상머신 제작, 이건 소프트공학부의 일이라 수가가 높아요. 약 5200 정도가 들 거예요. 어디까지나 대략이에요. 백업과 복원 공임이 약 200 정도, 기타 비용이 1천 정도에 만약에 우리 병원에 입원한다면 입원 기간 동안 병실료 등 부대 비용이 드니까 다 합치면……."

"대략 1억이겠네요."

"맞아요. 그쯤 되겠네요. 기초보험밖에 없으니 어쩔 수가 없군요."

과장은 환자가 세부 사항을 트집 잡아 소송을 걸지 않도록 현재 기술로 확인된 손실률을 냉큼 덧붙였다. 하지만 사실 그런 걱정은 할 필요가 없었다. 인유는 1억이라는 숫자 다음부터 다른 얘기는 아무것도 들을 수가 없었다.

인유에게 1억이란 숫자는 불가능과 동의어였고, 불가능과 직면한 사람이라면 보통 그러게 마련이었다.

애인인 현종에게 모든 것을 털어놓는다고 해서 불가능이 가능으로 바뀌지는 않았다. 인유도 그런 기대는 하지 않았다. 현종은 한동안 아무 말도 하지 못했다. 두 사람은 한쪽 벽이 모조리 유리로 되어 있어 거리 쪽으로 시야가 탁 트인 커피 전문점에 앉아 있었다. 인유의 얘기가 끝났을 때 현종은 마침 빨대로 아이스커피를 마시던 중이었다. 현종이 반쯤 입을 벌리자 빨대를 따라 올라가던 커피가 재빨리 컵 속으로 돌아갔다. 컵의 표면에 맺혔던 물방울이 현종의 손가락을 따라 힘없이 흘러내렸다.

인유는 얼마 뒤에 모조리 지워진다는 것을 알면서도 눈을 감지 못하고 그 모습을 억지로 바라보았다.

"내가 여기저기서 끌어 모은다고 해도 3천이 채 안 될 텐데."

현종이 말했다. 인유가 머리를 저었다.

"그러자고 얘기하는 거 아니야. 게다가 정말로 비용이 1억만 들 리가 없어. 어차피 내가, 우리가 감당할 수 있는 금액이 아니야."

현종이 어두운 표정으로 말했다.

"특수 질병에 해당되지는 않고? 그런 경우에는 사제 보험을 들지 않아도 혜택을 받을 수 있잖아?"

인유는 고개를 저었다. 가게 안에서 세련된 인테리어를 이루고 있는 장식품과 의자와 탁자들이 눈에 들어왔다. 인유는 곧 증발할 기억이 싫어서 일부러 눈을 감았다가 뜨고 현종을 보았다.

"알아봤어. 해당사항 없어."

"그럼…… 어떡하려고? 시력을 잃으면…… 나는 그게 어떤 건지 모르지만……."

인유는 현종이 하려는 말을 모조리 짐작할 수 있었다. 네가 꿈꾸던 디자이너 일은 영영 끝이잖아. 우선 그 회사에서 하고 있는 임시직 보조일도 그만둬야 하고. 아니, 그런 것보다 삶이 완전히 달라질 텐데 그 절망을 견뎌야 하잖아.

현종이 인유의 손을 잡았다. 인유는 그 손에서 빠져나와야 한다는 걸 알고 있었다. 소프트웨어가 지워지면 현종이 떠날 수도 있었다. 그러면 인유의 곁에는 아무도 남지 않았다. 하지만 잡고 싶었다. 결정을 내리는 건 어디까지나 현종인데도, 만약 현종이 떠나겠다고 하면 이를 악물고 보내주려고 생각하고 있음에도 그 손을 놓고 싶지 않았다.

인유는 손가락 하나하나에 힘을 주어 현종의 손을 움켜쥐었다. 난 그 절망이 뭔지 알고 있어. 한 번 빠져나왔는데, 그리고 잊었는데, 밤에도 암흑이 싫어서 불을 전부 켜놓고 자는데.

4년 전이라는 이름의 검고 숨 막히는 기억 속으로 돌아가라고? 싫어.

"게다가."

인유의 목이 점점 잠겼다.

"전역 업데이트가 있잖아."

전역 업데이트는 선택이 아니었다. 예정된 업데이트를 앞당길 수는 있어도 미룰 수는 없었다. 하루에도 수십 개씩 쏟아져 나오는 신체 해킹용 악성 소프트에 대처하기 위해서. 치료와 시술 목적으로 몸 안에 설치되어 있는 소프트웨어들을 최대한 신속하게, 설사 사용자가 바쁜 생활 때문에 잊더라도 자동으로 설치하기 위해서 누구나 일주일에 한 번씩, 일요일마다 강제로 업데이트를 해야 했다. 모든 사람이 무선망에 연결되어 있었으니 예외는 없었다. 시간은 일요일 밤 11시 55분부터 다음날 새벽 1시까지 1시간 5분 동안이었다.

오늘은 화요일이었다.

"눈-704도 이번 일요일에 지워진다는 거야? 시간이 닷새밖에 없다고?"

인유는 고개를 끄덕였다. 그녀는 현종의 얼굴이 창백해지고 입술이 바짝 마르는 것을 보았다.

현종은 탁자 모서리를 두 손으로 잡고 손톱이 하얘질 때까지 힘을 주었다.

"그럼 돈이 있더라도……."

"수술 순서를 당기는 데에 3천이 든다더라."

인유가 맥없이 웃었다. 현종은 따라 웃을 수가 없었다. 인유가 청천벽력 같은 삭제 소식을 처음 들었을 때처럼 현종도 눈동자를 이리지리 굴리면서 어딘가 빠져나갈 틈이 없는지 찾고 있었다.

현종이 말했다.

"사용자 동의도 없이 그렇게 중요한 소프트를 지울 순 없어. 뭔가 길이 있을 거라고. 인권 위원회 소프트웨어 부서에도 건의하고, 방송국에도 연락하고, 여론을 모아서 청원도 올려보자고. 아무리 저작권이나 특허가 중요하다지만 이건 다른 얘기잖아. 사람 목숨이 달린 경우에도 속수무책일 리가 없잖아."

인유는 간신히 호흡을 유지하며 최대한 감정을 싣지 않고 말했다.

"법에 따르면 업데이트로 심장, 폐, 뇌가 정지할 위험이 있는 경우 항의가 가능하대. 항의가 통과되면 딱 일주일 동안 업데이트를 연기할 수 있다더라. 문제는 그런 예외 사항이 인정된 사례가 단 한 번도 없다는 거야. 문제가 안 생겼을 리는 없지만… 현종 씨도 알잖아. 이 나라에서 소수는 기업 앞에 무력하다는 거. 게다가 난 그 세 가지 조건 어디에도 해당이 안 돼. 그리고 문제가 하나 더 있어. 눈-704는 시범시술이었어."

"시범…… 베타 버전이었다는 얘기야?"

현종은 세간에서 한창 시끄러운 '베타 버전 사기'의 사례들을 떠올렸다. 사람의 몸에 사용하는 소프트웨어는 유지보수가 특히 중요했다. 제작 업체들 중에는 그에 들어가는 비용을 줄이기 위해 소프트웨어를 베타 버전으로 제공하는 곳도 있었다. 현행법 상 베타 소프트웨어는 많은 의무를 피할 수 있었다.

"응. 나도 의사에게 얘기를 듣고 나서야 전자계약서를 다시 확인해봤어. 서명한 기억도 났고. '704는 베타 버전이므로 문제가 있다고 판단한 경우 사용자의 동의 없이 업데이트로 삭제할 수 있다'는 문구가 분명히 있었어. 하지만 704가 아니면 세상을 볼 방법이 없었기 때문에, 서명할 수밖에 없었어."

인유의 마음 속에서 죄책감이 점점 커지고 있었다. 상처를 입는 것도, 지금까지 보고 기억했던 세상 대부분을 잃어버릴 당사자도 자신이건만 입 밖에 내는 말 하나하나가 또 다른 사람을 아프게 만들고 있었다. 고통과 죄책감이 뒤엉킨 덩어리에 단단하고 날카로운 가시가 솟아 인유의 심장 속에서 굴러다니고 있었다.

인유는 단박에 칼을 휘둘러 그 가시들을 자르려는 듯 마지막으로 결심했다.

"그래서 사설 업체를 찾아갈 거야."

현종은 말뜻을 곧바로 이해하지 못했다. 그리고 뒤늦게 의미를 깨닫자 두 눈을 크게 떴다.

"그게 얼마나 위험한지 알잖아."

"알아. 그런데 다른 수가 있어?"

인유는 혼란한 마음을 최대한 다독거렸다. 지금 그녀가 사설 업체에 맡기려는 건 단순한 기계가 아니었다. 두뇌와, 그 속에 담긴 자신의 일부였다. 사설 업체가 얼마나 위험하고 그 부작용이 어떤 결과를 낳는지 경고하는 텔레비전 프로그램이 한 달이 멀다 하고 방송되고 있었다. 하지만 그토록 경고가 잦다는 건 그만큼 사설 업체가 많다는 뜻이기도 했다. 완전히 민영화된 의료 시스템이 발달한 의학기술을 제대로 뒷받침하지 못하고, 죽지 않아도 될 병에 걸린 사람들이 그만큼 많이 죽는다는 뜻이기도 했다.

"현종 씨, 난 4년 전이 어땠는지 또렷이 기억해. 정말로 들어내고 싶은 기억은 바로 그거야. 5일 동안 아무것도 안 하고 울기만 했다가는 다시 그리로 돌아가야 해. 그런데 사설 업체는? 적어도 그 결과는 정해지지 않았잖아. 긍정적인 결과가 나올 수도 있어. 난 뭐든지 해 보고 싶어. 가만히 앉아서 새까만 악몽으로 끌려 들어가긴 싫어. 정말이야. 그리고……"

인유가 현종을 똑바로 쳐다보았다. 현종은 인유의 몸이 가볍게 떨리는 것을 알아챘다.

"지금 이건 나 자신한테도 하는 말이야. 거울을 보고 혼자 중얼거릴 순 없 잖아. 아무것도 보이지 않는 검은 안개에 대고 말하는 건 싫어. 그러니까."

인유가 바짝 마른 혀를 억지로 움직였다.

"같이 가줘. 그 결과가 끔찍해서 현종 씨가 날 떠난다고 해도 아무 말 하 지 않을게. 내 앞에 뭐가 기다리고 있는지, 적어도 그건 같이 봐줘. 업데이 트가 되면 난 그 순간에 본 시각기억도 전부 잊게 돼. 하지만 현종 씨에게 는 남잖아. 그걸 같이 봐 줘."

인유는 눈을 감았다. 곧 기능을 상실할지도 모르는 눈이 뜨거워졌다. 인 유는 그 열기가 식을 때까지 기다렸다가 말했다.

"나 너무 이기적이지."

현종은 잠시 기다렸다가 그 말에 운을 맞추며 미소를 지었다.

"애인이란 건 원래 서로 악착같이 이기적으로 구는 거야."

그 사설 업체는 생각보다 밝고 넓었다. 그러면서도 발품을 팔고 입소문 을 더듬어보지 않고서는 찾기가 어려웠다. 인유와 현종은 업체의 입구에 서 잠시 주저하다가 결심을 하고 안으로 들어갔다.

40대 중반의 남자가 손등 화면과 두 개의 홀로그램 화면과 하나의 액정 화면을 번갈아 들여다보고 있었다. 현종이 헛기침을 하자 남자가 고개를 돌렸다.

"어떻게 오셨죠?"

"의료용 시술 소프트웨어에 문제가 생겨서요."

남자가 인유와 현종을 위아래로 훑어보고는 고갯짓으로 가게 안쪽을 가리켰다.

"들어가시죠."

인유와 현종은 좁은 통로에 놓인 의자에 나란히 앉았다. 남자는 차가운 자양강장제를 두 병 꺼내더니 하나는 자신이 갖고 다른 하나를 내밀었다.

"시술 상담을 받을 분이 어느 쪽이죠?"

인유가 살짝 손을 들자 남자는 음료수를 현종에게만 건넸다.

"혹시라도 지금 당장 시술을 하게 되면 카페인이나 당 농도가 영향을 줄 수도 있어서요."

남자는 인유에게 미안한 표정으로 말했다.

"자, 그럼 들어봅시다."

인유는 가능한 모든 것을 털어놓았다. 남자는 눈-704가 무엇인지 손등 화면에서 검색을 해 보더니 눈빛이 달라졌다. 인유에게 질문도 던졌다. 이야기가 끝나자 두 사람을 기다리도록 한 뒤 분주하게 조사를 시작했다. 30분이 지나자 인유와 현종은 이 남자가 자신들의 존재를 잊은 건 아닌지 의심했고, 업체를 잘못 찾았나 후회하기 시작했다.

그때 남자가 팔자걸음으로 두 사람에게 돌아왔다.

"마지막으로, 두 사람의 의료 기록을 전부 나한테 보내봐요. 아, 물론 이건 불법행위예요. 낯선 사람에게 의료 기록을 공개하지 말라는 얘기 잘 알죠? 이게 바로 그런 경우예요. 기록을 보내기 싫으면 돌아가시면 되고, 우리는 한 번도 본 적이 없는 사이가 되는 거예요."

인유는 우습게 보이지 않으려고 눈을 가늘게 뜨며 말했다.

"그런 각오는 당연히 하고 왔어요. 그런데 이 사람 기록은 왜요? 시술은 내가 받을 건데요?"

"그것도 나한테 맡겨줘야겠어요. 기록을 보고 확인할 게 있거든요. 물론 두 사람의 의료 기록은 일이 끝나면 지워요. 남자분 기록은 시술이 끝나면 바로, 여자분 기록은 혹시 모를 일에 대비해서 3개월 뒤에. 이 말을 믿고 안 믿고도 어디까지나 자유예요."

인유가 걱정스러운 눈빛으로 현종을 보자 현종은 애인을 안심시키려고 웃으면서 마주 보았다.

"기록을 받을 계정 주소나 알려주세요."

남자는 두 사람의 의료 기록을 받자 이번에는 그 자리에서 손등 화면만으로 몇 가지를 검사했다. 그리고 한숨을 크게 내쉬더니 이야기를 시작했다.

"정말 옛날 영화에나 나올 법한 얘기인데, 좋은 소식과 나쁜 소식이 있어요. 뭣부터 듣고 싶어요?"

인유는 얼른 답했다.

"나쁜 소식부터요."

남자는 조금도 시간을 지체하지 않았다.

"우선 병원에서 해준다던 시술을 여기서 하는 건 불가능해요."

인유와 현종은 누가 먼저랄 것도 없이 탄식을 내뱉었다. 두 사람의 몸에서 희망이 모두 새어 나갔다.

"기술적으로 불가능한 건 아니에요. 시간과 돈 때문이죠. 병원에서 1억 3천을 불렀다고 했죠? 우리가 똑같은 시술을 하면 9천 정도가 나와요."

남자는 거기까지만 말을 해놓고 두 사람의 눈치를 살폈다. 현종이 고개를 저었다. 남자가 말을 이었다.

"시간상으로도 불가능해요. 나쁜 소식을 먼저 말해달라고 해서 다행이었어요. 왜냐면 좋은 소식이 그리 좋지 않은 소식일 수도 있으니까요. 아마…… 병원에서는 절대로 해주지 않을 시술이기도 하고요. 업데이트가 오늘 밤이죠? 흐음, 거기 고객분은."

남자가 음료수를 한 모금 마시고 물었다.

"4년 전부터 지금까지 보아왔던 것을 모조리 잃는 것과 그 가운데 몇 가지라도 건질 수 있는 길 중에서 어느 쪽을 택하겠어요?"

"몇 가지라도 건진다는 건 무슨……"

"이를테면, 어디까지나 설명의 편의를 위해서 예를 드는 건데요. 고객께서 여기 있는 이 종이의 생김새는 잊고 싶지 않다고 하면 보존할 수 있다는 거예요. 물론 그 수에는 제약이 있고, 한계가 어느 정도일지는 시술에 들어가 봐야 알 수 있어요. 단, 아주 중요한 사실이 하나 있는데 말이죠."

"그 '중요하다'는 건 좋은 소식인가요, 나쁜 소식인가요?"

인유가 물었다.

"부작용이 있어요. 영구적인 건 아니지만요. 어쩌면 그 부작용 때문에 4년 전보다 더 먼 옛날로 돌아가야 할지도 몰라요. 그리고 그 영향은, 전적으로 고객분께서 어떤 시각기억을 보존하는지에 달려 있어요."

인유가 침으로 입술을 적시고 말했다.

"어떤 부작용인지 분명하게 말해주세요."

남자는 눈-704의 원리에 대해, 시각 기억에 대해, 부작용의 정체에 대해 말했다. 이해는 어렵지 않았다. 어려운 건 결심과 결정이었다. 그리고 도와줄 사람이 필요했다. 인유는 결정을 내렸고, 현종은 도와주겠다고 말했다. 두 사람은 손을 꼭 쥐고 시술해달라고 말했다.

남자는 보일 듯 말 듯 미소를 지었다.

"준비에 30분 정도 걸려요. 치료가 끝나면 업데이트가 되고 눈-704가 삭제될 때까지 머릿속이 뒤죽박죽이 될 텐데, 그때까지라도 세상을 '보고'

싶으면 돌아다니다가 와요."

인유는 잠시 망설이다가 고개를 저었다. 그리고 물었다.

"병원에서는 왜 이런 걸 알려주지 않았을까요?"

남자는 등을 돌리고 각종 소프트웨어들을 조작하면서 씁쓸하게 말했다.

"기억 편집이 불법이기 때문이에요. 편집과 보존의 경계가 어디까지인지는 모르겠지만…… 그리고 이렇게 불확실한 임시 방편은 의료비를 할당할 수 없기 때문이에요."

남자는 그 이상은 얘기하지 않았다. 현종과 인유는 남자의 예전 직업이 무언지 짐작했지만 확인할 방법은 없었다.

전역 업데이트는 폭풍처럼 왔다가 황사처럼 지나갔다.

인유는 현종의 손을 잡고 나란히 누워서, 집 안의 모든 불을 켜놓은 채 업데이트를 받았다. 인유가 4년 동안 보아왔던 사물과 사건과 장면과 영상과 일상과 세계가 폭풍 속에서 찢어지고, 부서지고, 해체되고, 맞부딪히다가 노랗고 따갑고 불투명한 황사에 휩쓸려 사라졌다. 황사는 위나 아래나 옆으로 흐르지 않고 인유의 뇌에 있는 브로카 영역과 베르니케 영역을 세척하다가 지워졌다. 그리고 인공 망막과 시각연합겉질을 연결해주는 소프트웨어가 남아 있지 않았기 때문에 인유는 더 이상 아무것도 볼 수가 없었다. 그녀의 눈 앞과 사방을 이루고 있는 것은 먹물처럼 진하고 무한히 튼튼한 어둠뿐이었다.

그래도 4년 전과는 달랐다. 인유에게는 시각 기억이 남았다. 그 기억들은 현종의 것이었기 때문에 두 사람의 것이었고 이제 인유의 것이기도 했다.

"눈-704는 언어의 기억공간을 빌려서 시각 기억을 저장하는 소프트웨어예요. 물론 이건 본래 언어와 시각의 기억이 완전히 별개는 아니라서 가능한 일이죠. 하지만 완전히 같은 것도 아니기 때문에 소프트웨어로 흉내를 내고 연결했던 거예요. 업데이트를 하면 그 연결이 끊어지고, 고객분이 본 건 하나도 남지 않아요."

그래서 남자는 인유와 현종의 뇌를 연결시킨 다음 인유에게 원하는 시각 기억을 고르라고 했다.

'바다.' 인유가 맨 처음 고른 것은 바다였다. 남자가 만든 시술 소프트는 현종의 시각 기억에 남아 있는 바다의 모습을 골라 다시는 지워지지 않을 인유의 언어저장소에 덮어 씌웠다.

'태양.' 현종이 본 온갖 태양들이 인유가 알고 있는 태양 위에 내려앉았다.

숲. 지구. 밤하늘. 안개꽃. 용암. 다리. 산. 불꽃놀이. 촛불…….

불꽃놀이가 한계였다. 그렇게 인유는 바다가 어떻게 생겼는지 기억했지만 바다라는 개념을 말로 설명할 수 없었다. 태양의 모양새를 떠올릴 수 있었지만 묘사할 수 없었다. 그게 바로 부작용이었다.

인유는 현종을 고르지 않았다. 현종의 모습보다는 현종이라는 사람이 소중했기 때문에. 인유는 인유를 고를 수 없었다. 자신의 외모를 잊을 수는 있어도 외모를 제외한 자신을 잃고 싶지 않았기 때문에.

그렇게 인유의 시각 기억은 지워진 것과 현종의 시각 기억으로 나뉘었다. 그리고 지워진 공간에는 암흑이 가득히, 추호의 빈틈도 없이 들이찼다.

"새로 배우세요. 남자분이 도와주면 돼요. 여자분이 잃은 것과 남긴 게 뭔지 알고 있으니까요. 언어와 개념을 익히면 언젠가는, 그게 언제가 될지는 몰라도 시각 기억과 하나가 될 거예요."

남자는 그렇게 알려주었다. 남자의 그 말은 조금의 손실도 없이 인유와 현종의 뇌에 보존되었다.

두 사람은 업데이트가 완전히 지나간 뒤에 마주잡은 손에 더욱 힘을 주었다. 그 손으로 전달되는 것은 눈으로 볼 수도 없고 언어로 실을 수도 없었으므로 그 뒤로 언제까지고 업데이트의 영향을 받지 않았다.

김창규

2005년 과학기술창작문예 중편 부문 당선. 2014 SF어워드 단편 부문 최우수상. SF 창작 단편집 《독재자》
《백만 광년의 고독》《목격담, UFO는 어디서 오는가》 등 참여. 《뉴로맨서》 등 SF와 교양과학서를 다수 번역
했고 SF 창작 관련 강의도 하고 있다.
　＊이 작품은 과학동아 2013년 4월호에 수록된 작품이다. 근미래 배경의 이야기로 같은 세계를 공유하는 작품
　〈뇌수腦樹〉가 국립과천과학관에서 출간한 단편집 《원더랜드》에 수록되어 있다.

● 제1회 SF어워드 소설 부분 수상작

지하실의 여신들

/ 정세호

단편집 ' 대전' 및 대전정보문화산업진흥원 지원 작

1

저를 돌봐 준 여자가 있습니다.

내게 해준 모든 일들에 대해, 진심을 담아 감사를 표하고 싶습니다.

그러기 위해서는 일단 그녀를 찾아야 합니다. 쉽지 않겠지만 말이죠.

당신께 그녀에 관한 이야기를 들려드리고 싶군요. 말하기도 듣기도 괴로운 부분이 있겠습니다만, 서로에게 꼭 필요한 일이니 모쪼록 들어주셨으면 좋겠습니다. 다소 두서가 없을지도 모르겠네요. 조금 불편하시더라도 이해해주시기를.

저는 몸이 좋지 않았습니다.

다른 사람의 도움 없이는 움직이지도, 말하지도 못했습니다. 살아 있는 식물이나 마찬가지였죠.

자신에 대한 기억도 없었습니다. 이름, 출신, 아무것도요. 기억을 찾은 지금도 가끔 혼란스럽습니다. 기억을 되찾았다는 사실만으로 과거의 나와 지금의 나를 같은 사람이라고 할 수 있을까요? 그 둘은 전혀 다른 존재가 되지 않았나 하는 생각을 가끔 합니다.

아, 미안해요. 상관없는 이야기를 떠들어버렸네요. 어느 날 눈을 떴을 때, 손가락 하나 움직이지 않는 데다 자신이 어떤 사람인지 기억조차 나지 않는 경험을 하고 나면 아무나 붙잡고 이런 질문을 던지고 싶어진답니다. 당신이라면 이해해주시리라 믿어요.

사실 질문하는 입장에서도 그다지 유쾌한 기분은 아닙니다. 이후로도 오랫동안, 이런 생각을 하게 될 수밖에 없는 경험을 해왔거든요. 저와 비슷한 일을 겪은 사람이 있을까요? 만약 있다면, 그 사람보다는 제가 운이 좋았을지도 모르겠네요. 눈을 떴을 때 그녀가 옆에 있었거든요.

깨어나기 전 – 아니, 태어나기 전이라고 해야겠네요. 당시의 전 몸집만 큰 태아와 같은 존재였으니까요. 그래요. 태어나기 전, 저는 꿈을 꾸었습니다. 생생했지만 실제와 같은 질감은 아니었어요. 공기와 색, 냄새 하나하나는 분명히 느껴졌지만 각각의 감각이 너무 강하다 보니 전체를 파악하기 힘들었지요. 채도와 명도가 극단적으로 강조된 그림과 비슷하다고 할까요. 이해하기 어려우실지도 모르겠지만 더 나은 설명이 떠오르질 않는군요.

처음에는 다투는 소리가 들려요. 흐릿하게 깜박이는 형광등 아래, 사방에 흰 타일이 깔려 있는 방입니다. 처음 보는 데 왠지 익숙한 기계들이 가득한, 실험실이나 수술실 같은 장소에요. 한쪽 벽에는 사람도 들어갈 수 있을 만큼 큼직한 서랍이 붙은 금속제 벽장이 보였죠. 시체 보관용 냉장고였어요.

약품들이 보관된 수납장도 보입니다. 방의 한가운데에는 수술대나 해부대로 보이는 테이블 위에 창백해 보이는 여자가 한 명 누워 있어요. 왜인지 사지가 가죽 벨트로 묶여 있죠. 저는 그녀를 알지만 정확히는 기억이 나지 않아요. 테이블 옆에는 두 남녀가 서서 다투는 중입니다. 남자는 테이블 위에 누운 여자를 가리키며 맞은편에 선 여자를 향해 고함을 치죠. 그들 역시 친숙하게 느껴지지만 얼굴이 보이지 않아요. 한참 소리를 지르던 남자가 등을 돌리고 떠나려 합니다. 여자는 남자를 부르며 뒤를 따라가요. 얼굴은 흐릿해도 그 눈만은 기억이 납니다. 뭔가를 결심한, 무서운 눈빛이에요. 꿈속의 시야를 벗어난 어디선가, 조금 더 다투는 소리가 나더니 외마디 비명이 울리곤 곧 조용해집니다. 소름끼칠 정도로 조용한 정적⋯⋯ 그리고 저는 깨어났어요.

탄생의 기억은 그리 유쾌하지 못했습니다만, 그래도 처음 본 세상에는 천사가 있었습니다. 아름다운 여자였지요. 당신도 곧 그녀를 알게 될 겁니다.

그녀의 이름은 르네. 르네 소렐이에요. 예쁜 이름이지요? 그녀는 프랑스 이민자의 딸입니다. 화물선의 선장이었던 그녀의 아버지는 대공황과 2차 대전의 기억을 생생하게 간직하고 있었고, 스스로의 경험에 비추어 미국에서의 삶이 딸의 인생에 더 나은 미래를 보장해주리라 생각해 이민을 결심했다더군요.

막 눈을 떴을 때, 그녀의 웃는 얼굴이 보였어요. 잠에서 덜 깬 아이처럼 정신이 없었지만 그 웃음만은 확실히 기억합니다. 세상을 빛으로 채우는 듯한 환한 미소였어요.

르네는 저를 보살펴줬습니다. 맑은 날이면 함께 산책을 나가기도 했지요. 르네의 집은 흰색으로 칠해진 2층짜리 목조 주택으로, 사람이 많지 않은 교외에 있었던지라 언제나 한적하고 조용했어요. 집에서 10분 정도 거리엔 걷기 좋은 느릅나무 숲도 있었죠. 작년 봄엔 자주 숲으로 산책을 나갔어요. 아침에 창문을 열어 보고 하늘이 맑으면 그녀는 웃으며 제게 말하곤 했습니다.

'샘^{Sam} 그녀는 저를 샘이라고 불렀습니다, 오늘도 닐이 좋네. 오후엔 숲

216

에 나가 볼까?'

그러면 저는 좋다는 의미로 두 번 눈을 깜빡거렸습니다. 제게 가능한 하나뿐인 의사표현 방법이었지요. 날씨가 흐리거나 비가 오는 날에는 책을 읽어줬습니다. 주로 길지 않으면서도 흥미진진한 단편들이었어요. 너무 높지도, 낮지도 않은 억양의 목소리가 행간을 타고 내려올 때면 황홀하기까지 했죠.

깨어났을 때의 날짜를 정확히 기억하진 못하지만, 대략 초봄 무렵이었을 겁니다. 달력 읽기가 가능할 만큼 시력이 회복된 시기가 4월 중순이었거든요. 그전까지 정신이 온전치 못했던 기간은 약 한 달 정도. 그동안에는 캄캄한 동굴 속에서 앞사람이 든 횃불만 쳐다보고 걷는 기분이었죠. 잠을 잘 때는 어김없이 깨어날 때의 꿈을 꿨어요. 무겁게 가라앉은 실험실의 공기가 피부에 닿는 감촉이 생생하게 느껴졌지요. 테이블 위의 여자, 꿈속에서 그녀를 볼 때마다 저는 무척 슬펐습니다. 이유는 알 수 없지만 깨고 나면 저도 모르게 울곤 했죠. 약품 냄새, 싸우는 남녀, 고함 소리. 전부 싫었지만 가장 끔찍한 건 비명소리 후에 내려앉는 침묵이었어요. 영원히 계속될 것만 같은 둔탁한 침묵.

그렇게 악몽에 시달리다 잠에서 깨면 눈앞에는 이지러진 세상뿐이었습니다. 열화된 필름의 영상과도 비슷한, 흐릿하고 구분하기 힘든 이미지들…… 때로는 만화경 내부처럼 어지럽게 흔들리다가, 광각 렌즈를 통해 보는 광경처럼 굴절되거나 찌부러져 보이기도 했죠. 하지만 신기하게도 르네만은 또렷하게 보이더군요. 눈부신 금발, 하얀 피부……. 제 기분을 아시겠어요? 이런 일방적인 찬양이 이상하게 들리실지 모르겠지만, 악몽과 뭉개진 세계의 틈 사이에 끼어 있던 저에게 그녀는 구세주나 마찬가지였어요.

르네의 보살핌 덕인지 상태는 빠르게 좋아져 갔습니다. 뒤죽박죽이던 세상이 점점 정돈되어 보였지요. 어질러진 방의 물건들이 스스로 제자리를 되찾아가는 듯했어요. 꼭 마법처럼 말예요.

르네는 의사였습니다. 제 병간호와 더불어 약을 제조하고, 주사를 놓고, 정기적으로 진찰을 했어요. 보통 의사들은 간호사를 두기 마련이지만 르네는 그 모든 일들을 스스로 했죠. 제 몸이 이렇게 비쩍 말라서 다행이지, 만약 뚱뚱하기라도 했다면 감당하기 힘들었을 겁니다. 저는 손가락 하나 까딱하지 못했으니까요. 그런 인간을 씻기고, 옷을 갈아입히고, 침대에 눕히고, 치료하고…… 힘든 일이죠. 빨리 낫고 싶었습니다. 다행히 아까 말씀드렸듯 4월 말에는 세상이 또렷이 보였고 5월 초에는 손가락 끝을 조금씩 움직이게 되었습니다. 상태는 호전되어 갔지만 좀처럼 낫지 않는 증상도 있었죠.

때때로 잠은 불시에, 기절하듯 찾아왔습니다. 아무 때나 갑자기 잠드는 일이 많았죠. 비열한 악마가 제 뒤통수를 때려 기절시키는 느낌이었어요. 때로는 영영 깨어나지 못할 것만 같은 기분에 두려워 떨었지요. 잠들면 변함없이 악몽을 꾸었고, 깨어나면 뱃속이나 가슴께가 심하게 쑤시고 아팠습니다. 통증이 오래 가지는 않았지만 가끔 반나절 넘도록 지속되기도 했어요. 너무 아파 끙끙대며 앓는 소리를 내면, 르네는 걱정스런 눈빛으로 저를 간호해주었습니다. 그녀도 이유를 알아내고 싶었는지, 잠에서 깨고 나면 이런저런 검사나 진찰을 했었지요. 때로는 주사도 놓았고요.

다행인 것은 르네와 좋은 시간을 보낼 때는 갑자기 잠들거나 하는 일이 그리 많지 않았다는 점입니다. 책 읽어주는 소리를 듣다 저도 모르게 존 적은 있지만요.

지금 와서 이런 말을 하면 이상하게 들리실지 모르지만, 서는 그녀가 어떤 사람인지에 대해 잘 몰랐습니다. 얘기해주지 않았으니까요. 처음에는 말을 할 수 없으니 물어보지 못했고, 의사 표시가 가능하게 된 후에는 일부러 묻지 않았어요. 그녀가 자신에 대해 말하길 원치 않는다는 사실을 알았기 때문이죠. 왜 나를 이렇게 정성스레 돌봐주는지, 내가 어떤 사람이었는지에 대한 질문은 해봤어요. 어떤 의료기관으로부터 위탁받은 일이라는 대답 외에는 더 이야기해주지 않더군요. 제 병이 희귀한 질병이라 진료 겸 연구를 하며 정기적으로 지원금을 받는다고 했습니다. 뭔가 다른 일을 하는지 종종 집을 비우곤 했지만요(거기에 대해서도 별로 말하고 싶지 않은 눈치였습니다). 환자 개인 신상에 대한 정보는 전달받지 못했다고도 들었고요.

여름이 깊어갈 무렵엔 제 손으로 휠체어를 끌고 다녔습니다. 제힘으로 가고 싶은 곳에 갈 수 있다는 사실이 얼마나 기뻤는지 몰라요. 조금이나마 집안일을 거들 수 있는 점도 기분 좋았습니다. 거기다 발끝이 조금씩 움직이니 언젠가 휠체어를 벗어나게 되리라는 희망도 생겼지요.

제가 집 안을 돌아다니게 되고부터 르네는 조금 걱정스러워 하는 눈치였습니다. 현관문 앞의 2층으로 가는 계단에는 지하로 통하는 계단 입구도 있었는데, 어디에 쓰는 곳인가 싶어 아래를 내려다볼라치면 르네는 질색했습니다. 가파르고 위험하니 가까이 다가가지 말라고요. 예전에는 지하층에 있던 손님용 방과 세탁실, 부속실을 사용했었지만, 제가 오기 전 집을 개축해서 지금은 창고용도 이외로는 사용하지 않는다더군요. 가파르긴 했지만 슬쩍만 봐도 싫어하니 좀 이상했어요. 계단 중간에 붙은 덧문이 단단히 잠겨 있어 심하게 굴러떨어질 일도 없었는데 말이죠. 그래도 한편으로는 기뻤습니다. 그녀가 나를 소중하게 여긴다는 증거였으니까요. 저 같아도 혼수상태에 전신마비였던 환자가 신나서 돌아다니기 시작한다면 기쁜 동시에 걱정이 되겠지 싶었어요. 아래를 내려다보다가 또 잠이라도 들어버리면 넘어지지 말라는 보장도 없으니까요.

시간이 흘렀습니다. 작년 여름은 최고였어요. 우리는 봄보다 많은 곳을 다녔고, 여러 일들을 함께 했지요. 처음 시내에 나갔을 때는 정말 좋았어요. 외출은 일종의 모험이었습니다. 많이 좋아졌지만 환자는 환자였으니까요. 피부색도 그렇고, 장시간 직사광선에 피부를 노출시키면 별로 좋지 않다고 해서 한여름에 온몸을 꽁꽁 싸매고 나가야 했죠. 그래도 상관없긴 했어요. 저는 땀을 별로 흘리지 않거든요. 그리 덥지도 않았고요.

온도를 제대로 느끼지 못하는 점은 제 병리 사항 중 하나였습니다. 원인은 불명이었어요. 여름 나기에는 좋지만 정상은 아니죠. 그래도 즐기는 데는 무리가 없었어요. 밖에만 나가면 묘하게 배가 고파져서, 이것저것 먹기도 많이 먹었습니다. 이상할 정도로 허기가 졌어요. 세상 전체가 식욕을 자극하는 냄새로 꽉 찬 느낌이라고 할까, 왜인지 사람이 많은 곳으로 갈수록 더 배가 고팠죠. 르네는 너무 즐거워 식욕도 두 배가 되었냐며 웃었어요. 부끄러웠지만 어쩔 수 없었습니다. 어쨌든 그날은 정말 즐거웠어요.

가을이 무르익을 무렵, 전 일어나 걷게 되었습니다. 뛸 수도 있었죠. 기뻤어요. 르네와 손을 맞잡고 팔짝거리며 좋아했지요. 그녀는 예전부터 제 회복속도를 놀라워했지만, 그래도 이렇게까지 빨리 일어나게 되리라고는 예상하지 못했나 봅니다. 르네는 제 회복의지를 높이 샀지만, 역시 그녀의 치료가 훌륭한 덕분이었죠. 아니, 훌륭하다는 말만으로는 표현이 안 돼요. 천재이기에 가능한 일이지 않을까요.

행복했습니다. 믿기지 않을 정도로요. 생각해보세요. 얼마나 오랫동안 혼수상태였는지는 몰라도, 불쾌한 꿈과 함께 눈을 뜨니 세상은 온통 일그러져 보이고 손가락 하나 마음대로 움직이지 못했죠. 자신이 누구인지조차 기억나지 않았고요. 그 나락 끝에서 르네가 손을 내밀어줬어요. 서에게는 신이나 마찬가지였죠. 그녀와의 생활은 여신과 함께 하는 시간이었고요. 그 행복이 계속될 거라 믿었어요. 여신과 함께 하는, 기적과도 같은 하루하루가요.

그렇게…… 계속 함께 했다면 좋았을 텐데.

모든 것은 변하는 법이죠. 압니다. 그래도 받아들이기 힘들었어요.

2

매사추세츠의 겨울은 길고 춥지요. 작년 겨울의 첫눈은 일찍, 풍성하게 내렸습니다. 10월의 마지막 주-눈 속에서 사방이 고요하던 아침, 그녀는 새로운 환자를 돌보기 시작했습니다.

그는 아무렇지도 않게 집에 들어와 있었습니다. 르네는 웃으며 말했어요.

'새로운 환자를 위탁받았어. 이제 우리 둘이서 이 분을 돌봐주게 될 거야. 네가 그랬듯이 이 사람도 다시 일어나서 걷게 하고 싶어. 도와줄 거지?'

어떻게 거절하겠어요? 하지만 싫었습니다. 죽도록 싫었습니다. 돌봐주고 싶지 않았어요. 환자를 돌보기 힘들어서가 아니었습니다. 우리 둘 사이에 다른 누군가가 끼어드는 상황이 싫었을 뿐이에요. 저는 두려웠습니다. 르네와 마주 보고 이야기를 나누던 벽난로 앞 안락의자에 쭈그리고 앉은 저 남자가 그녀의 미소를 독차지하게 될까 봐 걱정스러웠지요. 하지만 돕겠다고 대답했습니다. 전혀 싫은 티를 내지 않았어요.

르네는 그를 램이라고 불렀습니다. 저와 비슷한 증세를 가진 환자였고, 역시나 말을 할 수 없던 처지라 본인 입에서 들은 이름은 아니죠. 전 가끔 그가 시체 같다고 생각했습니다. 개구리 올챙이적 생각 못 하는 격이긴 하죠. 비웃으셔도 됩니다. 하지만 저도 제 자신을 시체나 다름없다 생각하곤 했으니 불공평한 건 아니에요.

그는 저와 비슷하면서도 다른 데가 있었는데, 추위에 약하다는 점이 그 중 하나였죠. 조금만 온도가 떨어져도 벌벌 떨곤 했어요. 이 지역은 겨울에 꽤 추워지는 편이니 그에게는 별로 좋은 환경이 아니었지요. 저는 여름만큼이나 겨울에도 별로 불편하지 않습니다. 한겨울에 반팔, 반바지 차림으로 돌아다녀도 상관없죠. 가끔 추위나 더위가 어떤 감각이었는지 기억이 가물가물하기도 해요. 그래도 옷은 제대로 챙겨 입었습니다. 추운 날씨에 얇게 입고 돌아다니다 보면 르네가 잔소리를 했거든요.

여하튼, 램은 집 안에서도 두꺼운 옷은 물론이고 담요, 숄, 목도리 등으로 중무장을 하고 지냈습니다. 씻기기 힘들었어요. 다 벗겼다가 다시 입혀야 되니까. 욕실 온도도 신경 써야 했죠. 뜨거운 물을 틀어놓은 후 욕실 안이 충분히 더워진 다음 들어가야 했어요.

그 외에 몇 가지 소소한 차이점을 제외하고는 램은 저와 놀랄 정도로 닮은 환자였습니다. 지금도 그의 외모가 기억나요. 비정상적으로 희고 창백한 피부와 짧고 가느다란 금발. 처음엔 엷은 푸른색에 가까운 피부였습니다. 예, 보시다시피, 좀 더 짙긴 하지만 제 피부도 그런 색을 하고 있죠. 저와 비슷한 병을 가진 램을 볼 때마다 ─ 얼굴을 휘감은 모자와 목도리 사이로 멍하니 뜬 눈동자를 바라볼 때마다 그가 점점 더 미워졌습니다.

겨울이 깊어가면서 램의 증세는 조금씩 나아졌습니다만 순조롭다고 하기는 힘들었습니다. 12월 중순이 다 되도록 손끝을 까딱거리고 고개를 돌리는 정도밖엔 할 수 없었어요. 어쩌면 날씨 때문일지 모른다고 르네에게 말해봤지만(그 무렵 전 수화를 배웠습니다) 그렇지는 않다고 대답하더군요. 겉보기에 차도가 느려 보일지는 몰라도 그의 경우는 이 정도가 정상적인 경과라고 했어요. 오히려 저를 더 걱정할 정도였습니다. 처음에는 그 이유를 몰랐지만 오래지 않아 깨닫게 되었죠. 램의 혈색이 점점 더 좋아지기 시작했으니까요.

제 몰골은 사람이라기보다 인형 같지요. 푸르스름한 피부와 온도를 감지하지 못하는 몸. 제가 아직까지도 이런 상태인 데 비해서 그는 일찌감치 피부에 생기가 돌았습니다. 움직이지 못하는 그가, 걷고 뛰는 저보다 더 사람다워 보였죠. 르네는 램에게 차도가 있자 무척 기뻐했습니다. 다시 움직일 수 있게 되었을 때의, 오로지 저만이 볼 수 있으리라 생각했던 미소를…… 그에게…… 보여주었어요.

제 마음만 제외하면, 썩 나쁘지 않은 겨울이었습니다. 하지만 르네의 경우…… 끝까지 그렇지는 못 했습니다.

어느 날부턴가 그녀는 초조해하기 시작했습니다. 작은 소리에도 민감해지고 혼자 나서는 외출이 잦아졌습니다. 제가 몸을 움직이는 데 무리가 없고, 간단한 진료가 가능하니 마음 놓고 램을 맡겼을 테죠. 어디론가 자주 통화를 하고, 웬 문서를 잔뜩 쌓아놓고 읽기도 했어요. 슬쩍 넘겨다보니 토지 매각에 관련된 서류나 주택 카탈로그 등의 문서들이더군요. 그것을 보고부터 저도 불안해졌습니다. 집을 옮긴다니, 상상하기 힘들었죠. 추억이 많은 곳이니까요. 떠나기 싫었습니다. 전 불안함을 견디다 못해 르네가 외출한 사이 몰래 2층 서재를 뒤져 보았습니다. 서재는 르네의 개인 공간으로, 거기만큼은 편하게 어지르고 싶다며 출입을 자제해달라고 했지요. 그녀의 부탁을 무시하기 싫었지만 어쩔 수 없었습니다. 그곳에서 제가 이미 봤던 것들보다 몇 배는 더 불안한 서류들을 찾아냈어요. 가짜 여권이나 신분증 등의 제작에 필요한 서류 및 대금에 관한 정보가 명시된 문서였습니다. 예상이 확신으로 바뀌는 순간이었죠. 거기에 더해, 잘 알 수는 없지만 상당히 수상쩍어 보이는 약품 몇 종에 대한 거래 계약서 사본도 찾아내었습니다. 처음엔 구매 계약서인가 싶었지만, 판매자는 르네 본인이었습니다. 뒤진 흔적이 남지 않도록 꼼꼼히 뒷정리를 하고 서재를 나온 후에도 불편한 감정은 쉽게 없어지지 않았습니다.

가끔 안색이 안 좋은데 무슨 일이 있느냐고 에둘러 르네에게 물어보긴 했습니다만 개인적인 걱정거리라며 대충 얼버무리더군요. 괜찮아질 거라고, 옛날처럼 좋아질 거라고 혼잣말처럼 중얼거리곤 했죠. 하지만 상황은 나빠져만 갔어요. 전처럼 많이 웃지 않았고, 하루 종일 밖에 있다가는 한참을 서재에 처박히기도 했습니다.

참다못해 대화를 시도했습니다. 혼자 고민하지 말고 무슨 일인지 말해달라고요. 하지만 끝까지 알려주지 않았어요. 염려하게 만들어 미안하다며 웃어줬지만 예전의 깨끗한 웃음은 아니었습니다. 걱정과 근심이 가득한, 창백한 미소였죠.

우리의 빛나는 일상이 서서히 무너져 가는 것 같아 불안했습니다. 동시에 화가 났어요. 그녀를 괴롭게 만드는 원인을 찾아내 없애고 싶었지만 그게 뭔지 알 길이 없어 갑갑하고 짜증이 났죠. 잠깐이었지만 혼자서만 고민하는 르네를 원망하기도 했어요. 저 자신에게 놀라 그런 생각을 한 사실을 잊으려 노력하긴 했지만요. 대신 저의 분노는 다른 대상을 찾았습니다. 램이었죠.

그를 원망하는 마음은 커져만 갔습니다. 그가 나타나고부터 뭔가 어긋나기 시작했다는 생각을 떨치기 힘들었어요. 물론 그는 손 하나 까딱 할 수 없는 처지니 불합리한 원망이었죠. 하지만 사람이 언제나 제정신으로 살수는 없기 마련이에요.

3

며칠째 흐렸지만 그날은 유난히 구름이 많이 끼었습니다. 르네는 아침부터 전화를 한 통 받은 뒤 눈에 띄게 안절부절못했어요. 달래주고 싶었지만 어떻게 해야 좋을지 모르겠더군요. 일단은 아침 준비를 하자고 생각했어요. 하지만 그게 화근이었습니다. 그녀의 기분을 조금이나마 좋게 해주고 싶어 좋은 접시를 꺼내려 했지만, 손이 미끄러져 깨뜨리고 말았어요. 르네가 꽤 아끼는 접시였지요.

그녀는 처음으로 제게 화를 냈습니다. 미친 듯이 악다구니를 썼어요. 저 때문에 힘들고, 모든 일이 엉망진창이며, 아무도 자신을 이해하지 못한다고 소리를 질러댔죠. 내가 왜 이렇게 불행해야 하느냐고, 힘들여 이뤄낸 일들이 뭣 때문에 이런 식으로 보상받아야 하느냐고요.

전 당황했습니다. 당혹감으로 가슴은 터져나갈 듯했고, 머릿속은 어떻게 하면 르네를 달랠 수 있을지에 대한 생각으로 꽉 찼죠. 온갖 짓을 다 해봤지만 소용이 없었어요. 그녀는 결국 울기 시작했습니다. 우는 내내 자신의 운명을 저주하면서요. 반복해서 지금의 불행을 이해 못 하겠다고, 이런 일을 당하고 싶지 않으며 당해서도 안 된다고 말했어요. 그러다…… 갑자기 옷을 챙겨 입더니만 밖으로 나갔습니다. 밤이 늦어서야 올 테니 기다리지 말고 먼저 자라는 말만 남기고요.

아무도 없는 거실에서 한참을 멍하니 서 있었습니다. 방금 전에 일어난 일을 믿기 힘들었죠. 차라리 악몽이라고 생각하고 싶었지만 등 뒤엔 여전히 깨진 접시 조각이 널려 있었어요. 전 생각했습니다. 어떻게 이런 일이 생길 수 있지? 접시를 깨뜨리긴 했지만, 이렇게 비참해질 정도의 실수는 아니잖아. 분명 뭔가 잘못된 거야. 이건 내 잘못 때문이 아니야. 그렇게 몇 번이고 되뇌며 서 있었습니다. 시간이 얼마나 지났을까, 갑자기 목소리가 들려왔어요. 쥐어짜 내뱉는 듯, 힘에 겨운 목소리였죠.

'샘.'

누군가가 제 이름을 부르고 있었습니다.

전 부엌을 나와 거실로 향했습니다. 그곳에는 한 사람밖에 없었습니다. 램이었죠. 그때까지도 전 말을 하지 못했습니다. 몸은 움직이지 못했지만 저보다 먼저 원래의 피부색을 되찾았으며 말도 더 빨리 시작한 겁니다.

거실로 나간 이후에도 한참을 선 채 가만히 있었습니다. 벽난로의 불꽃만이 흔들리는 어두운 거실 안에서, 헝겊 더미에 둘둘 싸인 채 앉은 램의 뒷모습은 마치 붉은 빛을 띤 괴물의 불길한 실루엣처럼 보였습니다.

다시 한 번 목소리가 들려왔습니다. 이번엔 조금 더 길게 끌리는, 불분명한 발음이었습니다.

'새앰'

그때 제가 해야 할 일을 깨달았습니다. 이 모든 문제의 원인. 당장 제거해야 할 잘못된 '뭔가'를요. 바로 눈앞에 있었지요! 격렬한 분노가 치밀어 올랐습니다. 스스로를 통제할 능력을 상실한 상태였지만, 왜인지 저는 평소와 다름없는 걸음걸이로 벽난로 앞에 다가가 그의 앞에 섰습니다.

목도리와 모자 틈으로 회색 눈동자가 보였습니다. 그의 모자를 벗기고 숄을 풀자 멍한 표정을 한 백인 남자의 얼굴이 보였습니다. 비쩍 마르고, 이발을 한 지 좀 되어 머리가 약간 자랐지만 보기 흉할 정도는 아니었습니다. 그는 인간이었습니다.

저는 램의 목을 향해 천천히 양손을 내밀었습니다. 망설임 없이, 느리지만 확실하게. 그의 목을 잡자마자 바로 숨통을 조일 생각이었지만 그러지 못했습니다. 목이 손끝에 닿았을 때의 뜨거움에 놀랐기 때문입니다.

그때, 그는 다시 말했습니다.

'사만다^{Samantha}.'

그곳에 살던 누구의 이름도 아니었습니다만, 이상하게도 익숙하게 들렸습니다. 이름 자체도 그렇지만 이름을 말하는 램의 목소리가 낯설지 않았습니다.

갑자기 지독한 두통이 엄습해왔습니다. 머릿속에 꼬챙이를 쑤셔 넣은 듯 날카롭게 찌르는 통증이었지요. 전 비명을 지르며 머리를 붙잡고 램의 발치에 쓰러졌습니다. 격통이 저를 잡아 찢는 기분이었죠. 통증이 절정에 달할 무렵, 몇 가지 기억들이 의식의 표면 위로 떠올랐습니다. 물속에 던져 넣은 빈 상자가 다시 떠오르는 듯 자연스럽게, 조용히 말이죠.

얼마나 지났을까, 통증은 멈췄습니다만 정신을 차리는 데는 시간이 걸렸습니다. 쓰러진 채 기억 속에 새로 나타난 장면들을 무의식 중에 되감아 보았어요. 만약 제 상태가 멀쩡했다면 이전에 없던 기억이라는 사실조차 쉽게 알아채지 못했을지도 모릅니다. 새 기억이라고는 해도 여전히 그 집에서의 기억들이었거든요. 하지만 극심한 고통으로 표백된 정신에는 아주 작은 위화감마저 흰 수첩에 떨어뜨린 검은 잉크처럼 선명하게 보이더군요.

눈을 뜨기 이전의 기억들이었어요. 이렇게 되기 전, 내가 모르는 나 자신의 기억이었죠.

과거의 나를 지금의 나와 동일화할 정도는 아니었지만, 새로운 사실 몇 가지를 깨닫기에는 충분했습니다. 첫 번째는, 예전에도 르네를 알았다는 사실입니다. 어떤 실험을 진행했던 듯도 하고, 침대에 누운 환자들을 살피던 기억이 났어요. 정확히는 기억이 안 났지만 무척 힘들고 알아주는 사람도 없으며 위험하기까지 한 일이었습니다.

두 번째는 어떤 냄새에 관한 기억이었습니다. 르네는 저와 램을 위해 1

층에 따로 진찰실을 마련해놓았죠. 약품 냄새가 나는 건 당연합니다. 하지만 집 안에는 그 이외에도 제가 잊었던 뭔가의 냄새가 떠돌고 있었습니다. 우습죠. 언제나 맡아 왔는데 그제야 알아채다니. 그건 하이포아염소산소다와 포르말린 – 방부제의 냄새와 비슷했어요. 조금 다르긴 했지만 아주 유사했지요.

잠시 후, 겨우 일어났습니다. 더 이상 아프지는 않았지만 머리가 무겁고 띵했습니다. 그래도 확인해 보고 싶은 것이 있었습니다. 계단 아래, 지하층. 냄새는 그곳에서부터 풍겨왔습니다.

덧문 열쇠 위치는 이미 알고 있었습니다. 서재와 마찬가지로 맘만 먹으면 언제든 들어갔겠지만 르네가 싫어하니 하지 않았을 뿐이었죠.

문을 열자마자 지하실의 눅눅한 공기에 섞인 예의 방부제 냄새가 밀려들었습니다. 적어도 손님용 방에서 풍길 냄새는 아니었죠. 독한 약품 냄새와 머릿속을 부유하는 기억들 때문에 정신이 혼미했지만 그래도 가 봐야 했습니다. 저 아래로 내려가면, 그곳에서 잊고 있던 무언가를 찾게 되리란 확신이 들었습니다.

1층의 불이 꺼진 상태였기에 입구 쪽부터 아무것도 보이지 않았습니다. 벽을 더듬어 스위치를 찾아 불을 켜니 어슴푸레한 불빛 아래 계단이 보였습니다. 생각보다는 깊었습니다. 중간에 계단참까지 있더군요. 지하는 목조주택인 위층과는 달리 콘크리트로 마감되어 있었습니다. 벽지도 없고 카펫도 깔지 않아 그대로 드러난 회색 벽이 살풍경했습니다. 아래로 내려오니 지하층의 모습이 드러났습니다. 원래 구조는 거실이라고 할 만한 넓은 공간에 방 하나, 세탁실과 부속실, 화장실이 붙어 있는 형태로 보였지만 벽을 허물어 방과 거실을 하나로 합쳐 놓았더군요. 그 널찍한 공간 내부는 흰색 타일로 덮여 있었고, 의료용이나 실험용으로 보이는 기계들이 사방에 가득했으며 가운데에는 수술용 테이블이 있었습니다. 그래요…… 제 꿈에 나왔던 장소였습니다.

주위를 둘러봤지만 실감이 나지 않았습니다. 혹시나 착각은 아닌가 싶어 방을 돌아다니며 기계와 수술대 등을 살펴보기도 했지만 역시나 꿈속의 장소가 확실했습니다. 왜 이 실험실이 르네의 집 지하에 있는지를 알아보고 싶어 방 안을 조사하기 시작했어요. 방 한쪽에 꿈에선 보지 못한 책상이 있고, 그 위에 서류나 약품이 놓여 있는 등 약간의 차이는 있었지만 꿈속 장면과 크게 다르지 않았습니다. 실험실 전체의 정리 상태를 보니 최근까지도 사용했음이 확실했습니다. 청소도 되어 있었고요.

책상 위의 서류 중엔 이미 제가 봤던 문서도 있었습니다. 예의 위조 신분증과 여권에 관련된 서류였지요. 그 외의 연구 관련 문서들이나 서적들 중에서도 특히 눈길을 끄는 서류철이 보였습니다. 일종의 진료기록부였는데, 내용도 내용이었지만 두 개의 이름이 금방 눈에 띄었습니다.

- 기록 작성자: 르네 소렐
- 기록 대상자: 사만다 블레이크(26)

램이 말한 '사만다'란 바로 이 진료기록부에 기재된 사람이리라고 생각했습니다. 첫 장에는 이름 외에도 나이, 성별, 신체사항 등이 적혀 있었습니다만, 추가적인 인적사항이 기재되지 않아 병원이나 기타 의료기관에서 작성된 문건으로는 보이지 않았습니다. 병원에서는 주소를 포함해 환자의 개인정보를 되도록 상세히 기록해야 하는 규칙이 있으니까요. 이상하게도 처음으로 일지가 기록된 날짜는 환자의 사망일과 일치했습니다. 사망한 환자에 대한 기록이라면 당연히 진료의 첫 날짜는 사망 당시보다 훨씬 전이었어야 할 테지요. 저는 의문을 품은 채 진료기록부를 읽어나가기 시작했습니다. 이해 가능한 부분도, 불가능한 부분도 있었습니다만, 각 날짜별 진료 기록 말미에 르네가 일지 형식으로 남겨둔 소견이 맥락을 파악하는 데 도움이 되었습니다. 그녀는 일지를 거의 일기 대용으로 사용한 모양이었습니다. 환자와 직접적으로 관련되지 않은 내용을 기술한 부분도 있었으니까요. 어쨌든, 저는 그 진료기록부를 통해 중요한 사실을 알아내었습니다.

놀랍게도, 그것은…… 죄송합니다. 사실은 믿고 싶지 않았습니다. 지금 말하기도 우습지만 제 심정은 그렇습니다. 그녀는, 나의 르네는……. 조금 천천히 얘기해도 될까요? 잊고 싶다 해서 잊을 수 있다면 얼마나 좋겠습니까만, 그러기도 힘드네요.

여기 특정 부분만 필사해 놓은 노트가 있습니다. 분량이 많아 쉬운 일은 아니었지만, 저에게 중요하다고 생각된 부분만 따로 베껴 놓았어요. 이 기록을 보여 드리죠.

3월 17일

오전 10시 25분, 사망 확인. 사망 직후 시약의 주사를 완료. 32초 후, 최초의 징후 감지. 여전히 격렬하긴 하지만 확실히 초기의 피험자들보다 완화된 반응이다. 1분 10초, 경련이 멎고 심박 수와 호흡이 안정됨. 눈을 감고 있지만 동공의 움직임이 활발하다. 5분 15초경 완전히 잠이 듦. 첫 번째 고비는 넘겼다.

점진적 각성을 유도하는 시약을 이용한 첫 번째 실험이다. 아직까진 즉효성 시약이 가진 부작용이 발생하지 않았다. 조급해할 필요는 없다.

오후 1시 25분경 추가 시술을 실시, 3시경 완료.

※ 이럴 수밖에 없었을까. 사만다에게나, 그에게나 과연 이것만이…… 아니다. 약해져선 안 된다. 절대 포기할 수 없다.

3월 19일

오후 1시 47분, 수면상태가 예상보다 길어졌지만 깨어났다.

극히 불안정한 모습이지만 분명 살아 있다. 시각과 청각을 제외한 다른 신체기능은 아직 활성화되지 않았다. 마취가 그녀의 신체에 긍정적인 영향을 끼칠 것 같지는 않지만 추가 시술을 위해서는 불가피하다.

어쨌든 이것은 위대한 진보다. 많은 일들이 있었지만, 지금만큼은 나 자신을 칭찬해도 좋으리라.

3월 24일

지금까지의 관찰 결과, 초기 실험 기간 동안 피험자들이 보여준 과도한 공격성 및 이해할 수 없는 식욕은 보이지 않는다. 아주 제한적이지만 의사소통 역시 가능하나. 현재 그녀와 나에 관련된 일들을 포함한 과거의 기억 대부분을 잃은 상태. 앞으로의 실험에서도 옛날과 같은 적극적 협력이 가능할지는 모르지만, 일단 지속적으로 그녀와 정서적 접촉을 시도해볼 예정이다. 제한된 신체능력 때문인지도 모르지만, 흥분 시 나타날 수 있는 경련이나 불안정한 망막의 움직임은 아직 관찰되지 않았다.

4월 14일

회복 속도가 빠르다. 시각에 차도 있음. 시력 검사에 반응을 보이고 날짜를 판독해냈다.

4월 28일

이전 실험에서도 확인된 바, 후천적 돌연변이의 결과로 의심되는 전신성 백반증$^{Oculocutaneous\ Albinism}$과 유사한 피부 백화-를 넘어서 거의 청화^{青化}에 가까운-증세가 그녀에게서도 나타나고 있다. 생명 징후가 확실한 지금에도 완화될 기미가 보이지 않는다. 지속적인 관찰 및 시약 제조 과정의 재점검을 요한다.

5월 7일

손가락 끝의 움직임을 확인. 예상보다 회복이 빠르다. 추가 조치가 효과를 거둔 듯하다. 전기 자극에 의한 강제적인 수면 유도가 걱정되지만, 당분간은 불가피하다.

6월 4일

손을 자유롭게 움직이며 제한적이지만 필담도 가능. 과도기를 거쳐 급격한 회복세를 보이는 중.

7월 2일

그녀는 이제 자신의 힘으로 움직일 수 있다. 판단력과 사고력 모두 정상이며 완벽한 필담 수행 가능. 차후 수화를 가르칠 예정이다. 자신의 인적사항과 일부 고등 학문 영역의 지식을 제외한 대부분의 일반 상식, 생활양식을 기억한다. 지속적으로 실행한 정서적 접촉이 효과를 보았다. 그녀는 생명체로서의 권리를 다시 획득했다. 이제 나머지는 시간문제다. 늦어도 초겨울까지는 보행 및 발화가 가능해지리라 예상함.

※여기서 끝이 아니다. 실험은 아직 진행 중이니 기뻐하지만은 말자. 다음 실험을 위한 스케줄 작성을 시작해야 할 시기이다. 그때쯤이면 샘의 도움도 기대해볼 만하다. 그를 되찾을 날이 머지 않았다.

7월 25일

생각보다 늦었지만 예상한 대로다. 샘이 자신과 나에 대한 질문을 해서 생각해둔 대로 대답했다. 언젠가 이야기해줄 날이 오겠지만 지금은 적당치 않다.

8월 9일

그녀는 나를 돕고 싶어 한다. 간단한 가사 일을 시작. 기뻐할 만한 일이지만, 지하에 대해서는 따로 주의를 주었다. 신체 기능은 나날이 회복되는 반면, 피부 조직에는 여전히 아무런 변화가 없다. 발화의 지연도 체크해봐야 할 사항. 완전히 포기하지는 않았지만, 처음 단계에서 발생한 돌연변이가 추가 투약 및 수술로 회복될 가능성은 지금으로선 희박하다고 판단된다. 회복세에 들어섰으니 당분간은 경과를 지켜보자.

8월 12일

샘은 이번에도 나를…… 아니, 확신할 수는 없다. 억측에 지나지 않는다. 여전히 경과는 호조. 상반신 거동에는 아무 무리 없다.

9월 15일

재계약을 위해 아캄으로. 닥터 웨스트에 관한 추가 자료도 확인해볼 겸 미스카토닉을 방문했다. 불편하지만 언제고 했어야 할 일이다. 웨스트는 아직도 대학의 이름에 오점을 남긴 과거의 광인 취급을 받는 중이다. 곧 그와 내가 선택한 길이 옳았다는 사실을 모두가 인정해야만 하리라.

10월 2일

샘이 일어섰다. 축하할 만한 일이다. 아직 위태로워 보이는 걸음이지만 지금까지 그녀가 보여준 회복세를 보면 잠깐이리라. 뛰게 될 무렵이면 본격적으로 시작해 보자. 예상일은 19일.

이제 그를 완전히 내 것으로 만들 수 있다.

다 읽으셨나요? 뭔가 기억이 나셨는지요? 그럴 수 있다면 좋겠네요.

르네는 제 판단력에 문제가 없다고 판단했습니다만 실은 그렇지 않아요. 저 자신이니 잘 알지요. 때때로 무척 혼란스러워지기도 하고, 바보 같은 짓을 태연히 저질러버릴 때도 많아요. 그래서 다른 사람에게도 한 번 물어보고 싶었습니다. 제가 이 진료기록부를 보고 내린 결론이 혼자만의 망상은 아닌지.

두 발로 서서 움직이고, 음식을 먹고, 잠을 자며, 살아 있었을 때 르네를 사랑했고, 죽은 이후에도 다시 돌아와 르네를 사랑하는 샘이, 사만다 블레이크가, 정말 제 자신인지.

누군가에게 물어보고 싶었습니다.

4

일지를 다 읽은 후 잠시 멍하니 앉아 움직이지 않았습니다. 일지의 내용은 아무리 봐도 저에 관한 기록임이 확실해 보였습니다. 하지만 부족했습니다. 뭔가가 더 필요했어요. 옛 이름을 다시 들었을 때와 마찬가지로, 망각의 늪에서 저를 끌어올려 줄 결정적인 무언가가 말입니다.

실험실 우측 구석, 작은 복도 양옆에 붙은 두 개의 방들을 살펴봤습니다. 복도 끝에는 뒷마당으로 나가는 작은 문이 보였습니다. 문에 난 작은 창으로 햇빛이 들어와 복도 한 구석을 비췄습니다. 생각보다 시간이 많이 흘렀는지, 잔뜩 흐렸던 날씨가 그새 개었더군요.

한쪽 방은 실험에 필요한 기자재 및 약품을 놓아둔 창고였습니다. 그중 몇 가지는 저에게도 익숙했습니다. 눈을 뜬 후로는 본 적도 없는 약품들이었죠. 그 막연한 익숙함이 저는 슬펐습니다.

다른 방은 르네가 지하에서 쓰는 집무실 겸 서고로 보였습니다. 본디 부속실로 쓰였을 법한 위치지만, 아마도 증축을 했거나 시공 때부터 일부러 넓게 지었을 테지요. 방에 들어가자 벽 한 쪽을 가득 채운 책장이 눈에 들어왔습니다. 세 구획으로 나누어진 책장에는 각각 다른 종류의 문서들이 나뉘어 꽂혀 있었습니다. 한쪽은 의학 및 생물학 관련 서적, 한쪽은 위에서부터 학술지와 논문들, 아래로는 르네가 잡지와 신문을 스크랩해둔 바인더가 있었죠. 스크랩 중 상당수는 르네가 교수로서 재직한 미스카토닉 의대에서 과거 악명을 떨쳤던 닥터 허버트 웨스트의 연구와 행적에 대한 내용을 담은 기사들이었습니다. 인물이 인물이라선지, 르네라면 거들떠도 안 볼 듯한 타블로이드 신문이나 펄프 잡지의 스크랩도 꽤 있더군요.

처음 바인더를 펼쳤을 때는 누구였던가 싶었는데, 읽어갈수록 조금씩 기억이 났습니다. 실종된 지 오랜 시간이 지났지만, 미스카토닉 의대는 물론 세인들 사이에서도 미치광이 닥터 웨스트와 그의 피조물들에 관한 이야기는 괴담처럼 떠돌고 있죠. 그는 특수한 시약을 이용하여 시체를 되살리는 연구를 했다고 합니다. 생명체를 정교하게 만들어진 기계와 비슷한 관점에서 바라보았던 그는, 수많은 시체를 대상으로 생명의 기운을 죽음 너머에서 다시 끌어내기 위한 실험을 했습니다. 많은 소문들이 있지요. 그가 구울Ghoul(식인귀)을 만들어냈다고도 하고, 닥터 웨스트 자신이 스스로 만들어낸 식인 괴물들에게 잡아먹혔다는 이야기도 있습니다. 진실이 어땠는지는 모르겠지만 어쨌든 그에게서 르네가 감화를 받았음은 분명합니다. 진료기록부에도 언급되었고, 극소수만이 남았다는 웨스트의 연구일지 사본이 서고에 있었으니까요.

책장 맞은편에는 책상이 있었습니다. 두꺼운 책과 노트, 잉크가 묻은 펜 등이 굴러다니는 가운데 정면 벽에 걸린 코르크판에 빽빽이 꽂힌 신문 기사와 메모들이 눈길을 끌었습니다. 그중에서도 특히 눈에 띈 것은 한 여성의 실종에 관한 기사였습니다.

벽에 붙어 있던 신문기사를 조심스럽게 떼어내 읽었습니다. 최근 5년간 젊은 여인들이 연쇄적으로 실종되는 가운데, 동일범의 소행으로 추정되는 실종이 한 건 더 발생했다는 기사였습니다. 실종된 여인의 이름은 사만다 블레이크. 미스카토닉 의대의 대학원생으로 나이는 26세. 2월 말경, 대학 도서관에서 나오는 실종자를 학부생들이 마지막으로 목격한 이후 행방불명.

신문기사에는 사진이 붙어 있었습니다. 풍성하게 컬이 진 단발머리를 한 여자의 밝게 웃는 얼굴이었죠. 건강하고 활기차 보이는 모습이었어요.

다른 기사들도 찬찬히 살펴봤습니다. 따로 스크랩해둔 기사들과 달리 벽에 붙은 기사들은 예의 '실종사건'의 수사 동향에 관한 내용 위주였습니다. 너무 많고 난잡하게 붙어 있어 일일이 다 읽어 보지는 못했지만 대략적인 내용은 하나로 압축 가능했습니다. 확실한 목격자와 물증이 없어 수사에 어려움이 있지만 최근 들어 실마리가 잡혔고, 수사가 다시 활기를 찾았다는 사실이었죠. 몇몇 기사는 작성 날짜가 최근이었습니다. 자세한 수사 동향은 기재되지 않았지만, 르네의 이름이 수사선상에 오르내리기 시작할 무렵이 10월 중순에서 마지막 주 사이였음은 어렵잖게 예상 가능했습니다. 그때쯤부터 그녀가 초조해하기 시작했으니까요. 조금 더 벽에 붙은 쪽지들을 확인해 보려던 때, 다시 기억이 몰려들기 시작했습니다.

처음만큼은 아니었지만 여전히 고통스러워서, 한참을 책상에 고개를 처박고 앉아 머리를 쥐어뜯어야 했습니다. 돌아오는 기억의 양만큼이나 길게 지속된 고통 속에서 저는 과거의 자신을 되찾아갔습니다. 하지만 기쁘지 않았어요. 너무나 슬퍼서 결국 울음을 터뜨리고야 말았습니다. 책상에 납작 엎어진 채 눈물범벅이 된 시야 너머로 보이는 지하 연구실의 풍경은 처음 눈을 떴을 때의 세상과도 비슷해 보였습니다. 온통 이지러진 채 꿈틀대던, 미쳐버린 세계 말이죠.

조금 진정되고 나자 갑자기 르네의 얼굴이 눈에 들어왔습니다. 깜짝 놀라 고통도 잊은 채 자리에서 벌떡 일어났습니다. 다행히 제가 본 르네의 얼굴은 작은 나무 액자에 끼워진 사진 속 모습이었습니다. 액자를 집어 사진을 꺼내 들었습니다. 유원지의 축제에서 찍었는지, 배경에는 놀이기구 앞에서 즐거워하는 사람들이 찍혀 있었습니다. 그녀의 옆자리에는 풍성한 금발 머리를 한 백인 남자가 웃고 있었지요. 램이었습니다.

램지 캠벨은 영국인으로, 요크셔에서 방직 산업으로 성장한 재력가 집안의 아들이었습니다. 일찍 아버지가 돌아가시고 램의 형에게 회사의 경영권이 주어졌지만 크게 개의치는 않았던 모양입니다. 구체적인 금액은 알수 없지만, 그의 몫이 된 유산만 해도 평생 손가락 하나 까딱 안 하고 먹고살 수 있을 정도였나 봐요. 돈을 그냥 놀려두지도 않아서, 주식과 부동산에 투자해 상당한 수익을 올렸다고 합니다. 의대는 물론이고 대학 전체에서 그는 유명 인사였습니다. 사교계에서도 주목받았던 모양이에요. 상당한 재력가에, 르네만큼은 아니어도 30대 중반이라는 젊은 나이에 일찍 의대 교수직을 따낸 남자였으니까요. 그 완벽한 남자의 시선을 빼앗은 여자가 바로 르네였습니다.

램과 르네는 미스카토닉에서 동료 교수로서 처음 만났습니다. 제가 그들 사이의 관계를 알았을 때는…… 이미 약혼을 한 뒤였습니다. 아주 비밀스런 연애를 한 모양으로, 두 사람의 관계가 밝혀졌을 때는 학교 전체가 술렁였습니다. 별다른 일이 없었다면 아마 그대로 결혼했을지도 모르지요. 하지만 르네는 새롭게 찾은 진실에의 길을 가고자 했고, 램은 자신의 연인을 끝까지 믿어주지 못했어요. 그는 르네에게 있어 누구보다도 든든한 조력자였지만, 어느샌가 상황은 램이 받아들일 수 있는 범위를 벗어난지 오래였습니다. 그리고 파국이 찾아왔습니다.

이제 저는 그날을 기억합니다. 제가 죽던 날의 일들, 그 이야기를 하기 위해서는……좀 더 과거로 거슬러 올라가야 합니다.

5

아마 지금쯤 깨달으셨겠지요. 여자들이 어디로 사라졌는지를 말입니다. 르네는 자신의 정신적 멘토가 걸었던 길을 그대로 따랐어요. 닥터 웨스트에 관한 이야기들 중에선 헛소문도 많지만 사실로 밝혀진 것들도 꽤 있지요. 그 끔찍한 진실들 가운데, 실험의 성공을 위해 죽은 지 얼마 안 된 신선한 시체에 몰두한 나머지 결국 살인을 저지른 사실은 특히 널리 알려진 이야기입니다. 개인적인 생각이지만, 아마 처음엔 그 역시 사람을 죽이려는 생각까지는 안 했을지도 몰라요. 르네가 그랬듯이 말이죠.

그때나 지금이나 카데바 구하기는 쉬운 일이 아닙니다. 하물며 안 좋은 선례를 그대로 따라가려고 한다면 더욱이요. 연구를 시작할 무렵 아직 학생이었던 웨스트와 달리 르네는 교수였으니, 카데바 구하기가 상대적으로 쉽긴 했겠지요. 하지만 그것도 한계가 있었습니다. 곧 꼬리를 잡혔어요. 제가 그녀의 '연구'를 본격적으로 돕기 시작한 때는 그 무렵이었습니다.

저는 당시 르네의 연구조교였습니다. 학부생 때부터 그녀를 동경해왔지요. 르네는 학계에서 여성 최연소 기록을 깬 교수로 이름이 높았습니다. 말 그대로 천재였어요. 남들보다 월등히 명석한 두뇌를 가진 사람들이 가끔 그렇듯 인간관계를 유지하기 힘들 만큼 괴팍한 성격도 아니었고, 무엇보다 아름다웠습니다. 외모, 성격을 포함한 그녀의 모든 것들이 천재성에 맞춰 재단된 듯한 느낌이었죠. 사람 같아 보이지 않을 정도였어요. 5살 차이밖에 안 났지만 저는 르네의 강의를 처음 들은 즉시 그녀를 존경하기 시작했습니다. 그리고 머지않아…… 사랑하게 되었습니다.

스스로의 성적 정체성에 대해서는 진작부터 알았지만 확신하게 된 계기는 르네와의 만남이었습니다. 연애에는 도통 관심이 생기지 않았었거든요. 부모님이 너무 걱정해서서 일부러 남자친구를 사귀어보아도 오래 가지 못했습니다. 단지 제 자신이 둔감하기 때문이라고 생각했지만 사실은 그게 아니었죠. 그래도 별다른 충격은 받지 않았습니다. 어쨌든 저 자신이 행복하다면 그것으로 그만이라고 생각했으니까요. 터놓고 말할 사람이 없어 답답하긴 했어요. 가족들은 물론이고 친구들에게도 이야기하지 못했습니다. 그들이 제 얘기를 듣고 무슨 표정을 지을지 너무나 두려웠거든요. 물론 르네에게도 마찬가지였고요.

대학원에 들어간 후 다행히 그녀의 연구조교가 되었고, 한동안은 제 생애 가장 행복한 날들을 보냈습니다. 곁에서 일을 돕고 일상적인 대화들을 나누며 웃을 수 있다는 사실만으로도 행복했어요. 비록 제한적인 만족일 뿐이었지만 그래도 괜찮았습니다. 그날이 오기 전까지는 말이죠.

그때, 저는 방학을 맞아 잠시 코네티컷에 있는 부모님 댁에서 지내는 중이었습니다. 방학이라곤 해도 처리해야 할 일이 많아 그리 긴 휴가는 누릴 수 없었어요.

다시 아캄으로 돌아가던 날 아침부터 교수실에 남겨둔 부모님 댁의 번호로 전화가 왔습니다. 되도록 서둘러서 돌아와달라고 하더군요. 목소리만 듣고도 안 좋은 일이 생겼음을 알았죠. 그 길로 급히 돌아와 교수실 문을 여니, 르네가 고개를 숙인 채 의자 위에 걸터앉아 있었습니다. 제가 들어오는 데도 알아채지 못하더군요. 자는 줄 알았지만 뭔가 중얼거리고 있었어요. 당황해서 이름을 부르자 그때서야 고개를 들었지요. 그녀의 눈을 보고 저는 놀랐습니다. 처음 보는 눈빛이었어요. 셀 수 없이 많은 감정들이 뒤섞인 채 꿈틀대며 캄캄하게 빛나던, 그 눈빛에 숨겨진 무언가를…… 저는 한참 뒤에나 깨달을 수 있었습니다.

무슨 일이냐고 물었지만 대답이 없었습니다. 그 대신, 르네는 그동안의 일들에 대해 말해주었습니다. 그리고 앞으로의 계획에 제 힘이 필요하다고 말했지요.

저는 패닉에 빠졌습니다. 제정신이 아닌 이야기들뿐이었으니까요. 소문은 저 역시 오래전부터 들어왔었습니다. 미스카토닉 의대의 유명 여교수가 광인 허버트 웨스트의 연구에 매료되어 괴이한 연구를 한다는 이야기였죠. 믿지 않았습니다. 젊은 나이에 높은 위치에 올라선 사람에게 따라붙을 법한, 야비한 음해라고 생각했지요. 하지만 소문은 사실이었습니다.

아무리 르네의 부탁이라도 들어줄 만한 이야기가 아니었습니다. 싫다고 말하려 했지요. 하지만 그러지 못했습니다. 기적이 일어났으니까요.

제 마음은 혼자서만 안고 가려 했습니다. 말해볼 꿈도 못 꿨지요. 당연하잖아요? 약혼자가 있는, 평범한 여자니까요. 고백을 들었을 때 어떻게 반응할지는 뻔했죠. 처음부터 아무 기대도 하지 않고 시작한 사랑이었어요. 그런데…… 그녀가 가까이 다가오더니…… 나에게 키스를 해줬지요. 지금도 생생히 기억합니다. 그 입술의 감촉과 숨소리, 붉게 상기된 살결.

너무 기뻐서 울고 말았어요. 그렇게까지 펑펑 운 일은 전에도 없었고 앞으로도 그럴 거예요. 르네는 제 감정을 알고 있으며, 무시하고 싶지 않다고 했습니다. 다만, 앞으로 우리의 관계를 지속하기 위해서는 저의 도움이 많이 필요하다고도 말했지요. 그 말을 듣는 순간 걱정 따위는 저 멀리 사라졌습니다. 이 행복이 단 1초라도, 1분이라도 길어진다면 뭐든지 하리라. 그런 심정이었죠.

그때부터 우리들의 '연구'가 시작되었습니다. '피험자'는 덩치가 작고 힘이 약해 보이는 젊은 여자로 한정지었어요. 이쪽도 평소 힘쓰는 일과는 거리가 멀었던 여자 두 명뿐이니, 최소한의 우위는 점해두고자 했어요. 그래요, 비열하기 짝이 없는 생각이었죠.

처음에는 학교에서 밤늦게 귀가하는 학생을 대상으로 했습니다. 둔기는 곤란했어요. 죽으면 안 되니까. 아, 물론 죽일 것이긴 했지만, 그래서는 이 실험에서 가장 중요한 뇌가 손상될 위험이 컸거든요. 1차 대전 무렵, 닥터 웨스트가 의무장교로서 참전했을 때 뇌가 없는 상태 그러니까 머리가 없는 시체도 되살려보려는 시도를 했다는 이야기도 전해집니다만, 르네는 괴물을 만들어내는 일엔 관심이 없었어요. 어디까지나 인간 그대로의 모습으로 되살리려 했지요. 그래서 클로로포름을 적신 수건을 이용했습니다. 물론 삼류 미스터리 소설에 나오듯 사람이 금방 쓰러지진 않았죠.

일단 뒤에서 함께 찍어 누르고 수건으로 입을 틀어막았어요. 그 후 재빨리 티오펜탈나트륨을 주사했습니다. 반응 속도가 상당히 빠른 전신마취제지만, 이 역시도 금방 효과가 오지는 않아서 몸부림치는 사람을 꼼짝 못하게 누르기가 고역이었습니다. 그렇게 마취시킨 여학생은 지하로 옮겨 실험준비를 시작했죠. 그때 르네의 집과 지하 연구실을 처음 보았습니다. 한눈에 보기에도 많은 돈이 들어간 연구실이었습니다. 특히 총 4구를 보관 가능하도록 만들어진 시체보관용 냉장 설비가 그랬어요. 이런 시설을 어떻게 마련했는지를 포함해 묻고 싶은 게 산더미 같았지만 당시엔 그럴만한 여유가 없었습니다. 피험자가 언제 마취에서 깨어날지도 몰랐고, 과거의 실험에서 회생한 시체들 중 이유 모를 공격성을 보인 경우가 다수 있었으니 조심하라는 말을 듣고는 너무 무서워 제정신이 아니었거든요. 안전을 위해 수술대에 팔다리를 결박한 후, 마취가 풀리려는 기미가 보였을 때쯤 염화칼륨을 투여했습니다. 시체는 신선도가 중요했기 때문에 사망 직후에 예의 시약을 주사했지요. 때로는 피험자가 2명 이상 필요하기도 했습니다. 보통은 시체보관용 냉동고 안에 넣어두고, 보관기간이 길어진다 싶으면 웨스트 박사의 연구기록에서 시약의 기본적인 제조방법과 함께 발견되었다는 특수 방부처리를 했어요. 두 명이서 하기엔 힘에 겨운 작업들이었죠.

투약 직후의 상황은 솔직히 다시 떠올리고 싶지 않습니다. 초기의 실험은 실패의 연속이었지요. 첫 번째 피험자는 아름다운 갈색 머리를 어깨까지 기른, 조그마한 몸집의 여학생이었습니다. 둘 다 겁을 먹어서 최대한 덩치가 작고 저항도 약할 듯한 사람을 골랐습니다. 너무 가냘픈 사람이라 르네는 실험을 시작하기 전부터 실패를 걱정했지요. 나쁜 예상은 적중했습니다. 시약을 주사하고 잠시 후, 그녀는 뒤듯이 경련하기 시작하며 지옥 밑

바닥에서나 울릴 듯한 비명을 질렀어요.

'엄마! 안젤리카! 살려줘요!'

……아직도 가끔 그 섬뜩한 목소리가 기억이 나요. 그나마 이성적이라고 해줄 수 있는 반응은 그 말이 처음이자 마지막이었습니다. 이후로는 인간의 언어라고 볼 수 없는 괴성만 지르다가 57분 후 다시 사망했지요.

몇 번의 실패에도 포기하지 않고, 르네는 계속해서 시약의 제조방법을 연구하고 재점검했습니다. 실제로 반응은 계속 좋아졌습니다. 공격성도 점점 줄어들고, 개중엔 뭔가 의사를 표현하려고 하는 피험자도 있었어요. 연구는 꾸준히 진전을 보였습니다. 아무것도 없는 상태에서 거기까지 이뤄낸 르네가 놀라웠습니다. 옛 기록에는 시약의 제조법에 대해 자세히 나와 있지 않았던 모양이에요. 웨스트의 실험일지에 나온 만큼의 반응을 얻어내기까지도 길고 긴 시간이 걸렸다고 하더군요. 물론 어려움이 없지는 않았습니다. 잘 되어 간다 싶다가도 한 번씩 끔찍한 결과가 나오곤 했어요. 결박을 안 했다면 무슨 일이 벌어졌을지 생각도 하기 싫은 피험자도 있었습니다. 밀 그대로, 웨스트가 만든 식인귀들을 연상시키는 그런 피험자들 말이에요…… 어쨌든 그런 상태라도 살아서 움직이는 이상 연구용 샘플로서의 가치는 충분했습니다.

힘든 나날이 이어지면서 전 점점 지쳐갔습니다. 이미 학기가 끝나고 여름방학도 중반에 접어들 무렵이었지만 집에 돌아가지 못했죠. 가족들에게는 이런저런 평계를 대가면서 미안하다는 전화만 반복했습니다. 그들을 볼 면목이 없었어요. 의학의 발전을 위해서라고 스스로를 위로해도 마음은 가벼워지지 않았습니다. 사람을 죽여 놓고 가족들과 함께 웃을 염치가 없었죠. 그렇다고 그만둘 수도 없었습니다. 르네를 사랑하는 마음엔 변함이 없었지만…… 서서히 한계가 왔어요. 실험이 순조롭게 진행될수록 마음은 무거워졌습니다. 연구 속도가 빨라지면 사람도 더 자주 죽여야 했으니까요. 하지만 무엇보다 참기 힘들었던 건, 점점 바뀌어 가는 르네를 보는 일이었습니다.

연구가 진행되는 동안 그녀는 점점 대담해졌습니다. 경찰은 자신을 잡지 못한다고 확신했어요. 절대 증거를 남기지 않았고, 장소도 수시로 바꾸면서 납치 전에는 반드시 사전 답사를 해 최적의 시간과 동선을 정해두었습니다. 이미 숙련된 납치범이었죠.

그 무렵, 시약 개발은 상당한 진척을 보였습니다. 완성을 눈앞에 두고 르네는 장기적인 실험을 충분히 견뎌낼 만한 피험자를 찾길 원했어요. 그래서 그때까지의 피험자들보다 체격이 큰 여성을 습격했지만, 대상이 바뀌었다는 긴장감 때문인지 두 번 연속으로 실패했어요. 다행히 얼굴을 보이거나 하지는 않았지만 별로 좋은 상황은 아니었죠. 르네는 화를 냈어요. 왜 좀 더 강하게 내리누르지 못 했느냐고, 조금만 더 빨리 움직였으면 이번에야말로 실험을 성공으로 이끌어 낼 실험체를 얻어냈을 텐데…… 그렇게 분에 찬 목소리로 '아까워, 정말 아까워.' 하며 중얼거리던 르네의 눈빛은 충격적이었습니다. 그때까지 내가 사랑했던 천사의 자애로운 눈빛은 온데간데없이 사냥감을 놓친 짐승의 눈만이 빛나고 있었지요. 그 순간 저는 기억해냈습니다. 그녀가 저에게 처음으로 도움을 요청하던 날, 문이 열린 줄도 모르고 멍하니 앉아 있다 저를 올려봤을 때의 캄캄한 눈빛을요.

한계가 찾아왔음을 직감했습니다. 그리고 한 가지 결심을 했습니다.

다음날 밤, 저녁을 먹고 나서 르네에게 생각한 바를 이야기했습니다. 무슨 일이 있어도 마음을 바꾸지 않으리라 다짐했었지만 그래도 기대했습니다. 그녀가 제 결심을 말려주기를, 말도 안 된다고, 그런 생각 따윈 당장 집어치우라고 말해주기를 바랐어요.

하지만 말을 꺼내기 무섭게 그녀는 반색을 했습니다. '정말 그래도 괜찮겠느냐'라던가, 그 비슷한 말을 했지만 진심이라곤 담겨 있지 않았어요. 세 살짜리 애라도 알아차렸을 걸요. 전 모든 희망을 버렸습니다. 그리고 스스로 실험체가 되었습니다.

왜 그랬냐고요? 다 말씀드리지 않았던가요? 슬펐고, 두려웠고, 절망했습니다. 많은 걸 바란 적은 없어요. 그저 그녀가 이룰 일들을 위해, 어떤 의미를 가진 무언가가 될 수 있다면 그걸로 만족하고자 했지요. 하지만 상황은 뜻대로 되지 않았지요. 르네는 약해져가는 제 마음을 알아챘어요. 더 이상 나를 필요로 하지 않을지도 모른다는 사실이 견디기 힘들었죠. 긍정적으로 생각해 보려 했지만 이 모든 연구가 결국 살인이라는 생각을 지우지 못했어요. 그렇다고 그만두기에는…… 너무 멀리 온 후였죠.

르네는 나의 세계를 비추는 태양이었습니다. 하지만 하늘은 어두워져만 갔지요. 마지막 한 줄기 빛이 사라지고 난 후 기다리고 있을, 무의미의 심연이 저는 두려웠습니다. 그래서 선택했을 뿐이에요. 그녀에게 가치 있는 존재가 될 수 있는 마시막 방법을요.

다음날 밤, 실험이 시작되었습니다. 저도 덩치가 그리 큰 편은 아니지만 피험자들과 비교될 정도는 아니었습니다. 그만하면 평범한 체격에 몸도 건강했죠. 그대로 몇 개월 더 지났다면 틀림없이 어딘가 고장이 났을 테지만.

저는 수술대에 사지가 묶인 채 스스로에게 내린 사형을 담담히 받아들였습니다. 오히려 마음이 편했습니다. 계속 사람을 죽였다 살리는 연구에 동참해왔으면서도, 정작 저 자신이 그렇게 될 수 있다는 실감은 전혀 나지 않았습니다. 우스운 일이죠. 직접 죽인 사람들이 도로 깨어나 악마처럼 소리를 질러대는 모습을 몇 번씩이나 봤는데 말예요. 완전히 현실 감각이 망가졌던 거지요.

르네가 마지막 인사를 건넸습니다. 곧 다시 만날 거라고요. 이번에는 100% 성공할 테니 걱정할 필요 없다고도 했습니다. 언제나처럼 듣기 좋은 목소리였습니다. 잠시 후 저는 잠들었습니다. 아니, 잠들었다고 생각했습니다.

먼저의 생이 끝나기 조금 전, 마지막으로 본 광경이 있습니다. 불투명한 기억은 꿈으로 남았지요. 여전히 저는 꿈속에서 수술대 위에 묶인 스스로의 모습을 봅니다.

어디선가 발소리가 들려왔어요. 모습을 나타낸 사람은 놀랍게도 램이었습니다. 점점 감겨가던 저의 눈에도 경악한 램의 얼굴이 똑똑히 보였습니다.

저를 제외하면 램은 르네의 약혼자인 동시에 유일한 이해자이기도 했습니다. 그 역시 대학의 안일한 교수사회를 싫어했지요. 나중에 안 사실이지만, 집과 연구실을 마련해준 사람도 그였다고 합니다. 하지만 르네와 그녀의 연구에 대해 안 좋은 소문이 돌기 시작하고, 진행도 지지부진하자 램은 초조해졌습니다. 두 사람은 크게 싸웠고 결국 파혼했습니다. 저를 불렀던 날 벌어진 일이었습니다.

르네는 연구의 내용을 그에게 말한 적이 없었습니다. 받아들이지 못하리라는 사실을 알았으니까요. 하지만 램은 일련의 연쇄 실종사건에서 연인이 품고 있던 광기의 흔적을 뒤늦게나마 감지했고, 그가 마련해준 연구실로 돌아와 진실과 마주했습니다. 램은 소리를 지르기 시작했어요. 르네 역시 크게 놀라 한동안 듣기만 했지만, 곧 정신을 차리고 설득을 시도했습니다. 모두 파악하고 왔는지, 단순한 심증으로 찾아왔는지는 몰라도 램은 일련의 실종사건을 그녀가 저지른 일로 단정하고 있었습니다. 제가 수술대 위에 누워 있는 모습까지 보았으니 의심의 여지가 없었죠.

'도대체 무슨 짓을 한 거야? 그렇게 많은 사람들을 죽이고, 이제는 사만

다까지! 미쳤어? 당신!'

램은 그렇게 말하며 르네를 비난했어요. 르네 역시 격앙된 목소리로, 자신이 이뤄낼 위대한 진보를 위해 지금까지 해왔으며 이제 해야만 할 일들에 대해 강변했지요. 일그러져 가는 감각 속에서 성난 목소리들은 유난히 크게 들렸고, 푸르스름한 실험실의 조명 아래 싸우는 두 사람의 모습은 실력 없는 화가가 그린 캐리커처처럼 왜곡되어 보였습니다.

분을 못 이긴 램이 등을 돌리고 떠나려 하자, 르네는 잠시 멈칫하더니 실험실 책상 서랍 속에서 무언가를 꺼내어 뒤를 따라갔어요. 1층으로 올라가는 계단 입구쯤에서 다시 언쟁을 시작했는지 상기된 목소리들이 들려오다…… 별안간 램의 비명 소리가 들리고, 조용해졌어요. 실험실의 기계들이 내는 낮은 소음만이 들려오는, 무기질적인 정적 – 죽어가는 와중에도 그 정적이 두려웠습니다. 조용한 가운데 무겁게 가라앉는 공기가 온몸을 내리눌러 억지로 몸과 영혼을 분리시키는 듯한, 처음 느껴보는 죽음의 감각이…….

6

지하의 연구실 책상에 엎어진 채 저는 모든 기억들을 떠올렸습니다. 기억은 수천 개의 날이 붙은 수레바퀴처럼 세차게 회전하며 머릿속을 찢어발겼습니다. 한참을 고통에 벌벌 떨면서 꿈틀대다 보니 조금이나마 진정이 되더군요. 겨우 정신을 차리던 와중에 르네와 램의 사진을 보았고요.

사진을 보며 몇 가지 기억들을 곱씹고 있던 때, 갑자기 위층에서 작게 노크하는 소리가 났습니다. 깜짝 놀라 비척대며 계단 앞까지 달려가니 '계십니까?' 하는 남자의 목소리가 들리더군요. 조금 이상했습니다. 지하로 내려가는 입구는 현관과 거실이 연결되는 부분, 2층으로 향하는 층계 옆에 있다고 말씀드렸었지요. 중간에 계단참까지 있을 정도로 깊이 파인 지하이니 문 두드리는 소리는 그렇다 치더라도 목소리는 들릴 리 없었습니다. 보통 때라면 말이에요. 기억을 떠올린 후 제 오감은 이상할 정도로 민감해져 있었습니다. 죽기 직전 느꼈던 왜곡된 감각과도 비슷했지요.

천천히 계단을 올라가 닫아놓은 덧문 앞까지 왔습니다. 남자는 아무도 없음을 확인하고 집 안으로 들어온 모양이었습니다. 현관에서 거실로 통하는 작은 복도를 천천히 지나고 있었어요. 발소리를 죽이려 애쓰는 듯했지만 약간 삐걱대는 소리까지는 어쩌지 못했습니다. 하지만 침입자의 존재를 더 확실히 느끼게 해준 감각은 냄새였습니다. 닫힌 덧문 뒤에서도 확실히 맡을 수 있었죠. ······이상하게도 강한 허기를 느꼈습니다. 정체불명의 침입자가 집에 들어왔는데 배고프다는 생각부터 든 거예요. 냄새를 맡은 후부터 말이죠.

그때, 반나절 가까이 램을 혼자 방치해 놓았음을 깨달았습니다. 그렇게 생각하니 마음이 조급해졌지만, 지금 바로 나가지 않는 편이 나은 선택이라고 생각해 잠시 몸을 숨긴 채 집에 들어온 자의 정체에 대해 생각해봤습니다. 경찰은 아니었어요. 만약 실종사건이 르네의 혐의로 확정되었다면 몰래 숨어들어올 필요가 없으니까요. 한 명만 왔을 리도 없을 테고요.

발소리는 거실에서 멈추었습니다. '아, 실례······ 젠장, 이봐요. 당신, 램지 캠벨 맞소?' 하고 묻는 남자 목소리가 들렸어요. 말하는 내용으로 보아 캠벨 가, 그러니까 램의 형이 고용한 인물 같았습니다. 영국의 거부는 실종후 1년이 다 되도록 동생을 찾지 못한 미국 경찰에 대한 신뢰를 완전히 잃었는지 유능한 고용인을 쓰기로 결정한 모양이었습니다. 옳은 판단이었지요. 먼저 찾아냈으니까.

잠깐의 침묵 후, 갑자기 휠체어 끄는 소리가 났습니다. 그와 함께 나가려는 듯했어요.

바로 나가서 침입자를 저지해야 했지만, 그러지 못했습니다. 그를 막을 수 있느냐 없느냐는 문제가 아니었습니다만, 왠지 망설이게 되더군요. 휠체어 끄는 소리는 거실을 지나 현관 앞까지 다다랐습니다. 불과 몇 걸음만 지나가면 남자는 램과 함께 사라질 상황이었죠. 하지만 왠지 모를 무기력감이 전신을 휘감아 조금만 힘을 주면 금방 열릴 문조차 열기 힘들었습니다.

그 무기력감이, 무척 기분 좋았습니다.

그때 문을 벌컥 열어젖히는 소리가 들렸습니다.

'움직이지 마!'

르네의 목소리였습니다.

짧은 정적이 흘렀습니다. 보이지는 않았지만 그녀가 총을 들고 있으리라는 사실은 어렵잖게 짐작할 수 있었습니다. 곧 영국 악센트의 중년 남자 목소리가 들려왔습니다.

'아가씨, 침착하세요. 전 이 신사 분을 집으로 데려오라고 고용된 사람일 뿐입니다. 경찰에 신고하지도 않을 겁니다. 난 이 나라 사람도 아니고, 미국 땅에서 무슨 일이 생기건 내 알 바 아니니 마음대로 하시오. 그저……'

남자의 말은 르네의 고함에 끊겼습니다.

'닥쳐! 절대 그를 뺏기지 않아. 다시 내 것으로 만들 거야!'

르네는 당장 램을 놓아주고 꺼지라고 외쳤어요. 남자는 일단 입을 다물었지만 움직이는 기색은 느껴지지 않았습니다.

그때까지도 저는 잔뜩 긴장한 채 문 뒤에서 귀를 기울이고 있었습니다. 지금이야말로 나가야 된다고 생각했지만, 갑자기 등장하기엔 상황이 민감했습니다. 긴장이 더할수록 허기는 더 심해졌습니다. 어느새 식은땀까지 흘렀습니다.

그때, 르네가 다시 소리쳤어요. 저를 부르고 있었습니다.

'샘! 샘, 어디 있어? 샘! ……이 개자식, 샘을 어떡한 거야? 설마…… 당신, 설마 샘을 해친 건 아니겠지!'

떨리는 목소리였습니다. 말하는 속도가 너무 빨랐고, 몇 번 부르지도 않았는데 제게 무슨 일이 났다고 단정하는 모습도 이상했습니다. 물론 더 불렀어도 대답은 못 했을 테지만요.

'도대체 무슨 소리를 하는지 모르겠지만, 어쨌든 좀 더 차분히 얘기해 보는 게 낫지 않겠습니까? 당신, 닥터 소렐 맞지요? 전직 미스카토닉 의대 교수와 지금보다는 이성적인 대화를 나누고 싶은데, 과한 기대입니까?'

'웃기지 마. 당신이 누구한테 고용됐는지 내가 모를 줄 알아? 그 형이란 작자 꿍꿍이를 내가 모를 거 같으냐고! 당장 휠체어에서 손 떼고, 여기서 나가. 당장!'

'그건 좀 곤란합니다. 제게도 입장이란 게…….'

철컥, 하고 리볼버의 해머를 당기는 소리가 들렸습니다.

'닥치고 꺼져. 더 이상 얘기 안 할 테니까.'

'……알았소. 어쩔 수 없군.'

남자가 휠체어를 뒤로 끌었습니다. 다시 램을 거실로 옮기려는 듯했어요.

그때, 퍼억, 하고 뭔가를 걷어차는 소리와 함께 바퀴가 세차게 구르며 마룻바닥을 울렸습니다.

비명이 들리고, 총이 발사됐어요.

바로 이어서 총성이 한 발 더 울렸습니다.

250

더 참을 수 없어 덧문을 열어젖히고 뛰어나왔습니다. 밖으로 나오자마자 비릿한 피 냄새가 났고…… 휠체어와 같이 바닥에 쓰러진 램과, 비틀대며 총을 떨어뜨리는 르네가 보였습니다.

저는 달려나가던 자세 그대로 굳은 채 계단 위를 올려다봤습니다. 르네는 아침에 걸치고 나간 흰색 모직코트 차림이었지요. 새하얀 옷에 흩뿌려진 붉은 점들이 서서히 번져가는 모습이, 왜인지 무척 아름다워 보이더군요.

르네는 자신의 몸을 멍한 얼굴로 내려다보았습니다. 무슨 일이 일어났는지 모르겠다는 표정이었어요. 하지만 곧 쓰러져 버렸죠. 바닥에 널브러질 때 작게 피가 튀는 소리가 났습니다. 그녀의 피는 아니었습니다.

남자가 다가왔습니다. 아직 숨이 붙어 있는 르네가 꿈틀대며 다시 총을 집으려 하자 남자는 총을 멀리 차냈습니다. 잠시 헐떡이는 르네를 쳐다보곤 램을 살펴보기 시작하더군요. 작게 욕을 하는 소리가 들렸습니다. 일단 밖으로 그를 옮기기로 했는지, 휠체어를 세우고 램을 부축했습니다.

그때까지도 남자는 옆 계단 아래에 있던 저를 알아채지 못했습니다. 램을 일으켜 올리느라 남자는 계단 입구 쪽으로 등을 돌린 자세였습니다.

조용히 계단을 올라갔습니다. 조금 지친 상태였지요. 너무 많은 일들이 한꺼번에 일어났으니까요. 수많은 감정들이 뒤섞여 슬픈지 기쁜지 자신도 모를 지경이었습니다. 그럼에도 마음은 묘하게 평온했습니다.

발소리를 죽이고 계단을 오르며 생각했습니다. 왜 이렇게 배가 고플까?

피 냄새를 맡고부터 식욕은 극에 달했습니다. 르네와 시내로 외출했을 때가 떠올랐습니다. 먹어대도, 먹어대도 채워지지 않던, 약간의 아쉬움.

인간이라는 사실에 의문을 가져본 적은 없었습니다. 르네는 괴물이 아닌 인간을 만들고자 했고, 저는 그 실험이 성공해서 다시 태어난 존재였으니까요. 웨스트의 실패작들과는 다르다, 그렇게 믿었습니다.

하지만 이제 의심하지 않을 수 없었습니다. 고용된 남자를, 램을, 먹고 싶었기 때문입니다.

마지막 계단을 올랐을 때, 저는 생각을 그만두었습니다.

이후의 일은 정확히 기억이 나지 않습니다. 처음 남자의 목을 물어뜯었을 때의 고기 맛과 피 냄새, 생살을 물어 뜯겨도 미동조차 없는 램의 팔뚝, 배고픔의 해소에서 오는 희열, 시끄러운 비명소리(얄궂지만, 전 무의식 중에 그 비명이 너무나 끔찍하고 무섭다고 생각했습니다)와 허공을 때리는 총의 격발음, 그리고 죽어가며 저를 바라보던 르네의 얼굴뿐입니다. 그녀가 마지막으로 지은 표정은, 언젠가 실험이 실패했을 때 지었던…… 짜증과 낭패가 뒤섞인 표정이었습니다.

7

전 인간입니다.

스스로라도 믿어주지 않으면 안 됩니다. 그날 이후, 인간이기 위해 전 많은 노력을 했습니다.

다시 정신을 차렸을 때는 어둠이 내린 현관 앞 홀에 주저앉은 채였습니다. 주변이 잘 보이지 않았지만, 입가와 손에 묻은 핏물과 고기조각이 주변의 풍경을 짐작하게끔 해주었지요. 당장 급한 일들부터 해결하기로 했습니다. 몸 여기저기가 뻐근했고 특히 턱뼈가 아팠어요. 그대로 쓰러져 쉬고 싶었지만 시간이 없었습니다. 램을 찾으러 온 남자가 오기 전 자신의 동료나 고용주에게 미리 연락을 해놨을 가능성을 배제할 수는 없었죠. 누가 언제 들이닥칠지 모를 상황이니 빨리 떠나야 했습니다.

진찰실과 지하 연구실을 뒤져 위조 신분에 관한 문서와 연구 일지, 실험실 유지를 위해 르네가 만들고 있던 불법 약품들의 제조방법 및 판매 루트가 기재된 서류 등을 정리해 르네의 차에 실었습니다. 필요한 약품과 장비 등도 가능한 많이 챙겼지요.

모든 준비를 마친 시간은 새벽 4시가 다 되어서였습니다. 잊은 것이 없는지 마지막으로 체크한 후 집에 작별인사를 했습니다. 원인이야 어쨌든 제가 다시 태어나 많은 추억을 쌓은 장소였습니다. 그래서 그냥 남겨두고 떠날 수는 없었어요.

섭섭했지만 되도록 빨리 가야 했습니다. 근처에 사람이 많이 사는 곳은 아니었지만 건물이 그리 많지 않은 평지인데다 한밤중이었으니 불이 난다면 금방 발견될 테니까요. 그렇게 1년간의 추억과 몇 개의 사건을 불길 속에 밀어 넣고 그 집을 떠났습니다. 오랜만의 운전이었지만, 끔찍한 고물 중고 T-버드를 몰고 다니던 조교 시절의 운전 실력은 몸에 고스란히 남아 있었습니다.

가지고 나온 물건은 많지 않았지만 미래를 대비할 정도는 되었습니다. 현금, 차, 서류, 옷, 약……

그리고 르네.

그래요, 과거의 당신이지요.

아직 이해가 가지 않았나 보군요. 어리둥절한 표정이에요. 당연합니다. 저도 처음엔 그랬으니까요.

짐을 챙기는 시간은 오래 걸리지 않았어요. 방금 전에도 말했지만 가지고 나올 물건은 얼마 없었으니까요. 대부분은, 그래요. 당신의 방부 처리를 하는 데 들인 시간이었죠. 시체보관용 냉장고를 들고 나올 수는 없는 노릇이니까. 아깝긴 했지만요.

나는 당신이 남긴 유산이자 의지를 이어갈 후계자, 그리고 연인이에요. 이성을 잃은 괴물이 되어 두 사람을 물어뜯는 와중에도 당신에겐 손도 대지 않았죠. 지금 저를 어떻게 생각하든 그 사실은 변하지 않아요.

지금까지의 이야기를 듣고 옛 기억을 떠올려주길 바랐습니다. 대학 시절이건, 지하실의 일이건 제가 있는 기억이라면 무엇이라도. 램이 제 이름을 불러주었을 때 과거의 편린을 붙잡았듯 말이죠. 그래서 가능한 자세히 이야기했는데, 역시 성급했나 봐요. 뭐, 괜찮습니다. 곧 알맞은 때가 올 테지요.

두렵기도 했어요. 제가 한 일을 생각해 보면, 당신이 저를 증오한다 해도 할 말이 없으니까요. 실패한 실험의 결과물이 한 번 죽인 후 되살리면서까지 되찾으려 했던 옛 연인을 씹어 삼키는 모습을 보며 당신은 무슨 생각을 했을까요? 지금은 기억나지 않겠지요? 저는 기억합니다. 죽어가는 당신의 눈, 실망과 분노를 가득 담은 채 꺼져가던 눈빛을 봤으니까요.

하지만 상관없어요. 저를 증오해도 괜찮답니다. 성별도, 죽음도 뛰어넘어 당신을 사랑했어요. 언젠가는 내 곁에 오리라 믿었기에 감내해온 시간들이죠. 더 못 기다릴 이유가 없잖아요?

함께하기 위한 거처를 마련하기까지 오랜 시간이 걸렸습니다. 예전만큼은 못 되지만 꽤 괜찮은 실험실도 만들어 놓았지요. 이제 '르네'를 되찾기 위한 여정을 계속할 준비는 끝났어요.

이미 되찾지 않았냐고요? 아직 아니에요. 생각해봐요. 내가 여기까지 온 이유를. 가족도, 학교도, 의사로서의 미래도 모든 걸 버렸어요. 르네를, 두 번째 생을 준 창조주로서의 그녀를 존경하며 사랑했기 때문이에요.

하지만 그녀는 변해갔지요. 그때는 그 변화를 적극적으로 고쳐볼 용기도 능력도 없었기에 르네도, 스스로의 무력감도 견디지 못하고 도망쳐버렸지만 지금은 달라요.

지금의 당신은 아직 르네 소렐이라고 할 수 없습니다. 예전의 저와 같은, 푸른 피부의 괴물일 뿐이에요. 당신이 옛 모습, 천사의 미소와 선지자의 두뇌를 되찾았을 때 – 그때야말로 진정 우리는 서로를 창조한 한쌍으로서 영원히 함께할 테지요.

초조해할 필요는 없어요. 버려질까 두려워하지 않아도 돼요.

자아, 눈을 떠요. 내 사랑, 나의 여신.

나는 여기, 눈앞에서 당신을 기다리고 있으니까요.

정세호

1983년 서울에서 출생했다.

웹진 문장의 《문장장르단편선》에 〈보고 있다〉, 도서출판 황금가지의 《한국 공포문학 단편선-돼지가면 놀이》에 〈낚시터〉를 수록하고 웹진 크로스로드에 〈연을 날리는 시간〉을 게재했다.

〈지하실의 여신들〉로 과학 및 액션 소재 단편소설 공모전 최우수상을 수상하고 제1회 SF어워드 단편소설 부문 후보작에 선정되었다.

* 이 작품은 2014년 황금가지에서 나온 과학.액션 융합 스토리 단편집 《대전!對戰》에 수록된 작품이다. 2013년에 대전정보문화산업진흥원에서 진행한 과학 및 액션 소재 단편소설 공모전 수상작을 중심으로 구성된 단편집으로 SF만이 아니라 액션, 역사, 로맨스 같은 다양한 작품이 수록되어 있다.

도둑맞은 어제

/ 코바야시 야스미

번역 : 전홍식
SF매거진 2007년 2월호 수록

오래전 〈메멘토〉라는 영화가 있었다. 십 분 정도밖에는 기억을 유지하지 못하는 사내가 주인공으로, 개봉 당시에는 매우 화제가 되었다고 한다.

지금으로선 그런 영화를 만들었다는 것 자체가 신기한 일이다.

남자는 선행성 기억상실증이라는 병을 앓았다.

사람은 주변에 일어난 일을 우선 단기기억으로 저장한다. 그리고 몇 분 뒤에 그 정보를 장기기억으로 옮기는 것이다. 그래서 단기기억에서 장기기억으로 변환하는 시스템이 망가진 사람은 개인차는 있겠지만 ― 몇 분에서 몇십 분밖에는 기억을 유지하지 못한다. 인생의 어느 시점에 이 병에 걸리면 그때부터 새롭게 체험한 것은 몇 분 만에 사라져버리고, 계속 남는 것은 발병 전의 오랜 기억뿐이다. 몇 분마다 자신의 '현재'를 잃어버린다. 믿을만한 기억은 먼 과거의 것뿐.

그랬다. 〈메멘토〉가 개봉한 당시엔 이것이 아직 진실이었다.

단기기억에서 장기기억으로 정보가 옮겨지는 과정은 아직도 잘 알려지지 않았다. 조사하려고 해도, 이제는 관찰도 실험도 할 수 없어서 연구조차 할 수 없다.

추측할 수 있는 건, 그것이 매우 미묘하고 부서지기 쉬운 시스템에 바탕을 두고 있었다는 것뿐. 옛날 사람들은 그것이 순수하게 생화학적인 반응에 의한 것이라고 생각했지만, 지금은 공간 자체에 머무르고 있는 어떤 종류의 특성을 이용한 물리적 현상이었다고 여겨진다.

발단은, 독재를 할 능력도 없는 독재자가 이끄는 나라였다. 굉장히 긴 그 나라의 이름은 당시에도 지금도 정확하게 발음되는 일이 별로 없다. 단지 '북'이라고만 불린다. 본래의 이름에는 '북'이라는 말은 들어 있지 않았는데 말이다.

여하튼 '북'은 실험을 했다. 그것은 핵실험이어야 했다. 그러나 '북'의 통제 시스템은 실험을 시작하기 훨씬 전부터 완전히 망가져 있었다. 독재자는 결과만을 바라며 명령을 내리고 있었다. '적보다 우수한 병기를 만들어라.', '올해 안에 경제를 회복시켜라.', '식량의 생산량을 3배로 늘려라.' 어떻게 하면 이런 것을 실현할 수 있는지에 대해서는 전혀 설명이 없었다. 독재자 자신도 방법을 알지 못했으니 무리도 아니다. 단지 '이 계획에는 우리나라의 존망이 걸렸다. 그러니 반드시 성공해야 하고, 성공할 것이다. 성공하는 것이다!'라며 소리를 높일 뿐이었다.

성실한 국민은 열심히 명령에 따랐으며, 어떤 이는 성공하고, 그리고 대다수는 실패했다. 성공을 보고한 자들은 '잘했다'라는 말을 듣고 실패를 보고한 자들은 혹독한 벌을 받았다.

그리고 다음 명령이 내려져서 성공을 보고한 자는 '잘했다'라는 말을 듣고 실패를 보고한 자들은 혹독한 벌을 받았다.

어느새 실패를 보고하는 자는 나오지 않게 되었다. 독재자는 자신의 엄격한 태도가 국민을 우수하게 만들었다고 확신하고 만족했다.

하지만 당연하게도 그렇지 않았다. 혹독한 벌을 받는 것을 두려워한 국민은 실패했을 때에도 성공했다고 거짓 보고를 하게 되었고, 그 거짓 보고를 바탕으로 다음 명령을 내렸다. 다리를 완성했다면 그 위에 철도를 놓으라고 하며, 탄도 미사일을 완성했다면 순항 미사일을 만들라고 하고, 인공위성을 쏘아 올렸다면 위성방송을 시작하라고 했다.

완수하지 않은 일을 완수했다는 전제로 내려진 명령이 실현되는 일은 결코 없었다. 국민은 명령한 것과는 다른 뭔가를 완수하고 명령을 실행했다고 보고했다. 결국엔 당연한 일을 명령해도 당연하게 집행되지 않았다.

모두가 자신이 한 일을 똑바로 보고하지 않고, 누군가가 한 정체불명의 일을 바탕으로 자신이 받은 명령을 실행하려고 했고, 결국 그것과는 다른 무언가를 하고 말았다. 자기가 한 일이 무엇인지조차 알지 못하게 되었다.

그래서 그것이 대체 어떤 실험이었는지 이제는 알 수 없다. 아는 것은 독재자는 핵실험을 하려 했다는 것, 그리고 국민은 누구 하나 핵실험이라고는 생각하지 않았다는 것뿐이다.

여하튼 그날 실험은 진행됐다.

핵폭발에서는 일어날 수 없는 진동이 발생하고, 미지의 에너지 선 방사를 각국 연구 기관에서 관측했다.

그리고 몇 분 뒤, 세계 모든 사람이 이변을 느끼기 시작했다. 아니, 이변을 느끼기 시작했다기보다는 무엇이 일어났는지 알 수 없게 되었다는 편이 맞을지도 모른다.

'북'이 행한 '무언가의 실험'은 공간의 성질을 바꾸고 말았다.

현대 과학자에 따르면, 아마도 공간이 상전이했다는 것 같다. 상전이 효과는 실험이 일어난 지점에서 발생하여 구형으로 넓어졌을 것이다. 절대 공간은 존재하지 않으므로, 상전이의 확대 속도는 광속이었을 것이다. 물론 이제 와서 확인할 방법은 없다. 지금쯤, 태양계에서 수십 광년 떨어진 행성계가 이 상전이에 말려들었을지도 모르지만, 내겐 그걸 걱정할 의무도 없고, 해결할 능력도 없다.

나는 지금 내 앞에 놓인 일만으로도 분에 넘치는 상황이다.

'북'의 '뭔가의 실험'에서 약 십 분 뒤, 세계 모든 곳에서 많은 사람이 공황 상태에 빠졌다. 자기가 뭘 하고 있었는지 기억하지 못하게 된 것이다. 몇 분 간의 기억이 사라졌다. 어느 순간 깨닫고 보면, 자기가 요리를 하거나 집에서 나와서 길을 걷는 중이었다. 하지만 자신에게는 요리를 시작하거나 집에서 나온 기억은 없는 것이다.

눈치가 빠른 사람은 바로 자기가 선행성 기억상실증이 아닌지 의심했다. 그리고 주변에 있는 종이에 자신에 대해 기록하거나 컴퓨터에 글을 입력했다. 대다수 사람은 그런 가능성조차 눈치채지 못하고 그냥 기분 탓이라고만 생각했다.

수십 분 뒤에도 사람들의 공황 상태는 계속되었다. 많은 사람은 바로 조금 전에 있었던 공황 상태를 잊어버렸기에 다시 기분 탓이라고만 생각했다. 하지만 일부 사람들은 자기가 쓴 기록을 발견하고 충격을 받았다. 그들은 수첩이나 컴퓨터, 휴대전화를 절대로 놓지 않고 모든 것을 기록했다.

수십 분이 더 흐르고, 일부 사람들은 자신의 선행성 기억상실증을 재발견했다. 그리고 공황 상태에 빠지면서도 주위 사람들을 관찰하며 깜짝 놀랐다. 선행성 기억상실을 발견한 것은 자기만이 아니었다.

처음으로 사태를 깨달은 사람들을 지금은 1차 계몽자라고 부른다.

많은 1차 계몽자는 주변 사람에게 일제히 선행성 기억상실증이 발생했다고 경고했다.

일부 사람들은 1차 계몽자의 말을 따르고 2차 계몽자가 되었다. 하지만 대다수는 '선행성 기억상실증'이라는 말이 뭔지도 모른 채 멍하니 있을 뿐이었다.

물론 계몽자들도 항상 침착하게 대처한 것은 아니었다. 몇 분 또는 몇십 분마다 자기가 쓴 기록을 발견하고 가벼운 공황 상태에 빠지면서도 과감하게 기록을 계속했다.

계몽자들이 인터넷을 통해 세계 규모의 이변이 일어나고 있는 것을 깨닫고 그것을 기록하기 시작했을 무렵, 에너지나 수도, 방송, 통신 같은 다양한 기반 시설에 장애가 일어나기 시작했다. 기반 시설을 다룰 수 있는 능력이 있는 계몽자들은 열심히 노력해서 어떻게든 기반 시설을 복구하고 유지하려 했다. 하지만 몇 분마다 기억이 끊어지는 상태에서 작업하는 것은 불가능에 가까웠다. 그런데도 계몽자들은 서로 협력하여 기반 시설을 복구하고 유지하는 데 노력하는 한편, 더욱 계몽하러 나섰다. 컴퓨터와 네트워크의 도움이 있었지만 기반 시설의 복구는 거의 진행되지 않았다. 기반 시설 장애가 확대되는 것을 막는데 만도 수개월 넘는 시간이 소비되었고, 그제야 겨우 복구를 시작했지만, 5년의 세월이 흘러도 완전히 복구하지는 못했다.

그 시대 사람들의 고난은 보통이 아니었던 모양이다. 많은 사람이 아주 조금 기억을 하지 못해서 목숨을 잃었다.

그런데도 천천히 상황은 개선되었으며 다시금 십 년의 세월이 흘렀을 무렵에는 드디어 인공 장기기억 시스템을 완성했다.

원리는 그렇게 어렵지 않다. 뇌 안의 장기기억 상태를 관측하고 이를 압축해서 반도체 메모리에 기록할 뿐이다. 사용자가 단어나 영상을 떠올리면 자동으로 검색을 하고 메모리 안의 관련 정보가 해제되어 뇌 안으로 보내진다.

사용하기 시작한 직후엔 다소 당황하는 사람도 많았지만, 금방 익숙해져서 거의 무의식중에 사용하게 되었다. 특히 우리처럼 이 현상이 일어난 뒤에 태어난 이들은 이 시스템 말고 다른 것을 이용해서 기억한 경험조차 없기에 전혀 의식하지 않고 자연스럽게 쓸 수 있었다.

나는 내일 제출해야 할 과제 정리를 마쳤다. 시험은 대개 이러한 과제 형식으로 바뀌었다. 믿지 못할 일이지만, 사람들이 자기 뇌 안에 장기기억을 가졌던 무렵에는 단순히 기억력을 겨루기 위한 시험이 주류였다고 한다.

그 현상이 시작되었을 때는 기억력이 높은 엘리트 대부분이 절망했다. 인공 기억 시스템을 완성했을 때, 가장 먼저 달려든 것이 그러한 사람들이었지만, 우습게도 이 시스템은 기억력의 우열을 없애버렸다. 지금은 전세계 누구나 사진 같은 기억력을 갖고 있으니까.

지금은 모든 과목에서 기억력 그 자체를 묻는 일은 없었다. 기억된 정보를 활용하는 방법이 더 중요하다는 건 당연하다.

그렇기는 해도 나 역시 미짱이 도와주었기에 이렇게 정리할 수 있었다. 이 과제는 나와 미짱이 공동 집필한 것이다.

미짱은 정말로 예쁜 아이다. 미짱은 내가 더 귀엽다고 말하지만. 분명히 미짱은 진심으로 말한다고 생각한다. 하지만 객관적으로 봐도 나보다 미짱이 훨씬 매력적인 것은 틀림없다.

나는 키보드를 두드리던 손을 멈추고, 손거울을 들여다보며 한숨을 쉬었다.

아아. 미짱은 어쩜 그렇게 예쁜 거지?

나는 손거울을 놓고 작업을 계속하려 했다.

문득 위화감을 느꼈다. 다 쓴 문서를 저장하려 했지만, 그 방법이 떠오르지 않는 것이다.

나는 심호흡을 했다.

이럴 때에 당황하는 건 좋지 않아.

평소에 간단하게 할 수 있는 일을 하지 못하게 되었을 때는…….

나는 내 손바닥과 손목에 새겨진 문신을 발견했다.

○ 간단한 일을 하지 못하게 되었을 때는 메모리를 점검할 것. ……

그래 메모리야.

나는 목에 손을 뻗었다.

거기에 있어야 할 것이 없었다.

메모리의 삽입구가 비어 있었다.

얼굴이 새하얗게 질리는 것을 느꼈다.

침착하자. 시간은 충분히 있어.

정말로? 메모리가 빠지고 얼마나 지난 거지?

장기기억은 주로 사건을 기억하는 데만 관련되고, 언어나 운동은 별도의 메커니즘에 의한 기억이라는 건 안다. 그러니까 나처럼 태어나서 계속 자기 장기기억을 갖지 못한 사람이 메모리를 잃더라도 언어나 일상 동작을 잊어버리는 일은 없다. 단지 자기가 처한 환경 같은 것은 간단히 잊어버린다. 간단히 말해서 자립하는 건 거의 불가능하다. 메모리가 뭔지를 이해하고 있는 동안에 메모리를 발견하지 못하면 끝장이다.

평소라면 부모님이 알아채고 메모리를 꽂아 주었겠지만, 아쉽게도 요 며칠 부모님이 둘 다 출장 중이라 집에는 나 혼자밖에는 없었다. 만약 메모리를 발견하지 못하면 부모님이 돌아올 때까지 요리 방법조차 모른 채, 굶

주림과 고독 속에서 떨면서 기다릴 수밖에 없다.

그러니까. 뭘 찾고 있었지?

나는 손바닥의 문신을 봤다.

맞아 맞아. 메모리를 찾아야 하지.

그게 왜 필요한데?

그러니까, 이유가 뭘까?

나는 주변을 둘러봤다.

여기는 어디?

나는 내가 누구인지는 안다고 생각했다. 하지만 지금, 주변 모든 것에 대한 기억이 없었다.

문이 열리는 소리가 들렸다. 누군가가 집에 들어온 모양이다.

나는 손바닥을 봤다.

○ 간단한 일을 하지 못하게 되었을 때는 메모리를 점검할 것.
○ 메모리가 없으면 바로 모든 것을 잊어버린다. ……

뭔가를 기억해내려면 메모리라는 것이 필요하다는 말.

그런데 메모리는 어디에 있을까?

나는 책상 위와 바닥 위를 찾아보았다. 하지만 뭔가가 발견되진 않았다?

어머. 나도 참. 뭘 찾고 있담?

손바닥을 본다.

○ 간단한 일을 하지 못하게 되었을 때는 메모리를 점검할 것.

○ 메모리가 없으면 바로 모든 것을 잊어버린다. ……

큰일났어. 메모리를 찾아야.

내가 아무것도 떠올리지 못하는 건 분명히 '메모리'가 없어졌기 때문이야. '메모리'가 없으면 점점 더 잊어버려서 머릿속이 텅 비어버리고 말거야.

나는 주위를 둘러봤다.

방 안이다.

여기는 어디야? 내 방? 여기에 메모리가 있는 걸까?

메모리 모양은 기억한다. 작은데다 길고 가는 막대 모양 물건. 하지만 여기에는 그런 것은 보이지 않는다. 책상 위에도 바닥 위에도 없다.

그럼 방 밖에 있겠네.

하지만 어떻게 나가면 될까?

나는 문으로 손을 뻗었다.

여기를 돌리면 문은 열리는 거야. 그런 기분이 들어. 하지만 문 저편에 뭐가 있을까?

나는 떨리는 손을 문에서 떼었다.

굳이 위험을 무릅쓸 필요가 있을까? 여기서 계속 누군가가 구하러 와주길 기다리는 건 어떨까?

나는 손바닥을 봤다.

하지만 이런 주의서가 있다는 건 '메모리'가 정말로 소중하다는 말 아닐까? 만일 도움을 기나리는 게 가장 좋은 방법이라면 일부로 이런 말을 새겨둘 필요는 없을 거야.

나는 눈을 감고 심호흡을 하고는 문을 열어젖혔다.

그곳은 복도였다. 방의 조명으로 바닥이 훤해 보였다.

거기에 작고 긴 막대가 떨어져 있었다.

어딘가에서 본 듯한 모양이다.

손바닥을 본다.

○ 간단한 일을 하지 못하게 되었을 때는 메모리를 점검할 것.
○ 메모리가 없으면 바로 모든 것을 잊어버린다.

그리고 목에 막대를 꽂는 그림이 그려져 있었다.

이건 그렇게 쓰는 걸까?

나는 '메모리'를 집어 들었다.

목을 만지자 확실히 삽입구 같은 게 있었다.

하지만 이게 내 착각이라면? 이것은 목에 꽂으면 안 되는 걸지도 모른다. 이 그림은 '메모리'를 목에 꽂으면 안 된다는 뜻일지도 모른다.

이러고 있는 동안에도 나는 점점 잊어버리고 있다. 이제 곧 모든 것을 떠올릴 수 없게 될지도 모른다.

만일 이걸 꽂아서 뭔가 나쁜 일이 일어나면 바로 빼면 될 거야.

나는 각오를 하고 '메모리'를 목에 꽂았다.

뭔가 변한 것은 없는 것처럼 생각되었다.

수위를 돌아본다. 모든 것을 본 적 있었다.

기억이 돌아온 것이다.

메모리를 만지자 흔들거렸다.

아마도 메모리의 삽입구가 망가져서 나도 모르는 사이에 떨어뜨렸나 보다. 바로 발견해서 다행이다.

그러고 보니 어제 미짱이 삽입구가 이상하니까 조심하라고 말했지.

메모리가 빠지고 얼마나 시간이 흘렀는지는 모르겠지만 메모리가 빠져 있던 동안의 기억은 벌써 애매해지고 있었다. 몇 번이나 손바닥의 문신을 확인한 것은 기억하고 있지만, 처음에 어떻게 알아차렸는지는 떠오르지 않는다. 그때의 단기기억은 영원히 잃어버린 것이다.

나는 책상 속에서 메모리 검사 장비를 끄집어냈다.

문제가 있는 건 삽입구만이라고 생각하지만, 혹시 모르니 내부 회로 검사도 해야겠지? 밖에서 기억을 잃어버리면 큰일인걸.

나처럼 자기 뇌에 장기기억을 갖지 않은 세대가 메모리를 잃는 것은 치명적인 일이다. 철들 무렵 자기 뇌에 장기기억이 생성된 세대 - 대략 20대 후반 이후 - 라면 최악의 상황에도 자신과 가족 이름이나 그 당시에 살고 있던 주소는 기억하고 있으며, 집에 돌아가기 위한 기본적인 지식도 있다. 그와 달리 우리가 메모리를 잃어버리면, 언어나 '몸으로 기억한다'라고 할 수 있는 절차기억 말고는 아무것도 떠올리지 못하게 된다. 말하는 것이나 항상 익숙하게 하고 있는 단순한 동작은 가능하지만, 복잡한 기억이 필요한 세련된 행동은 하지 못하게 된다. 집에 돌아가는 것조차 떠올리지 못하고 가족을 가족이라고 인식하는 것조차 어렵겠지.

그래서 우리 세대에게는 메모리가 인생 그 자체라고도 할 수 있다.

나는 목의 메모리를 만지면서, 미짱하고 둘만의 비밀을 어렴풋이 떠올렸다.

두 사람만의 달콤한 비밀.

메모리를 검사하려면 일시적으로 메모리를 목에서 빼서 검사 장비 안에 장착하지 않으면 안 된다. 검사 시간은 1분 30초다. 물론 그 정도 시간에 단기기억을 잃어버리는 사람은 일단은 없다. 나는 타이머를 확인하고, 목에서 메모리를 뽑았다.

눈이 떴을 때 느낀 것은 악취였다.

지금까지 맡은 일이 없는데도 묘하게 익숙한 느낌이 드는 냄새였다.

아직 졸려서, 나는 얼굴을 베개에 파묻고 냄새를 무시하려고 했다.

하지만 거기에는 베개는 없었다. 베개만이 아니라 이불조차 없었다.

아차. 깜빡 졸고 말았나?

기묘한 위화감을 느꼈다. 머릿속에 떠오른 말투가 왠지 이상한 것이다.

나는 바닥에 바로 누워 자고 있었던 모양이다.

본 적이 없는 방이었다.

또 메모리를 떨어뜨렸나?

허둥지둥 목을 만진다.

거기에 메모리는 없었다.

메모리만이 아니라 삽입구조차 없었다.

나는 일어서서 온 몸을 만져봤다.

나는 알몸이었다.

아니. 그것 자체는 놀랄 일이 아니다. 놀라운 것은 내 몸이 남성의 그것이었다는 거다.

나는 비명을 질렀다.

남성의 굵은 목소리가 울렸다.

나는 경계하며 방안을 돌아봤다.

아무도 없어.

그래. 지금 건 내 목소리다.

나는 심호흡을 했다.

입 냄새가 났다. 아까 악취는 이거였다.

한시라도 빨리 이를 닦고 싶었지만, 그 전에 가능한 상황을 파악해야 했다.

나는 다시 한 번 남자 몸을 확인했다.

불쾌감을 느끼며 메스꺼워졌지만, 옆구리에 메모리 삽입구가 있는 것을 발견했다. 거기엔 메모리가 꽂혀 있었다.

메모리 위치는 사람마다 다르다. 만약의 사태에 대비하여 알기 쉬운 곳을 택하는 사람, 외모를 신경 써서 옷 아래에 감추는 사람, 그리고 시도 때도 없이 수술을 해서 장소를 바꾸는 사람.

나는 메모리에 새겨진 번호를 확인했다. 그것은 확실히 내 메모리였다. 무엇보다도 메모리 번호를 확인하는 번호에 대한 기억은 메모리 안에 있으니까 일치하는 건 당연하다고 생각하지만.

점차 상황을 알게 되었다.

내가 여기서 깨어나기 전 기억은 검사 장치에 장착하기 위해서 메모리를 뺐을 때까지. 그 후에 일어난 일은 당연히 메모리에는 기억되지 않는다. 그리고 정신이 들고 보니 메모리는 이 사내에게 꽂혀 있었다.

결국 메모리는 본래 돌아가야 할 여자 중학생이 아니라 이 사내에게 꽂혀 버렸다는 말이 된다. 메모리를 뺀 뒤에 무슨 일이 일어난 것이다.

나는 메모리를 뺀 뒤에 일어난 일을 어떻게든 떠올리려 했지만, 곧 쓸데없는 노력이라는 걸 깨달았다.

설사 메모리를 뺀 뒤에 일어난 일을 기억하고 있다고 해도 그것은 어디까지나 여자 중학생의 뇌 안에 존재하는 것이지 이 남성의 뇌가 기억하고 있을 턱이 없었다.

여하튼 무슨 일이 일어났는지 힌트가 될 만 한 건 없는지 주변을 살폈다.

바닥 위에는 옷이나 음식 잔해가 여기저기 버려져서 수북이 쌓여 있었다. 옷 중에서 입을 만한 것을 찾는다. 분명히 세탁은 하지 않았겠지. 진저리치면서도 되도록 냄새를 맡지 않으며 노력하며 재빨리 걸쳤다.

테이블이나 의자 말고는 가구 같은 게 보이지 않았다. 커튼이 없는 창에서 밖을 내다보자 창고 같은 건물이 눈앞에 우뚝 솟아 있었다. 창으로 목을 내밀고 좌우를 본다. 똑같이 생긴 건물이 늘어서 있다. 분명히 내가 있는 건물도 마찬가지겠지. 그렇게 생각하고 보니, 방도 평범한 주택이 아니라 창고를 개조한 것으로 보인다. 하늘이 밝은 걸 보면 시간은 꽤 늦은 오전이나 오후가 시작된 지 얼마 안 되었을까?

방에는 창 반대편에 문이 붙어 있다. 주택 현관문과 많이 닮았다. 분명히 건물 안 통로로 연결되어 있겠지.

시험 삼아 손잡이를 돌리자 가볍게 문이 열렸다. 예상대로 건물 안 통로로 연결되어 있었다. 통로에는 문이 늘어서 있었다. 여기와 같은 방이 잔뜩 있을 것이다.

나는 방으로 돌아왔다.

자, 뭐가 어찌된 걸까?

내 메모리가 이 사내에게 꽂혀 있다는 건 본래 몸에는 메모리가 꽂혀 있지 않거나, 다른 메모리가 꽂혀 있다는 말이다.

메모리가 없다는 것도 상당히 비참한 상황이지만, 다른 메모리가 꽂혀 있기라도 힌디면 비참하다기보다는 참혹한 상태라고 해야겠지.

누구 메모리가 꽂혀 있는지는 알 수 없지만 여하튼 이 사내의 메모리가 가장 그럴 듯해 보였다.

대체 뭣 때문에 그런 짓을? 이라고 생각하자 이런저런 역겨운 일이 떠올랐다.

여자 중학생의 육체를 빼앗는 어리석은 짓을 실행하는 어른이 있으리라곤 지금까지 생각도 못했지만, 지금 상황을 설명하는 가장 자연스러운 가설이 그거겠지.

물론 이 사내도 마찬가지로 피해자고 여자 중학생 몸은 또 다른 사람이 빼앗았을지도 모르지만, 어느 쪽이건 절망적인 것에는 변함이 없다.

여하튼 무슨 일이 일어났는지, 서둘러 확인할 필요가 있다.

자, 우선 이 건물에서 밖으로 나가는 건 문제가 없을까?

만일 여기가 집합 주택이라면 밖으로 나가는 건 그다지 어렵지 않을 것이다. 하지만 빌린 숙소라면 요금을 내지 않고는 나가지 못할지도 모른다. 방 안에는 돈이 될 만한 건 없었다.

내 이름은?

미나미데 소이치로.

그런 이름이 떠올랐다. 그것이 정말로 이 사내의 이름인지, 단순히 그런 기분이 들 뿐인지는 알 수 없지만 중요한 정보라는 것은 틀림없다.

나는 과감하게 밖으로 나가기로 했다.

내가 있던 방문에는 301호라고 적혀 있었다.

통로를 이리저리 돌아다니며 출구를 찾았다.

상당히 헤매긴 했지만 출구 같은 것이 보였다. 출구에는 계산대가 있고, 젊은 사내가 앉아 있다.

나는 미나미데라고 말할까 생각했지만 가명을 쓰고 있을 가능성도 있어서 말없이 사내에게 다가갔다.

"저기 301호실 사람인데."

"뭘 그렇게 서먹서먹하게 그래. 미나미데 형씨. 여하튼 이번 주 방세만이라도 내주지 않겠어? 벌써 5주일이나 밀렸는데 말이야."

"그런데 말이야. 정말로 곤란한 일이 생겨서." 내 메모리로서는 처음으로 듣는 목소리지만 당연하게도 친숙하게 느꼈다. "어제, 그게…….." 나는 뭐라고 말할지 일순 망설였다. "내가 여자를 방에 데려온 걸 봤나? 젊은 여자야."

사내는 콧바람을 내뱉었다. "정말로 그런 짓을 하면 곤란한데 말이야. 뭐, 적당히 못 본 체하지 않으면 손님이 도망쳐버리니 어쩔 수 없단 말이지."

아무래도 보지 못한 모양이다.

"그 여자하곤 처음 만난 사인데 오늘 아침에 일어나보니 여자도 돈도 사라져버렸어."

"잠깐 기다려." 사내는 계산대에 붙어 있는 모니터 앞 키보드를 두드렸다. 출구 상황을 비디오로 기록하고 있는 모양이다.

"어제 돌아온 건 몇 시쯤인데?"

나는 어제 기억을 더듬었다. 메모리를 뺀 것은 9시가 지났을 무렵이다.

"글쎄, 시계를 갖고 있지 않아서 잘 모르겠지만, 분명히 9시는 넘었다고 생각되는군."

사내는 명령을 쳐넣었다. "어디보자. 9시쯤은 아닌 모양이군. 그래, 10시 반에 찍혀 있잖아."

거기에는 수염을 엉망으로 기른, 큰 체격에 지저분한 중년사내가 찍혀 있었다. 얼굴이 익숙했다. 분명히 현재의 나겠지. 그리고 그 옆에는 어제까지 나였던 소녀가 보였다. 얼굴은 잘 보이지 않지만 중년 사내에게 부축되어 질질 끌려가고 있었다. 발이 흐느적거리는 걸 보니 자기 뜻으로 걷지 않는 건 분명했다. 틀림없이 메모리를 잃어버리고 공백 상태가 되어 있었겠지.

젊은 사내는 휘파람을 불었다. "이거 참 굉장히 젊은 여자구만. 여자라기보다는 어린앤데. 당신 도대체 뭘 생각한 거야?"

"어제는 너무 취한 데다 어두워서 나이를 잘못 봤어."

"최근엔 예의 사건으로 경찰도 신경이 곤두서 있단 말이야. 여자라면 모르겠지만 아이는 곤란해. 적당히 해두라고."

그러고 보니 최근 소녀가 무참하게 살해된 사건이 연속해서 발생하고 있었다. 밤에는 결코 혼자서는 외출하지 않기 때문에 나와는 전혀 관계없는 이야기라고 생각해서 신경쓰지 않았지만, 갑자기 그 얘기가 뱃속에 묵직하게 울렸다. 물론 이 사내가 어제까지 뭘 했는지는 떠올릴 수 없었다.

"어디보자. 이 아이가 나간 것은……." 사내는 화면을 빠르게 돌렸다. "한밤중에 1시 넘어서군. 잔뜩 즐긴 모양이지?"

"아, 그래, 뭐."

기억이 없는 것이 다행인지 불행인지.

화면에는 달려가는 소녀가 비추고 있었다.

"어쩔 거야? 경찰에 알릴까? 하지만 이 비디오도 제출해야 할 거야."

"잠깐 기다려줘. 일단 내가 찾아보지."

"그게 낫겠지."

"미안하지만, 휴대형 내비게이션을 빌려줄 수 있나? 여자를 어디에서 만났는지 잘 기억나지 않아서 말이야."

"낡아빠진 게 한 대 있으니 가져가." 사내는 내비게이션을 던져줬다.

나는 내비게이션에 현재 위치를 표시했다.

집에서 그렇게 멀지 않다. 걸어도 몇 시간이겠지.

"밤까지만 기다려줘."

그렇게 말한 뒤 빠른 걸음으로 어제까지 내 집이었던 곳을 향했다.

집은 기억 속의 그것과 완전히 똑같았지만 격렬한 위화감도 느꼈다. 분명히 이 중년 사내 - 미나미데 - 의 눈을 통해서 보는 건 처음이기 때문이겠지.

여하튼 집 주위를 돌면서 안의 상황을 살펴본다.

특별한 이상은 없어 보였다.

부모님이 출장에서 돌아오는 건 모레지만 어제까지의 나 - 미츠카와 유미 - 는 평소라면 집에 돌아와 있어도 이상하지 않을 시간이었다. 부모님이 없는 날에는 대개 친구가 놀러와 있을 것이다.

나는 잠시 주저하다가 현관문에 손을 뻗었다. 예상대로 문은 잠겨 있었다.

자, 어떻게 할까?

이대로 경찰에 가서 모든 것을 말하면 믿어줄지도 모른다.

상대가 잡아떼더라도 메모리 제조번호를 조회하면 간단히 증명할 수 있겠지. 하지만…….

그래서는 미짱과의 비밀 약속을 지킬 수 없게 되고 만다.

가능하면 아무에게도 알려지지 않고 해결하고 싶다. 최소한 미짱이 아무것도 모르는 동안에…….

그때, 집 안에서 비명이 들렸다.

나는 강한 공포를 느꼈다.

내 몸은 무의식중에 움직여서 집의 외벽을 타고 올라가 2층 창문을 깨고 침입했다. 걸린 건 고작 십 몇 초. 분명히 어제도 이렇게 침입했겠지. 절차기억이 되어 있는 것을 보면 미나미데는 이런 짓을 계속 반복해왔을 것이다.

나는 떨리는 미나미데의 손을 바라보았다.

이 사내는 역시 범죄 상습자인 것이다. 한시라도 빨리 이 사내의 몸에서 나가고 싶다.

소리 없이 계단을 내려가, 어제까지 나였던 미츠카와 유미의 공부방으로 향했다.

이젠 비명은 들리지 않는다. 그 대신에 뭔가 기분 나쁜 냄새를 느꼈다.

미나미데의 몸은 그 냄새에 반응하여 흥분하고 있다. 하지만 내 마음은 불쾌감을 느끼고, 마음과 몸의 차이로 인해 메스꺼워졌다.

나는 소리치면서 문을 박차듯이 열었다.

거기에는 전라의 아라야마 미치코가 쓰러져 있었다.

방 가득히 흘러 퍼진 피 웅덩이.

기묘하게 흥분한 미나미데의 육체.

"미쨩!" 나는 피 웅덩이 안에 뛰어들면서 아라야마 미치코의 몸을 안았다.

그건 아직 따뜻했지만 아무런 움직임도 느껴지지 않았다.

상반신을 안아 올리자 목이 축 늘어졌다.

크고 깊게 갈라진 목의 상처 너머로 뼈가 드러났다. 반쯤 절단된 상태였다.

나는 육체의 흥분에 혐오감을 느끼면서 미치코의 팔뚝을 살폈다.

메모리가 없다.

그럼 아직 희망은 있을지도 몰라.

찾아야 해. 그자보나 먼저.

그것은 미치코가 강하게 움켜쥔 손 안에 있었다.

메모리를 집기 전에 등에서 시선이 느껴졌다.

이 감각도 미나미데의 절차기억에 의한 거겠지.

나는 바닥을 박차고 일어나서는 공중에서 돌아서 다가오는 자를 향해 전투태세를 취했다.

거기에는 전라에 피투성이의 미츠카와 유미가 서 있었다.

눈에는 광기가 감돌고 입은 반쯤 벌린 채 침을 질질 흘리면서 힘없이 실실 웃고 있었다.

"미나미데 소이치로!!" 나는 증오가 넘치는 목소리로 외쳤다.

"이봐. 그건 네 이름이잖아, 아저씨." 미나미데의 기억을 가진 미츠카와 유미가 말했다.

"그 몸을 돌려줘!"

"너 말이야, 뭔가 착각하고 있는 모양인데 말이지." 전라의 유미는 혀를 내밀었다. 입안도 피로 새빨갰다. "미나미데 소이치로는 이 여자 몸을 훔치지 않았어. 기억을 훔친 거야. 그리고 미츠카와 유미에게 자신의 기억을 심었어."

"뭐가 다르다고!"

"그게 전혀 다르단 말이야. 하늘과 땅만큼 말이지." 유미는 잘난 체하며 말했다. "다시 말해 가해자는 너고 피해자는 나란 말이야."

"그런 억지가 통할 줄 알아. 알맹이가 바뀌었으니까."

"알맹이? 알맹이가 뭔데?"

"당연히 인격이지. 인간의 정신. 혼 말이야."

"핫핫핫. 혼이라고? 넌 보거나 만진 적이라도 있어?"

"물리적으로 존재하지 않아도 확실히 혼은 있어." 나는 가냘픈 소녀를 노려봤다.

　악마의 기억을 가졌다곤 해도 육체적으로는 어린 소녀다. 힘으로 상대하면 이길 수 있을지도 모른다.

　"그렇지. 혼은 있을지도 모르지. 하지만 말이야." 소녀는 자랑하듯이 메모리를 얼굴 앞에 들어 올렸다. "이런 게 혼일 리가 없잖아. 이건 인간이 만든 거야. 단순한 장치지. 이게 혼의 본질이라는 게 말이 되겠어?"

　"그럼 어째서 거기에 미나미데 소이치로가 있는 거야?"

　"오해하는 것 같은데 말이지. 여기엔 미나미데 소이치로는 없단 말야." 소녀는 콩콩, 자기 머리를 두드렸다. "있는 건 미츠카와 유미야. 단지 미나미데 소이치로의 기억을 갖고 있지만 말이지."

　"결국 알맹이는 미나미데란 거잖아?"

　"완전히 다르지." 피투성이 소녀는 한심하다는 듯이 말했다. "예를 들어 여기에, 사람을 수백 명 죽인 연쇄살인자가 있다고 치자. 기억을 잃어버린다고 해서 그의 죄가 사라져버릴 수 있을까? 그렇다면 아무리 흉악한 범죄를 일으켜도 기억을 지우면 무죄라는 말이 되겠군. 그렇게 되면, 범죄는 폭발적으로 증가하게 될 거야. 그렇지 않겠어?"

　"너는 단지 기억을 지운 것만이 아니라, 내 기억을 훔쳤어."

　"그러니까 훔친 건 너라니까. 옛날 아직 메모리가 개발되기 전에 사람들은 수첩에 기록을 계속했다는 건 알고 있겠지. 만일 그 수첩을 교환하면 인격이 바뀌는 건가? 수첩이 인간의 혼이라도 되냐고? 너는 말이야. 아무리 둘러대 봐야 미나미데 소이치로일 뿐이라고."

　"그래? 그래도 괜찮아. 나는 미나미데 소이치로고 이제까지 계속해서 끔찍한 살인을 해왔어. 그렇단 말이지?"

　"그래. 네 자신은 이제 잊어버렸겠지만 너처럼 비열한 자식은 없다고.

난 자알 기억하고 있지."

"그럼 기억을 교환하자. 미나미데 소이치로의 기억이 돌아오면 나는 기쁘게 경찰에 잡혀가지. 너도 자신의 기억을 되찾아서 만만세잖아."

"그걸로 해결될 거 같아? 이 미츠카와 유미는 미나미데 소이치로의 기억이 마음에 든단 말이지. 게다가 중요한 걸 잊고 있는 모양인데, 미츠카와 유미도 미나미데 소이치로와 마찬가지로 범죄자란 말이야."

소녀는 메모리와는 다른 손에 든 커터를 날름 핥았다.

"그 애는 확실히 나를 즐겁게 해주었지."

"개자식! 잘도 미짱을!" 나는 화가 나서 소녀에게 달려들었다.

"관둬!" 소녀는 커터를 메모리에 들이댔다. "이건 저 여자애―확실히 아라야마 미치코라고 했던가―메모리야. 전극 사이에 금속 칼날을 꽂으면 안의 데이터는 간단히 파괴되어버리지. 알고 있겠지?" 소녀는 사악한 웃음을 지었다.

"왜, 그런 걸 훔친 거야?"

"깊은 뜻은 없어. 단지 만약의 상황에 대비한 거지. 혹시라도 아라야마 미치코를 죽이는 데 실패하면 미츠카와 유미가 살인귀의 기억을 갖고 있는 게 들켜버리니까. 그래서 내가 정체를 드러내기 전에 틈을 봐서 메모리를 빼냈단 말이야. 메모리가 없으면 설사 죽이는데 실패하더라도 미츠카와 유미에게 살해될 뻔했다는 기억은 바로 사라져버리니까. 나는 안심이다 이거지. 메모리를 빼앗았더니 미치코는 일순 멍하게 나를 보고 있었지만, 바로 싱긋 웃고는 "그럼 지금부터 할 거야?"라고 말했어. 이 나이 여자애기 묘한 놀이를 한다는 얘기를 들은 적이 있어서 금방 알아챘지. 그래서 말야. 나는 좀 더 과격한 놀이를 이 녀석에게 가르쳐준 거야." 소녀는 깔깔거리며 웃었다. "사실은 이런 커터 같은 게 아니라 군용 나이프가 좋았지

만 말이야. 그거라면 목을 확실하게 날려버렸겠지. 뭐, 군용 나이프가 있어
도 이 몸의 힘과 체중으로는 잘라내는 건 무리일지도 모르지만."

"그럼 그 기억에는 '미츠카와 유미가 아라야마 미치코를 죽였다'는 기억
은 들어 있지 않단 말이지?"

"그래. 그렇게 되는구만. 뭣보다 문제없이 아라야마 미치코를 해치웠기
때문에 메모리를 뺄 필요는 없었다고 보지만 말이야. 자 어디." 소녀는 커
터 칼날을 길게 빼냈다. "너는 메모리가 혼이라고 했지? 그 말이 맞는다면
미치코의 육체는 죽었지만, 여기에는 아직 혼이 남아 있단 말이 되겠지. 네
가 내 말대로 한다면 이 메모리는 부수지 않아도 상관없어. 하지만 나를
거역하면 단방에 깨부순다!!"

"뭘 바라는 거야?"

"별로 대단한 건 아냐. 단지, 이 집을 나가주는 것만으로 좋아. 지금 즉
시!"

"어쩔 셈인데?"

"경찰을 부르지. 너는 이 집 안에 여러가지를 만졌어. 아라야마 미치코
의 사체도 포함해서 말이야. 내가 이상한 사내가 들어와서 아라야마 미치
코를 죽였다고 말하면 의심할 사람은 없겠지. 그걸로 나는 안심. 이 집의
딸로서 살 수 있어. 그리고 너는 살인귀로서 계속 도망치게 된다 이거야.
도주에 필요한 노하우는 그 몸이 기억하고 있잖아?"

"만일 내가 붙잡히면 어쩔 셈이지? 뭐든지 사실대로 얘기할 거야. 그러
면 네 기억은 본래의 몸으로 되돌려질걸."

"서로 그런 일이 벌어지지 않게 노력해야지. 만일 나를 조사하는 낌새라
도 나면 곧바로 이 메모리를 박살낼 거야. 그게 싫다면 붙잡히지 말고 도
망쳐. 만일 잡혀도 끝까지 잡아떼란 말이야."

이제 조금 남았다. 아직 징조는 없나?

"조금만 더 생각할 시간을 줄 수 없어?"

소녀는 고개를 저었다. "안 돼. 앞으로 십 초 안에 나가지 않으면 메모리를 부숴버린다."

"만일 부수면 날 막을 수 있는 건 아무것도 없게 돼. 지금의 나라면 네 목을 꺾어버리는 것쯤 식은 죽 먹기야."

"글쎄. 어쩔까. 정말로 해보기 전엔 알 수 없겠는걸. 게다가 이 몸을 부수면 넌 다시는 미츠카와 유미로 돌아올 수 없어."

"알았어. 말한 대로 할게." 나는 항복한다는 뜻으로 손을 들어올렸다. "하지만 그 전에 다시 한 번 그녀에게 이별을 고하게 해주지 않겠어?"

소녀는 잠시 생각했다. "좋아. 상관없지. 가능한 여기저기 샅샅이 만져서 흔적을 남겨달라고."

나는 아라야마 미치코 사체의 손을 잡고 메모리를 꺼냈다.

"이봐. 지금 뭘 주은 거야?" 소녀는 내 행동을 이상하게 본 모양이다.

"아무것도."

"헛소리 마. 지금 분명히 뭔가 메모리 같은 걸 들고 있었어. 그…… 아이……의 손에서 확실히…… 어. 그 애 이름이 뭐라고 했지?"

나는 나도 모르게 미소를 흘리고 말았다.

"왜 웃고 있어?"

"특별한 이유는 없어. 단지, 네가 당황하는 모습이 재미있었을 뿐이야."

소녀는 아라야마 미치코의 사체를 바라봤다. "그 애는 내가 죽인 거야? 그런 거야?"

"왜 그래? 자기가 한 일도 모르는 거야?"

"나는…… 그래. 나는 미나미데 소이치로다." 소녀는 멍하니 말했다.

"너는 미나미데 소이치로의 흔적에 지나지 않아." 나는 아라야마 미치코의 손에서 집어든 메모리를 들어 올렸다. "미나미데 소이치로의 본체는 이거야. 그리고 육체는 여기야." 나는 내 가슴을 두드렸다.

"너…… 어느새 뽑아낸 거지?"

"뽑아낸 건 내가 아냐." 나는 아라야마 미치코의 유체를 가리켰다. "뽑아낸 건 미치코야. 미짱은 알고 있었어. 미치카와 유미의 메모리 삽입구 상태가 좋지 않았다는 걸. 네가 미짱을 공격했을 때 미짱은 떠올렸을 거야. 가볍게 당기기만 해도 메모리를 뺄 수 있다는 걸. 그리고 어떻게든 단기기억이 사라질 때까지만 버틸 수 있다면 네가 행동을 멈출지도 모른다고 말이야. 물론 그 무렵엔 자기 기억도 사라져 있겠지만, 자기만 기억을 잃는 최악의 사태는 피할 수 있지."

"실제로는 내 행동이 재빨라서 기억이 사라지기 전에 해치워버렸지. 그리고 네가 들어왔어. 그런 거야? 너는 언제 들어왔어?"

"벌써 그것도 잊어버린 거야? 이제 금방이네. 메모리가 빠진 직후는 빠지기 직전 10분 간이나 그 사이에 생각 안 하고 떠올린 것은 기억하고 있어. 하지만 빠진 뒤엔 새로운 과거를 떠올릴 수 없게 되지. 계속 사라질 뿐이야."

"내가 잊어버릴 줄 알아? 반복해서 의식하면 기억할 수 있어. 나는 미나미데 소이치로. 내 기억은 눈앞에 아저씨가 갖고 있다."

"그런 노력을 해봐야 소용없어. 도대체 얼마나 많은 양의 정보를 계속 의식할 수 있겠어? 어차피 3개나 4개가 한계일걸."

소녀는 주변을 두리번거렸다. "젠장. 쓸 거. 뭔가 쓸 만 한 건 없는 거야?"

"필기구와 종이가 어디 있는지 알고 있지만 안 가르쳐줘."

"그럼 이 메모리를 부셔버리겠어."

"그 메모리는 누구 건지 알고 있어?"

"저 죽은 여자애 거 아냐?"

"그럴지도 몰라. 아니면, 미나미데 소이치로의 것일지도 모르지."

"속을 줄 알고! 분명히, 나는 저 여자를 죽이고……. 아니, 죽이기 전에 뺐던가? …… 그러니까 제조 번호를 보면…… 제길!!"

"그런 숫자는 벌써 잊어버렸을걸."

"소리를 지르겠어! 그러면 누군가가 와서 악당에게서 연약한 소녀를 구해주겠지."

"그래도 좋아. 나는 사실을 말할 테니까. 제조번호를 조사하면 확인할 수 있을걸?"

"너는 이대로 미츠카와 유미의 육체에서 내가 사라지는 걸 기다릴 셈이군. 그리고 자기 메모리를 꽂을 거야."

"너도 처음에 그렇게 했잖아? 나-미츠카와 유미였던 나로부터 메모리를 빼앗아서 기억이 사라지는 것을 기다린 후에 자기 아지트로 데리고 돌아갔어. 그리고 자기-미나미데 소이치로-의 메모리를 빼서 미츠카와 유미에게 꽂았지. 그 뒤엔 수면제를 먹이고 미나미데 소이치로의 기억을 가진 미츠카와 유미가, 잠든 미나미데 소이치로의 육체에 메모리를 꽂고서 여기에 돌아왔어. ……라고 해도 이젠 기억하지 못하겠지?"

"그러니까. 지금 무슨 얘길 한 거야? 나는 대체 누구지?"

"연기를 해서 방심하게 만들려 해도 소용없어. 그렇게 갑자기 모든 기억이 사라지는 일은 없단 말야. 나는 초조할 거 없어. 메모리를 되돌리는 건한 시간 뒤라도 아무런 상관없으니까. 나는 미츠카와 유미의 몸을 되찾고, 너도 본래 육체로……."

"아직 기억하고 있어……." 소녀는 멍한 눈으로 말했다. "너는 결코 이길 수 없어.”

“멋대로 말하지 마. 이제 곧 미츠카와 유미 몸속의 네가 사라져. 네가 진 거야.”

“아니. 나는 사라지지 않아. 네 안에서 계속 살아갈 거야.”

나는 고개를 저었다. “메모리가 없으면 기억이라는 것은 남지 않아. 이번에 네가 깨어나는 건, 본래 자신의 몸 안이야.”

“나는 미츠카와 유미의 메모리 안에서 계속 살아갈 거야.”

“무슨 소릴 하는 거야?”

“너도 이제 눈치채고 있겠지. 아닌 척해도 소용없어. 미츠카와 유미의 메모리는 벌써 오염되어버렸어.”

“무슨 소리를 하는 거야. 나는 전혀……..”

“나는 대망각의 때를 기억하지. 나는 그때 이미 어른이었단 말이야. 어른이 될 때까지의 미나미데 소이치로의 기억은 그 뇌 안에 장기기억으로서 남아 있지. 그리고 마음만 먹으면 언제라도 떠올릴 수 있어.”

“그만둬! 말하지 말란 말야!!”

나는 결코 떠올리면 안 되는 것을 생각하지 않으려 했다. 하지만 그럴수록 의식이 그쪽으로 향하고 만다.

“우와!!” 나는 머리를 감싸면서 절규했다.

나는 떠올리고 말았다. 미나미데 소이치로의 기억을. 외로운 어린 시절을. 그리고 비뚤어진 성격을 형성한 청춘 시대를. 범한 여자들의 일을. 죽인 아이들의 일을. 그러한 기억이 강하고 달콤한 쾌감과 함께 나를 감쌌다.

“생각났냐? 너는 개자식이야!”

한번 의식에 떠오른 기어은 한순간에 메모리에 새겨진다. 미나미데 소이치로의 더러운 기억은 내 기억으로 영원히 남게 된다.

"내가 이겼어. …… 어느 쪽이건…… 나는 사라지지 않아……." 소녀는 흐려지는 의식 속에서 머리를 흔들면서 말했다.

계속해서 흘러나오는 미나미데 소이치로의 기억에 나는 괴로워했다. 그 것은 따뜻한 가정에서 자라난 소녀의 그것과는 완전히 이질적인 흉악한 기억이었다. 본래 소질이 있었던 것인지, 아니면 환경 탓인지, 또는 양쪽 모두 때문인지. 미나미데 소이치로는 완벽한 괴물로서 만들어졌다. 그것은 자기 쾌감에 충실하게 살고 성장해서 대망각을 맞이했다. 미나미데는 메모리 시스템이 생길 때까지 아마도 젊은 날의 흉포한 기억을 계속 반추하며 광기를 지켜왔겠지.

소녀의 비명 소리에 정신이 돌아왔다.

미츠카와 유미는 발가벗은 채로 아라아마 미치코의 유체를 보고 덜덜 떨고 있었다. "이건 누구? 죽은 거야?"

"무서워할 거 없어, 아가씨. 이건 단순한 나쁜 꿈이야." 나는 미츠카와 유미에게 상냥한 말을 걸고 침대에서 모포를 집어 올려 그녀에게 씌웠다. "괴물은 이제 사라져버렸어. 자, 이 방에서 나가자. 거실에서 조금 쉬면 될 거야."

"나는……. 나는 누구? 아무것도 생각 안 나."

"무서워할 거 없어. 일시적인 것이니까." 나는 미츠카와 유미의 손을 잡아 거실 소파에 앉혔다. "지금 따뜻한 코코아를 가져올게."

부엌에서 코코아를 타는 동안에도 괴물은 내 머릿속에서 계속 날뛰고 있있다. 디오르는 듯한 쾌감에 대한 욕구를 들이밀며 나를 지배하려고 했다.

포기해. 나는 네가 아냐.

거실에 돌아가자 미츠카와 유미는 소파 위에서 잠들어 있었다.

나는 다시금 1시간 정도 상태를 본 뒤에 미츠카와 유미가 쥐고 있던 메모리를 살짝 집어 올렸다. 이것은 틀림없이 미츠카와 유미 - 미짱의 메모리다.

미츠카와 유미 속의 미나미데는 작은 실수를 저지르고 있었다.

미츠카와 유미에게 꽂혀 있던 메모리가 미츠카와 유미 자신의 것이라고 믿고 있던 것이다. 하지만 그것은 나 - 아라야마 미치코 - 의 것이었다.

우리 두 사람 - 미츠카와 유미와 아라야마 미치코 - 는 소꿉친구로 서로의 이름을 짧게 줄여서 미짱, 아라짱이라고 부르는 사이였다.

그리고 나와 미짱의 비밀스러운 놀이는 때때로 서로 메모리를 교환해서 상대의 가정을 체험하는 것이었다.

그래서 괴물은 미츠카와 유미의 메모리를 오염시킬 수는 없었다는 말이 된다.

나는 미짱의 메모리를 미짱 목에 있는 소켓에 삽입했다.

이것으로 본래의 짝이 돌아왔다. 미짱의 육체와 미짱의 메모리는 미짱의 것이다.

하지만…….

나, 아라야마 미치코는 자신의 육체를 잃고 메모리도 또한 괴물에 의해 오염되고 말았다.

하지만 모든 건 생각하기 나름이다. 아라야마 미치코 한 사람이 희생되는 대신 최소한 한 사람은 자기 세계를 잃지 않을 수 있었다.

자 그럼.

나는 미나미데의 메모리를 바라봤다. 이 메모리는 아무런 쓸모도 없다. 죗값을 치르게 해볼까.

하지만 커터를 들이댄 순간 나는 다시 생각했다.

인간의 본질은 미나미데 소이치로가 말한 대로 육체와 뇌에 있는 걸까? 아니면 내가 실감하듯이 메모리에 있는 걸까?

만일 미나미데가 말한 게 옳다면 이 메모리는 단순한 장치이고 죄를 범한 것은 바로 나하고 미츠카와 유미라는 말이 된다. 메모리를 부숴봐야 아무런 의미도 없다.

반대로 내 직감이 옳다면 죄는 모두 미나미데가 범했고 지금 그는 이 메모리 안에 있다. 하지만 지금 내가 이 메모리를 부수면 나 자신도 미나미네의 본질을 죽인 살인범이 되고 만다. 살인자가 되고 싶지는 않았다.

나는 메모리를 호주머니에 넣었다.

생각할 시간은 얼마든지 있다.

미츠카와 유미는 작은 숨소리를 내며 자고 있다.

아마도 내일 아침 처음으로 나 – 아라야마 미치코 – 의 육체를 발견하는 건 그녀겠지. 지금은 푹 쉬게 해주고 싶다.

과연 나는 아라야마 미치코일까 아니면 미나미데 소이치로일까. 간단히 결론을 낼 문제는 아니다.

미나미데로 살아가고 싶지는 않다. 하지만 사람들은 나를 아라야마 미치코라고 인정해줄까?

나는 여하튼 지금은 결론을 내지 않기로 했다. 지금까지 미나미데가 붙잡히지 않았다면 앞으로도 붙잡히지 않을지도 모른다. 그리고 나는 범죄 따위 일으킬 마음은 없었다.

하지만 아라야마 미치코의 기억이 우세한 것은 언제까지 계속되는 걸까? 미치코의 기억은 임시방편에 지나지 않았다. 이 육체의 인격은 일시적으로 영향을 받고 있을 뿐인지도 몰랐다. 살인귀의 뇌는 어떤 기억을 갖고 있어도 결국은 살인귀의 인격을 만들어내는 것이라고 한다면? 게다가 나 자신 속에는 수십 년 전의 미나미데의 기억이 되살아나고 있다. 이것도 또한 내 인격에 강한 영향을 주게 되겠지.

나는 걱정을 그만두었다. 아무리 고민해봐야 될 대로 되는 수밖에 없다.

또 한 번, 유미의 방에 돌아가서, 아라야마 미치코의 유체를 마주했다.

잘 있어. 내 몸. 14년간 고마웠어.

그리고 거실로 돌아가서 미짱의 잠든 얼굴에 입을 맞추고는 밤의 어둠 속으로 사라져갔다.

코바야시 야스미小林泰三

1962년 생. 1995년 〈완수수리자〉로 제2회 일본 호러 대상을 수상하며 데뷔.
이후 SF매거진 독자상 수상 등 호러와 SF, 본격 추리를 넘나들며 활발한 활동을 보인 작가.
국내에 소개된 책으로 《밀실, 살인》《커다란 숲의 자그만 밀실》이 있다.

번역 전홍식

SF & 판타지 도서관 관장. 게임 기획자. SF, 문화 평론가.
다양한 장르에서 폭넓은 지식으로 다양한 활동을 하고 있다.
SF & 판타지 도서관을 중심으로 〈미래경〉〈원더랜드〉 등을 기획하였다.
저서로 《한국 게임의 역사》《게임 소재론》《판타지 개론》 등이 있다.

가상현실장치로서의 소설, 그리고 가짜 휘발유와 SF

/ 장강명 · 소설가

사실 인류는 이미 몇 백 년 전에 훌륭한 가상현실장치를 발명한 것 아닐까? 복잡한 CPU도, 비싼 디스플레이도 필요 없는 초절전 제품으로.

소설 말이다. 소설을 읽는 사람은 앉아서 겨우 몇 시간 정도 눈동자를 굴린 정도로 여러 가지 감각을 느끼고 실감 나는 체험을 한다. 심지어 몇몇 위대한 소설은 전원을 끈 뒤에도(책장을 덮은 뒤에도) 작동한다. 읽는 이의 기존 현실인식을 뒤흔들고, 현실을 보는 눈 자체를 바꿔버린다.

이런 가상현실을 창조하기 위해 소설에는 몇 가지 재료가 필요하다. 문장, 상상력, 그리고 현실.

현실이 필요하다고? 그렇다. 가짜 휘발유에 가장 많이 들어가는 재료가 진짜 휘발유인 것처럼, 그럴싸한 가상현실을 만들기 위해서는 현실이라는 기초 재료가 필요하다. 비유하자면 현실은 진짜 휘발유, 상상력은 첨가제, 그리고 문장은 그 두 가지를 섞어 담는 통이다. 그게 잘 섞이면 우리의 머리(엔진) 속에서 현실(휘발유) 같은 힘을 발휘하지만 실제로는 현실이 아닌 가상현실(가짜 휘발유)이 나오는 것이다.

그리고 가짜 휘발유 단속기관들은 펄쩍 뛸 이야기지만, 이론적으로는 좋은 첨가제를 넣어 잘 만든 가짜 휘발유가 진짜 휘발유보다 더 성능이 좋을 수 있다. 이 단계에 이르면 '가짜 휘발유'가 아니라 '대체 휘발유'가 되는 것이다. 법을 어기면서 가짜 휘발유를 만드는 업자들이 좋은 첨가제를 쓰지 않으니 문제지. 유사 휘발유 논란을 불러왔던 세녹스의 경우, 성능이나 환경에 미치는 영향은 휘발유에 비해 떨어지지 않았다. 제조 원가는 세녹스가 오히려 휘발유보다 더 비쌌다.

가짜 휘발유 제조업자들이 진짜 휘발유에 섞는 첨가제는 여러 종류다. 어떤 성분을 넣을 것이냐, 얼마나 넣을 것이냐가 가짜 휘발유 제조기술의 핵심이다. 업자들은 석유화학제품을 쓸 것이냐, 등급이 떨어지는 다른 석유제품(예를 들어 선박용 경유)을 쓸 것이냐, 아니면 그도 아닌 제3의 성분을 쓸 것이냐를 먼저 정해야 한다. 석유화학제품을 쓸 때에는 알코올류, 솔벤트류, 톨루엔류 중 어떤 물질을 얼마나 섞을 것이냐에 따라 가짜 휘발유의 특성이 달라진다.

소설가도 마찬가지다. 현실에 어떤 첨가제를 섞을 것인가를 정해야 한다. 제대로 이 작업을 하기 위해서는 먼저 소설에 들어가는 현실의 성분을 분석해야 하는데, 그러면 먼 옛날 국어 시간에 배웠던 '소설 구성의 3요소'를 맞닥뜨리게 된다. 소설에 들어가는 현실은 크게 세 가지 요소로 이뤄져 있는데, 그것은 '인물-사건-배경'이다. 그래서 첨가제의 종류도 크게 세 가지가 된다. 인물 첨가제, 사건 첨가제, 배경 첨가제.

인물 첨가제를 섞은 소설은 인물 부분의 현실이 슬쩍 가상으로 대체된 가상현실기계가 된다. 모든 할리우드 영화는 여주인공을 맡은 배우가 현실에서 찾기 힘든 미인이라는 점에서 가상현실이다. 그러나 인물을 제외한 배경이나 사건은 현실적일 수 있다. '인물을 주로 가상화한(증강한) 가상현실'인 것이다.

소설에도 이런 '인물증강소설'이 있다. 인물증강소설은 우리가 일상생활에서 흔히 보기 어려운 문제적 인물을 보여주고, 그 인물을 중심으로 이야기를 끌어간다. 예를 들자면 『위대한 개츠비』나 『호밀밭의 파수꾼』, 『롤리타』를 꼽겠다. 이들 소설에서 개츠비나 홀든 콜필드나 험버트 험버트는 '가장 그럴싸하지 않은 요소'인 동시에 작품의 핵심이다.

사건 첨가제를 섞은 소설도 마찬가지다. 사건증강소설을 쓰는 소설가는 비일상적인 사건을 만드는 데 공력을 쏟는다. 애거서 크리스티 여사의 추리소설들에서 핵심은 범죄이며, 범인의 트릭을 콧수염이 멋진 벨기에 탐정이 풀 건 미소가 온화한 시골 할머니가 풀 건 작품의 가치는 크게 변하지 않는다. 끔찍한 살인사건이 어떻게 생존자들의 내면을 변화시키는지에 대해서는 크리스티 여사도 독자들도 별 관심이 없다.

내 생각에는 스릴러와 추리소설은 사건증강소설이다. 이들 소설에서는 비일상적인 사건이 있고, 그 사건이 어떻게 해결되는가, 또는 파국을 맞는가가 중요하다. 나는 로맨스소설 역시 전형적인 캐릭터들이 비일상적인 계기와 관계로 만나서 연인 사이라는 종착역을 맞는 과정에 관심을 둔다는 점에서, 사건증강소설이라고 생각한다.

그리고 배경에 상상력이라는 첨가제를 듬뿍 넣은 배경증강소설이 바로 SF와 판타지다.

이 장르의 소설가와 독자는 배경에 관심이 많다. 얼마나 도전적으로 새로운 배경을 실험하느냐, 얼마나 정교하고 매력적인 배경을 만들어내느냐와 같은 문제가 중요하다. 그런 배경 속에서 인물이나 사건은 일상적이어도 상관없다.

이런 관점에서 볼 때, '우주라는 무대만 제외하면 뻔한 서부극'이라는 식의 비판은 몰이해의 소산이다. 이 장르에서는 바로 그 '무대'가 중요하다.

이런 관점은 그간 답하기 곤란했던 여러 가지 질문들을 한꺼번에 해결해줄 수 있지 않을까? 예를 들어 이런 질문들.

SF와 판타지는 왜 친척관계처럼 보이나? 둘 다 배경증강소설이니까.

마이클 크라이튼에 대해 SF 팬들은 왜 '우리 장르 소설가가 아닌 것 같다'는 찜찜함을 느끼는가? 그가 배경보다 사건에 관심이 많은 작가이기 때문이다.

SF에는 왜 유독 청소년물이 많은가? 그건 사람이 청소년기에 자신을 둘러싼 세계(배경)에 가장 관심이 많고 왕성하게 탐험하기 때문이다.

이른바 '순문학 애독자'들은 왜 SF를 무시하는가? 그들은 인물 첨가제를 좋아하고, 사건 첨가제를 그럭저럭 받아들이지만, 배경 첨가제에는 알레르기가 있기 때문이다.

우리가 흔히 '순문학'이라고 부르는 범주의 소설은 대체로 이 두 종류 아닌가 한다. ⓐ현실과 첨가제를 섞은 통(문장)에 관심이 많거나, ⓑ인물 첨가제를 듬뿍 넣었거나. 사변思辨소설, 메타픽션, 그 외에 각종 전위문학도 현실보다는 형식에 관심이 많다는 점에서 ⓐ에 포함된다(그리고 나는 이런 이유로 SF를 사변소설이라 부르자는 주장에 반대한다).

그래서 순문학 독자들은 '장르소설' 독자보다 문장을 따지고, 인물에 집착한다. 그들은 인물증강소설과 사건증강소설 사이에 있는 작품은 '읽는 재미가 있는 소설' 정도로 받아들이면서도 인물증강소설과 배경증강소설 사이 작품에 대해서는 굳이 '경계소설, 중간소설'이라고 딱지를 붙인다.

내 생각에는 반대로 순문학을 형식증강소설과 인물증강소설의 합집합이라고 부르면 오히려 적당할 것 같다. 내 관점에서는 인물을 증강한 소설이 사건을 증강한 소설이나 배경을 증강한 소설보다 소설적 가치가 반드시 뛰어나야 할 필연적인 이유 따위는 없다. 내게 있어서 뛰어난 소설이란 인물이나 사건, 배경 등 한 가지 요소가 아니라 두세 가지 요소를 동시에, 그럴싸하면서도 깊이 있게 증강한 소설이다.

이를 그림으로 표현하자면 아래와 같다.

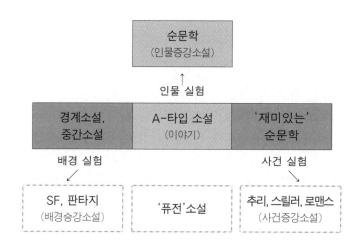

나도 이것이 과도한 일반화라고는 생각한다. 그러나 어떤 대상을 분석하려면 일반화는 반드시 필요하다. 그리고 형식증강소설, 인물증강소설, 사건증강소설, 배경증강소설이라는 이 4분법은 때때로 '순문학 대 장르소설'이라는 기존의 이분법보다는 좀 더 정교한 분석도구가 될 수 있지 않을까 한다. 일단은 순문학과 동등한 위치에서 장르소설의 특성을 바라볼 수 있게 해준다는 점에서 그렇다. 또 장르소설을 좀 더 입체적으로 살피는 데서 이 관점이 도움이 되지 않을까 한다. 특히 기존에 장르소설이라 부르던 범주를 사건증강소설과 배경증강소설로 분리해서 볼 수 있다는 점에서 그렇다.

가상현실의 새로운 맛을 기다리며

／고호관

읽을 SF가 없다고 투덜거리던 시절이 있었다. 번역본을 찾아 읽다 보면 읽을거리는 금세 동이 났다. 그러다 보면 갈증이 생겨서 원서를 뒤적이며 시쳇말로 '강제 영어 공부'를 하기도 했다. 기억을 더듬어 보면 나만 그랬던 것도 아닌 것 같다.

그러던 게 언젠가부터 사정이 바뀌었다. 요즘 내 책장에는 읽지 않고 쌓아만 두고 있는 SF가 꽤 있다. 쳐다보면서 한숨을 쉬거나 책을 읽지 못하는 이유를 만들어내곤 하는 게 흔한 일과다. 예전보다는 번역본이 많아졌고, 반대로 내 독서 시간은 짧아졌다.

그런데 그 때문만은 아니다. 사람에겐 간사한 면이 있다. 배고픈 시절에는 닥치는 대로 아무거나 먹어도, 먹을 게 풍성해지면 옛날 생각 못 하고 점점 식성이 까다로워진다. 그러다 보니 SF는 여전히 좋아하지만, 다루는 소재에 따라 더 좋아하고 덜 좋아하는 게 생겼다. 타고난 입맛을 발견한 건가 싶지만, 막상 따져보면 꼭 그렇지는 않다. 대개 소재 자체보다는 그 소재를 다루는 방식 때문에 선호도가 떨어진다. 맛없는 요리에 몇 번 데이고 나면 재료만 봐도 선뜻 손이 가지 않는다고나 할까.

SF라고 하면 흔히 떠오르고 여러 작품에서 다룬 소재일수록 그러기가 쉽다. 오랜 세월에 걸쳐 수많은 작가가 변주해온 소재를 다루려면 어지간해서는 더 새롭고 좋은 작품이 나오기가 어렵다. 소재에 대해 더욱 더 깊이 탐구해야 한다. 늦게 태어난 게 억울해도 어쩔 수 없는 노릇이다.

예를 들자면, 시간 여행이 그렇다. 나는 보통 시간 여행으로 생기는 모순을 얼마나 참신하게 해결하는지, 혹은 피해 가는지 관심을 갖고 본다. 시간 여행이 등장하는 SF가 얼마나 될까. 당연히 나올 만한 아이디어는 이미 다 나왔다. 그중 일부는 아주 뛰어나다.

상황이 이러면 뻔한 이야기로 독자를 지루하지 않게 하기란 몹시 어려운 일이 된다. 시간 여행이라는 소재를 새롭고 참신한 방법으로 활용해 독자의 뒤통수를 때리거나 다른 뭔가를 제공해야 한다. 그러지 못하면 진부해지거나 길을 잃고 헤매기 십상이다. 최근 리부트한다는 발표가 나온 미국 드라마 '히어로즈'가 좋은 사례다. 나는 히어로즈의 이야기가 산으로 간 이유 중에 수습도 못 하고 남발한 시간 여행이 가장 크다고 생각한다.

내게는 가상현실이라는 소재도 비슷하다. 처음부터 흥미가 떨어졌던 건 아니다. 정확히 언제였는지 기억도 나지 않는 어린 시절 TV에서 본 '브레인스톰'이라는 영화의 주요 장면은 아직도 뇌리에 생생하다. 아마도 지금 누군가 똑같은 내용의 작품을 만들어 보여준다면 그때만큼 즐겁게 보지는 못할 것이다.

가상현실은 오래 전부터 쓰인 소재다. 올더스 헉슬리가 〈멋진 신세계〉에서, 스탠리 와인바움이 〈피그말리온의 안경〉에서 가상현실 소재를 다룬 게 1930

년대다. 사이버펑크 작품에서 주요 소재로 쓰기 시작한 1980년대부터 보더라도 30년 세월이다. 여러 작가가 다양한 방식으로 소재를 탐구했고, 팬들 사이에서도 온갖 이야기가 오갔을 게 당연하다. 어느새 가상현실은 클리셰가 된 것이다.

우리가 살고 있는 현실이 시뮬레이션이라는 설정이나 가상현실에 붙잡혔는데 그 안에서 죽으면 현실에서도 죽는다는 이야기, 가상현실 속에서 새로운 존재로 진화한다는 이야기 등은 이제 새롭지 않다. 이제 와서 등장인물이 가상현실과 인식론에 대해 뻔한 소리를 떠들어대는 작품을 쓴다면 얼마나 지루하겠는가. 그런 건 이미 애저녁에 끝난 이야기다.

물론 영화 〈매트릭스〉처럼 방법을 찾는 수는 있다. 매트릭스가 나온 90년대 후반에 그런 이야기는 이미 클리셰였다. 가상현실이라는 소재를 탐구하는 데 워쇼스키 형제가 새롭게 공헌한 내용은 없었다. 그럼에도 매트릭스는 인기를 끌었고, 대단히 새로운 이야기인 양 열광을 불러일으켰다.

매트릭스에서 신선한 점은 가상현실이 아니라 스타일과 액션이었다. 덕분에 나도 즐겁게 보았지만, 심오한 영화라는 찬사에는 고개가 갸웃거렸다. 당시 국내 SF팬 중에는 과도한 열광 때문에 매트릭스에 비판적인 견해를 보였던 사람도 있었다. 가상현실을 다뤄 온 SF의 역사를 대강이나마 아는 사람이라면 분에 넘치는 찬사에 빈정 상하는 것도 당연했다. SF팬들의 비판에 일리가 있었다는 사실은 매트릭스 후속편에서 여실히 드러났다. 가상현실을 더욱 본격적으로 다루려다 보니 막상 깊이는 더 부족해졌다. 등장인물의 선문답도 시리즈 첫 편처럼 그럴 듯해 보이지 않았다.

자칫 가상현실은 죄다 뻔한 이야기라는 것처럼 들릴 수도 있겠다. 가상현실처럼 흔히 쓰이는 소재를 핵심 요소로 활용할 때는 평소보다 더 깊이 조사하고 고민해야 한다는 게 요지다. 과거에 어떤 이야기가 있었고, 어떤 게 클리셰인지 확실히 인지하고 뛰어넘어야 한다는 것이지 지금이라고 해서 가상현실을 가지고 멋진 SF를 쓰지 못하라는 법은 없다. 몇 년 전 나온 김보영 씨의 《7인의 집행관》을 보라.

때로는 기술의 발달이 기다려지기도 한다. 오큘러스 리프트나 홀로렌즈와 같은 요즘 나오는 장비를 보면 확실히 가상현실이 조금 더 가까워지기는 할 모양이다. 아직 SF에서 묘사하는 수준에 이르기에는 턱없이 멀지만, 기술이 어떻게 발달할지는 모르는 법이다.

만약 가상현실 체험이 일상적인 일이 된다면 SF는 어떻게 변할까. 달 탐사가 일상화되면 달 탐사 이야기는 더 이상 SF라고 할 수 없듯이, 가상현실이 흔한 일이 되면 단순히 가상현실을 다뤘다는 이유만으로 SF가 되지는 않을 것이다. 그건 이미 지금도 지겹다고 말하지 않았는가. 그 대신 새로운 현실을 기반으로 또 다른 시사점이 생길지도 모른다. 사견이지만, 가상현실장치나 뇌 과학이 발달할수록 가상현실에 대해 더 탐구해 볼 영역이 분명 있으리라 생각한다.

앞서 내가 가상현실이라는 소재에 입맛을 잃었다고 했지만, 더 정확히는 새로운 맛을 기다리고 있다는 게 옳다. 그 맛은 언제라도 어떤 작가가 치열한 고민 끝에 내놓을 수도 있고, 다가올 미래에 기술의 발전이 작가를 자극해 이끌어낼 수도 있을 것이다. 머리를 쥐어짜야 하는 작가에게는 미안하지만, SF팬으로서는 그런 미식의 기회가 자주 오기를 바란다.

2014 SF어워드를 기념하며

/ 전홍식

지난 2014년 가을. 국립과천과학관에서 흥미로운 행사가 개최되었다. 많은 평론가가 선정한 SF 대상, SF어워드 시상식이 열린 것이다.

SF어워드는 SF콘텐츠산업의 대중적 확대와 SF창작시장 활성화를 위하여 국립과천과학관이 신설한 상으로, 기존에 나온 수많은 SF 작품 중 최고의 작품을 선정하는 최초의 작품상이다.

장편 수상자 중 한 사람은 이 상에 대해 "내가 SF를 쓰는 의미를 알게 되었다"라고 말했으며 다른 작가는 "내가 꼭 받고 싶은 상"이라고 말했는데, 그만큼 이 상은 SF 작가들이 분발하고 자랑스러워하는 상으로 정착되어 가고 있다.

SF 분야의 명예상인 SF어워드를 기념하는 뜻에서 이 책에서는 단편 부문의 5작품을 수록하는 한편, 그 밖의 여러 부분의 수상작을 간단히 소개한다.

SF어워드 수상작

미디어 부문	영화	설국열차 모호필름 제작 · 봉준호 감독
	드라마	나인 -아홉 번의 시간 여행- 제이에스 픽쳐스 제작 · 김병수 감독 별에서 온 그대 HB 엔터테인먼트 제작 · 장태유 감독 세계의 끝 JTBC 제작 · 안판석 감독
	애니메이션	고스트 메신저 스튜디오 애니멀 제작 · 구봉회 감독
소설	장편	7인의 집행관 김보영 · 폴라북스 좀비, 그리고 생존자들의 섬 백상준 · 황금가지 애드리브 김진우 · 북퀘스트 은닉 배명훈 · 북하우스
	단편	UPDATE 김창규 · 과학동아 수록(2013년 4월호) 씨앗 적도경 · 온우주 · 〈씨앗〉 수록 옥상으로 가는 길 황태환 · 황금가지 · 〈옥상으로 가는 길, 좀비를 만나다〉 수록 장군은 울지 않는다 백상준 · 사이언티카 · 〈연애소설 읽는 로봇〉 수록 지하실의 여신들 정세호 · 황금가지 · 과학액션융합 스토리 단편집 〈대전〉 수록
만화	웹툰	노루 안성호 · 다음 덴마 양영순 · 네이버 제페토 연제원 · 네이버
	도서	나이트런 프레이 김성민, 이기호 · 길찾기 마인드 트래커 이장희 · 거북이 북스

1. 소설 장편 부문

7인의 집행관

김보영 · 폴라북스(2013년)

조직폭력배인 '나'는 복잡하게 얽힌 인간관계가 현재 세계에서만 비롯된 게 아님을 알게 된다. 어딘가 다른 세계의 전쟁 같은 느낌 속에 '나'는 세상의 법칙을 뛰어넘는 힘을 발휘하는데…….

조폭물처럼 보이는 외면과 달리 신의 이야기를 다룬 환상문학이며, 때로는 아포칼립스 문학처럼 보이는 독특한 구성의 작품. 6명의 집행관이 자신이 디자인한 가상세계에서 주인공을 처형하는 내용을 다양한 장르로 보여주는 게 특징. 복잡하게 흩어진 이야기들이 하나로 완성될 때의 매력이 경이롭다.

좀비, 그리고 생존자들의 섬

백상준 · 황금가지(2013년)

좀비 이야기 중편 모음집. 좀비로 뒤덮인 세상을 위트와 유머로 풀어낸 〈섬〉, 시각과 청각 장애를 가진 두 여성의 험난한 생존기 〈천사들의 행진〉, 좀비와의 전투에서 살아남은 패잔병들의 이야기 〈거짓말〉 등 사건과 이야기가 연결된 세 에피소드로 좀비 재난의 시작에서부터 충격적인 반전을 담은 결말까지 흡인력 있게 담아냈다.

애드리브

김진우 · 북퀘스트(2012년)

시간 여행으로 음악가들의 애드리브를 수집하는 누군가에 의해 비극적으로 요절한 20세기 무명 기타리스트의 음악이 먼 미래에 극적으로 부활하게 되는데…….

희곡작가이자 음악가이기도 한 작가가 음악이라는 소재에 상상을 더하여 미래의 음악을 이야기하는 작품. 세상의 음악이 얼마나 다양한지 또 앞으로 얼마나 무섭게 변할 수 있는지를 보여주는 동시에 음악을 통해 우주와 인류의 미래를 재구성해서 보여준다.

은닉

배명훈 · 북하우스(2012년)

숙청된 권력자의 딸 은경을 조직의 추격으로부터 구하려는 킬러 앞에 나타난 천재 정보 분석가가 정보망 위 자취를 분석하지만, 그 이면에 수없는 거짓이 드러나는 이야기.

킬러를 주역으로 한 스릴러. 일상에서 일어날 법한 이야기이지만, 근미래 네트워크를 무대로 등장하는 독특한 과학 기술이 SF로서의 매력도 충실하게 전해준다. 킬러의 행동양식을 추적하는 프로그램과 이를 지우고 변경하여 혼란시키는 프로그램 디코이의 대결을 중심으로 수많은 거짓과 위장이 뒤섞인 첩보전의 요소와 충실한 심리 묘사가 매력적인 작품.

2. 미디어 부문

설국 열차

모호필름 제작 · 봉준호 감독

미래의 빙하 시대를 배경으로 생존에 필요한 설비를 갖추고 지구를 돌아다니는 거대한 열차 속에서 벌어지는 삶의 투쟁.

프랑스 포스트아포칼립스 그래픽 노블을 원작으로 만든 작품. 열차와 운영자를 신성시하는 교육 속에 성장하는 아이들, 목숨을 건 싸움 속에서도 날짜 변경점을 지나며 "해피 뉴 이어"를 외치는 무장 집단, 뒤에서 찾아온 인간을 장식이라도 되는 양 멀뚱멀뚱 바라보는 주민의 모습은 앞차에 살고 있는 그들조차 열차를 위한 부품에 지나지 않음을 잘 보여준다.

비정상적인 상황 속에서도 인간의 가치를 지키고자 하는 이들이 있다면, 삶은 이어질 수 있다는 것을 느끼게 한다.

별에서 온 그대

HB 엔터테인먼트 제작 · 상태유 김독

400년 전 지구를 찾아온 외계인이 지구에서의 수명을 3개월 남겨둔 상황에서 한 여성을 사랑하게 되어 선택의 기로에 놓이는 이야기.

조선 광해군 때 실제했던 미확인비행물체 목격담을 바탕으로 구성한 이야기. 동화풍 로맨스지만, 초능력과 사극, 범죄물 같은 다양한 장르 요소를 뒤섞어 만들었다. 만일 '외계인의 비행물체가 내려왔다면'이라는 가정에서 펼쳐낸 이 이야기는 인간과 달리 긴 수명을 가진 외계인이 인간과 함께 살아왔다는 내용으로 즐거운 이야기를 펼쳐낸다.

고스트 메신저　　　　　　　　스튜디오 애니멀 제작 · 구봉회 감독

실수로 자신의 소울폰에 갇혀버린 저승사자, 고스트메신저가 령을 볼 수 있는 능력을 타고난 소년과 함께 사건을 해결하는 이야기.

저승사자에 핸드폰을 더하고, 도깨비를 소환하는 배틀물 요소를 합쳐서 흥미롭게 구성했다. 한국에선 보기 드문 청소년 대상 애니메이션으로 완성도 높은 연출과 설정으로 인기를 끌었다. TV판 39부작으로 기획했으나, OVA 6화로 변경되었다. 1, 2화가 발매되고, 발매 전부터 많은 화제를 모으며 팬들의 열기가 뜨거웠다. OVA는 1만장 정도 판매되어 한국에서는 이례적인 판매 기록이었다.

나인 -아홉번의 시간 여행-　　　　제이에스 픽쳐스 제작 · 김병수 감독

형의 시신에서 발견한 과거로 돌아가는 향을 이용해서 슬픈 과거를 바꾸려던 주인공, 그러나 20년 전의 진실은 그가 알고 있던 것과 달랐는데.

2013년에 방송된 20부작 드라마. 멜로를 기본으로 스릴러와 호러 요소를 가미한 드라마로, 충실한 반전을 이어나가는 탄탄한 스토리 구성이 특징이다. 향을 사용할수록 뒤틀려가는 현실의 연출과 구성이 매력적인 작품.

세계의 끝　　　　　　　　　　JTBC 제작 · 안판석 연출

신종 바이러스 감염 환자가 발생하는 가운데 정부는 혼란에 빠지고 숙주로 추정되는 청년을 쫓아가는 이야기.

2013년 3월~5월 JTBC에서 방송한 드라마. 배영익 소설《전염병-대유행으로 가는 어떤 계산법》을 원작으로 한 작품으로, 급속한 기후 변화로 인해 발생한 괴바이러스가 대한민국에 상륙하여 생겨나는 인간 고뇌와 갈등을 그린 의학 드라마이자 재난물이다. 명절 민족 대이동을 통제할지 고민하는 등 국가의 대응 방법이 한국 실정에 맞게 현실감을 더하며, 위기 상황에서도 오직 자신의 이익만을 챙기는 연구자나 공무원 같은 모습이 끔찍함을 더한다. 세트장에 20억을 투자하는 등 야심적인 기획으로 본래 20부작으로 예정되었지만, 12회로 축소되어 조기 방영된 아쉬운 작품이기도 하다.

3. 만화 부문

노루
안성호 · 다음

전 세계가 사막화된 먼 미래 지구를 무대로 환경 다큐멘터리를 찍으러 지구를 찾아온 외계인이, 혹독한 상황에서 남을 돕는 청년 '노루'와 함께하는 여정 이야기.

사막화된 미래를 배경으로 18화의 짧은 이야기 속에 희망의 여정과 좌절, 그 안에서도 드러나는 작은 가능성을 보여주는 작품.

덴마
양영순 · 네이버

12살 어린 소년의 몸에 갇혀버린 악당이 덴마라는 이름으로 택배회사에서 일하는 이야기. 덴마는 택배 활동 중에 마주하는 기상천외한 사건을 질량등가치환이란 특수 능력으로 해결해나가다.

우주 택배회사에 계약되어 계약 기간을 채우고 있는 주인공 덴마와 여러 인물 간의 이야기를 그려냈다. 본래 반복되는 패턴의 소년 만화 스타일로 구성하려 했으나, 점차 다채로운 설정이 추가되면서 매우 넓은 세계관의 이야기를 갖게 된 작품. 거대 기업과 개인 이기주의가 판치는 세상에서도 인간적인 매력이 느껴지는 작품.

제페토

연재원 · 네이버

반란을 일으킨 로봇에 대항해 특수 공간으로 로봇을 몰아낸 미래에서, 로봇을 만든 박사가 남긴 유산을 얻고자 인간과 로봇이 대결을 벌이는 이야기

고전《피노키오》를 소재로 로봇의 반란을 배경으로 인류와 안드로이드의 관계를 다양한 스토리를 통해서 잘 엮어낸 작품.

마인드 트래커

이장희 · 거북이 북스

완벽한 전신 성형으로 자신의 모습을 바꾸고, 성형으로 계급이 결정되는 미래를 무대로, 영혼의 흔적을 이용하여 성형으로 정체를 지운 범죄자를 추적하는 이야기.

성형을 이용한 디스토피아를 무대로, 외형이 아닌 내면의 소중함을 느끼게 하는 작품. 그래픽 노블 장르 특유의 세밀한 이미지 묘사가 눈길을 끈다.

나이트런 프레이

김성민, 이기호 · 길찾기

인류가 우주로 진출하여 성간 여행이 가능한 미래를 무대로, 전쟁을 승리로 이끌고 은퇴하려던 기사가 갑작스레 나타난 적에 맞서 싸움에 나서는 이야기

절대적 능력을 지닌 '기사'들이 괴수와 맞서는 스페이스 오페라의 다양한 재미를 충실하게 지닌 매력적인 작품. '나이트런' 시리즈의 프롤로그 에피소드로 매우 강렬한 인물들의 이야기가 눈길을 끈다.